SYLVIA SCHWETZ

Elizabeth,
die
Dämonenprinzessin

novum ▲ pro

Dieses Buch ist auch als
e-book
erhältlich.

www.novumverlag.com

Bibliografische Information
der Deutschen Nationalbibliothek:

Die Deutsche Nationalbibliothek
verzeichnet diese Publikation in
der Deutschen Nationalbibliografie.
Detaillierte bibliografische Daten
sind im Internet über
http://www.d-nb.de abrufbar.

Alle Rechte der Verbreitung,
auch durch Film, Funk und Fernsehen,
fotomechanische Wiedergabe,
Tonträger, elektronische Datenträger
und auszugsweisen Nachdruck,
sind vorbehalten.

Gedruckt in der Europäischen Union
auf umweltfreundlichem, chlor- und
säurefrei gebleichtem Papier.

© 2024 novum Verlag

ISBN 978-3-99146-282-8
Lektorat: Isabella Busch
Umschlagabbildungen: Mallivan, Bisams,
GBArtStudio | Dreamstime.com
Umschlaggestaltung, Layout & Satz:
novum Verlag
Autorenfoto: Sylvia Schwetz

www.novumverlag.com

Druckprodukt mit finanziellem
Klimabeitrag
ClimatePartner.com/16547-2311-1001

Inhaltsverzeichnis

Vorwort

Die Frau, von der ich hier erzählen möchte, heißt Elizabeth Baker und wurde in eine Welt hineingeboren, die man auf der Erde Hölle nennt. Ihr Vater Luzifer und ihre Mutter Sarah, ein Mensch, hatten sich einst auf der Erde kennengelernt. Luzifer war für eine Mission auf die Erdoberfläche gekommen, und dort sah er eines Tages ihre Mutter, die in einem Café saß. Er war sofort in sie verliebt und wollte sie auf jeden Fall kennenlernen. Er ging auf die Frau zu und stellte sich als Mr. Baker vor. Er fragte sie, ob er sich zu ihr setzen dürfe. Sie lächelte ihn an und zeigte auf den leeren Platz neben sich. Sarah war eine wunderschöne Frau mit langem braunem Haar und blaugrauen Augen. Mr. Baker, der in Wirklichkeit Luzifer war, setzte sich und sie verstanden sich sofort. Luzifer war auf der Erde genauso wie jeder andere Mann. Er war groß gewachsen, hatte schwarze kurze Haare und seine Augen waren ebenfalls schwarz. Seine Statur war muskulös und er hatte einen schwarzen Anzug an. Seine Augen bedeckten eine dunkle Sonnenbrille, die er nie abnahm. So begann die Liebesgeschichte zwischen ihren Eltern. Nach einem Jahr heirateten die beiden und Sarah wurde schon bald schwanger. Neun Monate später kam ihre Tochter Elizabeth zur Welt. Sie lebten alle zusammen eine Zeitlang in einem kleinen, abgeschiedenen Häuschen in den Wäldern. Nach einem halben Jahr musste Luzifer wieder in die Hölle und versprach, jede Woche einen Tag vorbeizuschauen. Doch leider hatte das Schicksal andere Pläne mit den beiden. An einem der Tage, als sie allein waren, passierte es plötzlich und keiner versteht bis heute, wie dieses Schicksal so hart zuschlagen konnte. Es war ein sonniger Tag und Sarah war lange mit ihrer Tochter unterwegs gewesen. Als sie dann am Abend nach Hause kamen, wurde es schon dunkel und Sarah badete Elizabeth und legte sie anschließend in ihr Gitterbett. Sie gab ihrer Tochter noch einen Kuss auf die Stirn und schaltete das Nachtlicht an. Als sie kurz darauf das Zimmer verließ, klingelte es unten an der Tür. Sarah ging hinunter, um nachzuschauen. Sie lächelte, da sie dachte, ihr Mann Luzifer kommt sie besuchen. Doch als sie die Tür erreichte und diese öffnete, schaute sie erstaunt auf die Person. Es war ein Mann, ganz in Schwarz gekleidet und er hatte eine attraktive Ausstrahlung. Das Einzige, das Sarah sofort ins Auge stach, war die Blässe seiner Haut. Aber sie dachte sich nichts weiter dabei. Sarah schaute ihn an und fragte ihn, ob sie ihm helfen könne. Er lächelte und stellte sich als Baron Mendes vor. Er sagte ihr, dass er im Auftrag von Luzifer hier sei. Dann fragte er, ob er eintreten dürfe. Sarah wusste nicht so recht, ob sie sollte, denn Luzifer hätte ihr sicher Bescheid gesagt, wenn er jemanden vorbeischicken würde. Aber als sie immer mehr in die Augen dieses Mannes blickte, stellte sie fest, dass sie eine gewisse Willenlosigkeit spürte. So als ob man sich jemandem hingibt, obwohl man gar nicht dazu bereit war. Sie trat zur Seite und ließ ihn herein. Der Baron verbeugte sich und ging durch die Tür ins Haus. Kaum war er eingetreten, veränderte sich sein Blick und er schaute Sarah fordernd an. Diese wusste sofort, dass sie einen Fehler gemacht hatte, und ging ängstlich ein paar Schritte zurück. Sie drehte sich um und rannte zum Telefon, das im Wohnzimmer auf einem kleinen Tisch stand. Sie hatte es erreicht und den Hörer schon in der Hand. Sie wollte gerade die Nummer ihres Ehemannes wählen, als der Baron schneller war, sie packte und mit sich schleifte. Dabei ließ sie den Hörer fallen und schrie und trat nach ihm. Er lachte nur laut auf und war nun über ihr. Während er sie mit kaltem Blick anstarrte, öffnete er langsam den Mund. Dabei schob er die Oberlippe so weit nach oben, dass sie seine langen Fangzähne sehen konnte. Mit angstvollem Blick starrte sie in sein Gesicht und sah mit Entsetzen, wen sie hereingelassen hatte. Es war ein Vampir. In Gedanken versuchte sie Kontakt mit Luzifer aufzunehmen und hoffte, dass er sie hörte. Sie flehte den Vampir an, ihr nichts zu tun und sie zu verschonen. Ein kehliges Lachen ertönte aus seinem Mund. Noch immer versuchte sie, sich von ihm zu befreien. Aber alle Versuche scheiterten, denn er war einfach zu stark für sie. Sarah liefen die Tränen herunter und sie dachte an ihre Tochter, die oben im Kinderzimmer lag. Noch einmal stemmte sie sich gegen ihn, aber der Griff wurde nicht lockerer um ihre Arme. Der Baron kam mit seinem Gesicht immer näher an sie heran und als er dicht genug war und sie seinen Atem spüren konnte, schwanden ihr die Sinne und sie war einer Ohnmacht nahe. Plötzlich warf er den Kopf zurück und biss ihr ohne Vorwarnung in die Kehle. Sarah spürte noch den Schmerz, als die Fänge in ihre Kehle eindrangen, und dann verlor sie das Bewusstsein und war Sekunden später tot. Genüsslich labte sich der Baron noch an ihrem Blut und sog jeden Tropfen langsam ein. Dann spürte er, dass sich die Atmosphäre änderte und fühlte, dass jemand auf dem Weg zum Haus war. Er ließ von seinem Opfer ab und war so schnell verschwunden, dass man es mit bloßem Auge nicht sehen konnte. Es vergingen keine zehn Minuten und Luzifer stand in der Tür und wunderte sich, dass diese offen stand. Er betrat das Haus und spürte die Veränderung. Langsam ging er ins Wohnzimmer und trat erschrocken einen Schritt zurück. Da lag seine Liebe, seine Frau tot. Mit aufgerissener Kehle. Er hatte schon manchen Anblick in seinem langen Dasein gesehen, aber das brachte ihn so in Wut, dass sich die Atmosphäre noch mehr verdunkelte und er vor Schmerz derart zu brüllen begann, dass das ganze Haus erzitterte. Dann ging er zu seiner Frau, die in ihrer eigenen Blutlache lag und starr an die Decke schaute. Er kniete nieder, schloss ihre Augen und legte ihre Hände auf die Mitte ihres Körpers. Er versprach ihr, denjenigen, der ihr das angetan hatte, zu verfolgen und zu vernichten. Er würde ihren Tod rächen. Noch eine Weile blieb er kniend vor ihr, stand dann auf und gab seinen Wachen den Befehl, den Leichnam in den Tempel zu bringen. Die beiden Wächter nickten und führten sofort seinen Befehl aus. Sie holten eine Decke von der Couch und wickelten Sarah behutsam darin ein. Dann trugen sie die Tote gemeinsam aus dem Haus. Luzifer schaute ihnen nach. Plötzlich wurde ihm bewusst, dass er ganz vergessen hatte, nach seiner Tochter Elizabeth zu schauen. Er hoffte, dass sie wohlauf in ihrem Gitterbett lag und friedlich schlief und ging dann die Treppe nach oben. Dort wandte er sich nach rechts und betrat das Kinderzimmer. Als er vor dem Gitterbett stand, schaute er seine Tochter eine Weile an. Wie friedlich sie schlief. Er war froh, dass sie nichts von dem Massaker im Wohnzimmer mitbekommen hatte. Auch war er erleichtert, dass er Elizabeth nicht auch noch verloren hatte. Luzifer strich seiner Tochter sanft über die Stirn und sagte laut:

„Meine liebe Tochter Elizabeth, ich bin so froh, dass du das mit deiner Mutter nicht mit ansehen musstest. Es wäre ein viel zu großer Schock für dich gewesen. Deine Mutter hat dich sehr geliebt und sie wird mir auch sehr fehlen.
Wenn du älter bist, werde ich dir alles erklären und erzählen. Aber nun nehme ich dich mit in eine Welt, die für dich bestimmt ist. Eine Welt, in der du unter meiner Obhut aufwachsen wirst. Ich werde immer für dich da sein. Ich liebe dich, meine kleine Prinzessin.“

Mit Tränen in den Augen hob Luzifer sanft seine Tochter aus dem Gitterbett, wickelte sie in eine Decke und legte sie in seine Arme. Dann verließ er das Kinderzimmer und das Haus. Er schaute nicht zurück und verschwand nach einiger Zeit. Der Weg führte ihn in die Hölle und zu seinem Domizil, das sich ganz unten in der Hölle befand. Dort angekommen überquerte Luzifer eine Brücke, die über einen Lavastrom führte. Dieser Lavastrom floss um das ganze Domizil, das das Aussehen einer großen Burg hatte. Kaum hatte er die Brücke verlassen, schlangen sich seine Arme fester um das kleine Bündel, das er in den Armen hielt. Er klopfte an das Burgtor und es wurde geöffnet. Luzifer trat ein und wurde sofort von einigen großen, schwarzen, zähnefletschenden Hunden angebellt. Mit ihren leuchtend roten Augen fixierten sie jeden seiner Schritte. Aber Luzifer ließ sich nicht einschüchtern und befahl ihnen, sofort zu verschwinden. Die Hunde zogen sich nach seinem Befehl wieder auf ihre Plätze zurück. Zufrieden setzte er seinen Weg fort und ging rechts von der Halle in einen Gang. Diesen ging er entlang, bis er an einer Tür stehen blieb, sie öffnete und in den Raum trat. Es war ein Kinderzimmer, liebevoll eingerichtet. Luzifer ging zum Gitterbett und legte seine Tochter vorsichtig hinein. Elizabeth bewegte sich ein wenig, aber schlief sofort wieder ein. Er deckte sie zu und verließ leise das Zimmer.

1. Teil

In der Hölle

Erstes Kapitel

Seit diesem Tag sind nun drei Jahre vergangen. Elizabeth war zu einem wunderschönen kleinen Mädchen herangewachsen. Sie hatte lange, braune Haare und eine zierliche Statur. Vom Wesen her war sie fröhlich und spielte am liebsten mit ihren Puppen. Sie war für ihr Alter schon sehr selbstständig. Das musste sie auch sein, denn ihr Vater, Luzifer, hatte als Herrscher der Hölle manchmal nicht die Zeit, um mit seiner Tochter zu spielen oder sie ins Bett zu bringen. Elizabeth hatte dafür Verständnis, da ihr Vater ihr schon früh gesagt und gezeigt hatte, wie sie manche Dinge im Alltag meistert. Aber alles konnte Elizabeth dann doch nicht allein schaffen. Sie war dafür doch noch zu klein. So hatte Luzifer beschlossen, seiner Tochter ein Kindermädchen zur Seite zu stellen, die mit ihr spielt und den Tag gestaltet. Dieses Kindermädchen hieß Annette und war eine Dämonin. Sie hatte ein nettes Wesen und wenn man nicht wusste, welcher Entität sie angehört, so hätte sie glatt als menschliche Frau durchgehen können. Annette hatte schwarze Haare, die ihr bis zu den Schultern reichten, und ihr Körper war mit einigen Symbolen versehen. Als Elizabeth sie einmal fragte, welche Symbole das sind, antwortete Annette ihr, dass sie sie zum Schutz trägt.

Elizabeth liebte das Kindermädchen, denn es unternahm mit ihr immer tolle und lehrreiche Ausflüge. Manchmal, wenn ihr Vater zu sehr beschäftigt war, durfte Annette auch über Nacht bleiben. In diesen Nächten erzählte das Kindermädchen Elizabeth oft Geschichten. Diese Geschichten waren manchmal lustig, traurig, aber auch geheimnisvoll. Eine Erzählung gab es, die Elizabeth besonders gut gefiel. Sie handelte von einer jungen Frau, die in ihrem richtigen Leben durch eine unerfüllte Liebe den Freitod gewählt hatte.

Elizabeth wusste schon, dass sie dafür nicht in den Himmel kommen wird, und hörte Annette, dem Kindermädchen, gespannt zu, wie die Geschichte weiterging. Annette erzählte:

„Die junge Frau, ihr Name war Susan, kam nach ihrem Tod in die Hölle, um für ihre Sünden zu büßen. Als sie durch das Höllentor ging, wurde sie sogleich von einem Wächter auf den richtigen Pfad geschickt. Und jede Minute, die sie länger auf dem Pfad entlangging, musste sie immer wieder ihre Art des Todes durchlaufen. Susan sollte nicht vergessen, dass sie ihr Leben durch eigenes Verschulden beendet hatte. Sie wurde zu einer Verdammten."

Elizabeth unterbrach das Kindermädchen und fragte sie, warum Susan so gequält wurde. Es musste doch einen anderen Weg geben, um seine Sünden abzubüßen. Annette schaute die Dämonenprinzessin an und erklärte ihr, dass das die Hölle ist und man nicht einfach begnadigt wird für seine Schandtaten. Außerdem erklärte sie Elizabeth, dass sie später, wenn sie alles über das Leben in der Hölle lernt, dies schon bald begreifen wird. Elizabeth nickte ihr zum Verständnis zu und das Kindermädchen erzählte die Geschichte weiter:

„Als Susan immer weiter den Pfad entlangging, kam sie zu einer Ebene mit einer großen Eisentür. Sie konnte auf der Ebene noch viele andere Sünder erkennen. Die Ebene, auf der Susan sich befand, war kahl und mit einigen dürren und blätterlosen Bäumen versehen. Außerdem gab es nichts, wo man sich hinsetzen oder anlehnen konnte. Denn die Mauer, die links und rechts von der Eisentür abging, wurde von Wächtern belagert. Die Wächter dieser Ebene sahen Furcht einflößender aus als die am Höllentor aus. Sie hatten alle eigenartige Symbole auf ihrer nackten Haut. Als Waffen besaßen sie Armbrüste und Schwerter. Ging man zu nahe an ihnen vorbei, so wurde man sofort von einem eigenartigen Knurren heimgesucht. Da ging auf einmal das Eisentor auf und die Wächter setzten sich in Bewegung, um die Sünder in den Raum dahinter zu treiben. Susan war zu erschöpft und schaffte es fast nicht bis zum Eisentor. Sie konnte fühlen, dass sie mit jedem Schritt, den sie sich in die Richtung des Tores bewegte, müder und müder wurde. Susan hätte sich am liebsten auf den Boden fallen lassen und wäre dort liegen geblieben. Aber aus den Augenwinkeln konnte sie eine Bewegung wahrnehmen. Als sie langsam den Kopf drehte, sah sie, dass sich einer der Wächter zu ihr bewegte und sie grob an den Oberarmen wieder in die Höhe zog. Dann schleifte er Susan mit sich bis zum geöffneten Tor. Susan war so erschöpft, dass sie nicht einmal laut aufschreien konnte und sich einfach dem Schicksal ergab. Als der Wächter mit ihr beim Tor ankam, schleuderte er die Frau einfach durch das Tor. Susan prallte gegen eine Erhebung. Dort blieb sie regungslos liegen. Es musste eine Weile vergangen sein, als sie wieder zu sich kam. Ihre Augen sahen an der Erhebung empor und es stockte ihr der Atem. Denn das, was sie sah, ließ ihr das Blut in den Adern gefrieren. Sie sah genau in das Antlitz einer finsteren Kreatur, die sie von oben herab grimmig ansah. Susan bekam Angst und rutschte, so gut sie konnte, wimmernd zurück. Als sie die Wand hinter sich spürte, erhob sie sich langsam, ohne das Wesen aus den Augen zu lassen. Jetzt, nachdem sie stand, sah Susan genau, worauf diese Kreatur saß. Es war ein Thron. Dieser Thron sah so aus, als wäre er aus einem Felsen gehauen worden. Die Erhebung darunter besaß unter dem Thron einige Stufen. Susan zitterte am ganzen Körper. Sie konnte die Angst der anderen Sünder spüren. Plötzlich wurde es dunkel und die Atmosphäre hatte etwas Bedrohliches. Die Kreatur auf dem Thron erhob sich und stieg die Stufen hinunter, bis sie auf dem ebenen Boden stand. Sie richtete sich ganz auf und schaute mit einer grimmigen Miene jeden Einzelnen an. Dann begann sie zu sprechen:

„Ich heiße euch herzlich auf meiner Ebene willkommen. Mein Name ist Belial und ich bin ein Dämonenfürst. Mir gehören eure Seelen und ich bin der Herrscher dieser Ebene. Ich werde euch, so wie ihr das auf dem Pfad der Verdammten erlebt habt, auch in meiner Ebene fortfüh-

ren. Ja, ihr habt richtig gehört. Ihr seid Verdammte, d. h. ihr müsst immer und immer wieder für den Rest eures Daseins in der Hölle die Schandtaten zu euren Lebzeiten durchfahren.

Ich werde mit meinen Dämonen dafür sorgen, dass ihr nie schlafen werdet und Minute für Minute eure Todesart wiederholt.

Nun sei es genug der Worte."

Damit beendete der Dämonenfürst seine Rede und rief verschiedene Dämonen zu sich. Sogleich erschienen diese und teilten sich die Verdammten untereinander auf. Susan wurde mit fünf anderen Frauen zusammen in eine Ecke des Raumes getrieben. Der Dämon schaute sie alle Furcht einflößend an. Er sagte zwar kein Wort, aber er war geschickt darin, mit seinen Augen zu sprechen. Denn als Susan ihm in die Augen sah, kam es ihr vor, als ob er sie mit seinen Augen hypnotisierte und ihr in Gedanken etwas sagte. Sie konnte einfach nicht wegsehen. Dieser starre Blick des Dämons hielt sie in Bann. Als alle Verdammten aufgeteilt waren, zog der Dämon auf einmal eine Peitsche heraus und schlug auf die Frauen ein. Sie schrien alle auf und setzten sich in Bewegung. Der Dämon trieb sie in einen der Gänge und verschwand mit ihnen."

Annette, das Kindermädchen, schwieg und schaute die Dämonenprinzessin an. Elizabeth wollte aber unbedingt wissen, was mit der Frau mit dem Namen Susan passiert war, und drängte das Kindermädchen, weiterzuerzählen. Annette schaute das kleine Mädchen an und sagte dann, dass man bis heute nicht weiß, was mit Susan weiter geschah. Sie erklärte Elizabeth, dass Susan eine Verdammte in der Hölle wurde. Elizabeth gab sich mit der Antwort zufrieden und gähnte laut. Sie kuschelte sich unter ihre Bettdecke und schlief sofort ein. Annette betrachtete die kleine Dämonenprinzessin noch einen Augenblick, bis sie aufstand und beim Verlassen des Zimmers das Licht abdrehte.

Zeitig in der Früh weckte das Kindermädchen Elizabeth und half ihr beim Anziehen. Sie hatte heute etwas Besonderes mit ihr vor. Sie wollte mit Elizabeth einen Spaziergang machen. Es war nicht irgendein Spaziergang, sondern sie wollte mit ihr zu einem kleinen See gehen. Als Elizabeth mit dem Frühstück fertig war und sich von ihrem Vater verabschiedet hatte, verließen die beiden die Burg. Nachdem sie die Brücke überquert hatten, ging Annette mit Elizabeth einen kleinen, schmalen Weg entlang, der sie zu einem großen Platz führte. Elizabeth schaute erstaunt über den Platz hinweg und fragte Annette, als sie zu ihr hochsah, ob da vorne ein See wäre. Annette lächelte zu ihr herunter und nickte. Jetzt konnte Elizabeth nichts mehr aufhalten und sie riss sich los und stürmte über den Platz in Richtung See. Annette setzte sich sofort in Bewegung und folgte ihr mit schnellen Schritten. Sie erreichte Elizabeth und holte sie ein. Sofort nahm sie ihre Hand, da sie Angst hatte, dass das kleine Mädchen weiterlaufen könnte. Aber Elizabeth blieb abrupt stehen, als sie eine Bewegung im Wasser wahrnahm. Fragend schaute sie das Kindermädchen an. Diese deutete auf eine Bank, die sich in der Nähe befand. Elizabeth folgte ihr und sie setzten sich. Schweigend schauten sie auf das Wasser. Dort erklärte ihr Annette, dass sich im See Wasserdämonen und Fische befinden. Die Wasserdämonen waren eher friedliche, große Tiere, die sich von Zeit zu Zeit an der Oberfläche zeigen. Kaum hatte das Kindermädchen den Satz beendet, als plötzlich ein großer Fisch die Oberfläche des Wassers durchbrach. Eigentlich sah es nicht aus wie ein Fisch, sondern eher wie etwas Unheimliches. Wenn man genauer hinsah, hatte es einen Kopf mit zwei großen Flossen an jeder Seite. Das Wesen schwamm zum Ufer und trat aus dem Wasser. Der Körper war schlank und mit sechs kleinen Beinen versehen. An den Beinen befanden sich Füße mit langen Krallen. Der Schwanz des Fisches war lang und hatte lange Stacheln bis zum Ende. Am Ende befanden sich eine sehr große und eine kleinere Flosse. Die Farbe dieses Wesens war grau-schwarz gestreift. Elizabeth sah fasziniert zu dem Wesen. Plötzlich hatte dieses Wesen, ein Wasserdämon, wie Annette ihr inzwischen erklärt hatte, die beiden bemerkt und bewegte sich gezielt auf sie zu. Als sie beide nur noch einige Meter von dem Dämon trennte, kam auf einmal eine Gestalt aus dem Nichts neben ihnen hervor und preschte mit erhobenem Schwert auf den Wasserdämon zu. Das Kindermädchen und Elizabeth sahen, dass sich weitere Dämonen aus dem Wasser erhoben und auf sie zu schwammen. Das kleine Mädchen bekam Angst und klammerte sich an Annette. Diese stand auf und nahm die Hand von Elizabeth und bedeutete ihr, schnell über den Platz zu laufen. Elizabeth stand angstvoll da und konnte sich nicht bewegen. Sie wollte zwar auf das Kindermädchen hören, aber sie war auch von der Situation, die sich hier vor ihren Augen abspielte, fasziniert. Kein Laut kam über ihre Lippen und am liebsten hätte sie noch länger hier gestanden, wenn Annette sie nicht mit sich gerissen hätte. In hohem Tempo hatten sie den Platz überquert und blieben atemlos stehen. Als sie sich nach Atem ringend wieder beruhigt hatten, schauten sich beide an und begannen zu lachen. Nachdem sie noch eine Weile stehen geblieben waren und dem Treiben zugesehen hatten, drehten sie sich um und gingen wieder zurück zur Burg. Dort verabschiedete sich Elizabeth von Annette und dankte ihr für den schönen Tag. Sie wollte sofort ihrem Vater von dem Ereignis am See berichten und ging ins Wohnzimmer. Dieses war aber leer und sie konnte ihn auch sonst nirgends entdecken. Sie wollte schon den Gang geradeaus gehen, aber sie erinnerte sich an die strengen Worte ihres Vaters, der ihr strikt verboten hatte, diesen Gang entlangzugehen. Außer sie war mit ihm unterwegs. Traurig und müde beschloss sie, ihr Erlebnis heute Abend zu erzählen. Elizabeth ging in ihr Zimmer und zog sich sogleich bequemere Kleidung an. Dann holte sie die Kiste mit den Spielsachen aus der Ecke und öffnete sie. Als sie die verschiedenen Figuren darin sah, musste sie an die Wasserdämonen denken, die sie heute gesehen hatte. Sie wollte unbedingt so einen haben. Sie schloss die Kiste wieder und nahm eine kleinere Kiste, die ebenfalls in der Ecke stand. Als sie diese öffnete, erhellte sich ihr Gesicht und sie begann sofort damit zu spielen. Es waren ihre Lieblingspuppen. Sie waren mit schönen Gewändern ausgestattet und manche hatten auch einen Kopfschmuck, wie eine Krone oder ein Diadem. Auch kleinere Puppen waren darunter. Elizabeth war so mit ihren Spielsachen beschäftigt, dass sie nicht gemerkt hatte, wie die Zeit verging. Erst als jemand an die Tür klopfte, schaute sie auf und ging zur Tür. Sie öffnete diese und da stand eine Bedienstete und sagte ihr, dass es bald Abendessen gab. Elizabeth bedankte sich und ging wieder zu ihren Spielsachen, um diese in die Kiste zu räumen. Dann stellte sie beide Kisten wieder zurück in die Ecke und verließ ihr Zimmer. Auf dem Weg zum Wohnzimmer musste sie die Halle durchqueren. Ihr Blick ging dann immer ängstlich nach rechts, da sie wusste, dass sich dort die Höllenhunde befanden. Schnell beeilte sie sich, das Wohnzimmer zu erreichen, und öffnete hastig die Tür. Sie schlüpfte hinein und schloss sie sofort wieder hinter sich. Ihr Vater saß schon bei Tisch und schaute sie besorgt an. Er wollte sogleich wissen, was los ist. Aber Elizabeth schämte sich für ihr Verhalten und meinte nur, dass alles in Ordnung sei. Sie gab ihrem Vater einen Kuss auf die Wange und lächelte ihn an. Gleich wollte sie ihm ihr Ereignis erzählen, das sie heute mit Annette erlebt hatte. Aber Luzifer schaute seine Tochter nur strafend an, da er es nicht schätzte, wenn vor und während des Essens Geschichten erzählt wurden. Auch wollte er nicht, dass man beim Essen sprach. So setzte sich Elizabeth auf ihren Platz und wartete geduldig, bis das Essen gebracht wurde. Nachdem ihr Vater das Besteck zur Seite gelegt hatte und aufstand, erhob sich auch Elizabeth und folgte ihrem Vater in den hinteren Teil des Wohnzimmers. Dort holte sich Luzifer von der Bar einen Drink und setzte sich auf die Couch. Seine Tochter setzte sich neben ihn und schaute ihn von der Seite an. Luzifer bemerkte ihren Blick und ihre Ungeduld. Er schaute sie ebenfalls an und forderte sie dann mit einem Lächeln auf, ihre Geschichte zu erzählen. Sofort begann Elizabeth das heutige Ereignis, das sie mit Annette erlebt hatte, freudig zu erzählen. Luzifer nickte ein paar Mal dabei. Als sie geendet hatte, schaute sie ihren Vater erwartungsvoll an. Dieser strich mit seiner Hand über ihre Haare und sagte, dass er sehr stolz auf sie sei. Als ihn aber Elizabeth fragte, wer denn da auf einmal erschienen war, als der Wasserdämon auf sie zugekommen war, erklärte er ihr Folgendes:

„Elizabeth, du bist eine Dämonenprinzessin und jeder Schutzdämon ist dazu verpflichtet, dir in schwierigen Situationen zu helfen. Ja, du hast richtig gehört. Ich habe dir zu deinem Schutz Dämonen zur Seite gestellt. Sie haben die Aufgabe, dich auf all deinen Wegen zu beschützen. Da du meine Tochter bist, wirst du eines Tages von noch mächtigeren Dämonen, den Dämonenfürsten, beschützt. Diese werden dir gegenüber einen Schwur leisten, der sie dazu verpflichtet, dich in ausweglosen Kämpfen oder Situationen zu verteidigen. Aber das wirst du noch alles genauer erfahren, wenn du größer bist."

Elizabeth schaute ihren Vater mit großen Augen an, da sie nicht genau wusste, was er da sprach. Aber sie würde es schon zu gegebener Zeit genauer erfahren. Sie nickte ihrem Vater lächelnd zu und wünschte ihm eine „Gute Nacht". Elizabeth stand auf und ging in ihr Zimmer. Sie zog sich um und legte sich ins Bett. Sofort schlief sie ein und träumte von dem heutigen Tag.

Zweites Kapitel

An diesem Morgen kam Luzifer zu seiner Tochter ins Zimmer und sagte, dass er mit ihr heute etwas Besonderes unternehmen möchte. Außerdem fand er, dass sie nun alt genug war, um mehr über ihr Leben zu erfahren. Zusammen verließen sie die Burg und machten sich auf den Weg. Elizabeth schaute ihren Vater gespannt an und fragte ihn neugierig, wohin sie gingen. Er lächelte und antwortete, dass sie sich heute den Eingang der Hölle, das heißt, das Höllentor ansehen würden. Elizabeth warf ihm einen angstvollen und erstaunten Blick zu. Luzifer bemerkte das und drückte die Hand seiner Tochter fester und nickte ihr aufmunternd zu. Der Weg dorthin führte an den Ebenen vorbei und immer mehr aufwärts. Plötzlich blieb Luzifer stehen und als Elizabeth seinem Blick folgte, sah sie ein Tor, das von zwei Fackeln erhellt wurde. Davor standen zwei große Wachen. Diese Wachen wirkten auf sie Furcht einflößend und außerdem hatten sie eigenartige Symbole an den Armen. Ihre Gesichter schauten starr geradeaus und sie bewegten sich kaum. Elizabeth berührte ihren Vater am Arm und er drehte sich zu ihr um. Er musste die Furcht in ihren Augen gesehen haben, denn er beruhigte sie und erklärte ihr, dass das der Eingang zur Hölle sei. Elizabeth schaute ihn verdutzt an und konnte seine Worte nicht glauben. Sie schaute sich das Tor, das geöffnet war, genauer an und konnte darauf viele Symbole erkennen. Außerdem war es mit einigen Verzierungen versehen. Diese Verzierungen bestanden aus Totenköpfen und dämonischen Gestalten. Als sie ganz nach oben schaute, konnte sie eine Inschrift erkennen. Da Elizabeth noch nicht lesen gelernt hatte, fragte sie ihren Vater, was da oben stünde. Er schaute Elizabeth an und antwortete: „TRITT EIN MIT ALL DEINEN SÜNDEN". Elizabeth schaute ihn fragend an und wollte ihn gerade nach der Bedeutung dieser Wörter fragen, als sie die Stimme eines Mannes hinter sich wahrnahmen. Luzifer drehte sich um und ging ihm freudig entgegen. Elizabeth blieb noch eine Weile stehen und starrte die Inschrift an. Als sie den Blick wieder senkte, sah Elizabeth den Weg, der vom Tor geradeaus weiterging. Aber das Gruseligste und Abscheulichste waren die Kreaturen, die durch das Tor kamen und sofort von den Wachen weitergetrieben wurden. Elizabeth drehte sich um und lief schnell zu ihrem Vater. Als sie die beiden Männer erreichte, nahm sie die Hand ihres Vaters und schaute zu ihm hoch. Luzifer stellte seiner Tochter den anderen Mann als Belial vor. Er lächelte sie an, verneigte sich vor ihr und gab ihr die Hand. Danach folgten Luzifer und seine Tochter Belial den Pfad entlang wieder zu den Ebenen. Nach etwa 200 Metern sprang plötzlich ein riesengroßer Hund mit drei Köpfen vor ihnen auf den Pfad und hinderte sie daran weiterzugehen. Doch als der Hund Belial erkannte, wedelte er mit dem Schwanz und lief ihm entgegen. Elizabeth blieb abrupt stehen und wollte nur so schnell wie möglich wieder den Pfad zurücklaufen. Doch ihr Vater hielt sie am Arm fest und drehte sie wieder nach vorne. Als sie sich gerade umdrehte, war der Hund ganz dicht bei ihr und leckte ihr mit einer seiner großen Zungen über das Gesicht. Elizabeth verzog das Gesicht und schaute den Hund böse an. Belial kam zu ihnen und erklärte Elizabeth, dass man ihn Zerberus nannte und er der Bewacher des Höllentors und sein Eigentum war. Das hieß, er war für ihn verantwortlich. Elizabeth nickte ihm entgeistert zu und sie setzten ihren Weg fort. Nach einer Weile kamen sie zu einer Gabelung, von der drei Wege abgingen. Der rechte Weg, erklärte Luzifer seiner Tochter, führte zum „Pfad der Verdammten". Der Weg geradeaus führte weiter in die Ebenen der Hölle und der linke Weg zu den Behausungen der Dämonenfürsten. Als er geendet hatte, konnte Elizabeth von rechts Schreie und lautes Klagen hören. Sie hatte ein unbehagliches Gefühl und wollte so schnell wie möglich von hier weg. Luzifer erkannte die Angst seiner Tochter und trieb Belial an, zu seiner Behausung zu gehen. So setzten sich alle drei in Bewegung und gingen den linken Pfad entlang.

Wenn Elizabeth sich so umsah, war die Umgebung atemberaubend. Da waren viele schwarze Felsen und der Himmel, wenn man es so bezeichnen konnte, war rot mit schwarzen Wolken, die langsam umherzogen, und dann gab es auch einen leichten Wind, fast schon wie eine Brise, den man kaum spürte. Außerdem war dieser Wind angenehm warm, zeitweise aber auch heiß. Die Luft ging geradeso zum Atmen, denn der Schwefel, den man überall hier roch, machte es immer wieder schwer, ein- und auszuatmen. Der Pfad bog nach ein paar Metern nach rechts und dann konnte man auch schon die ersten Häuser sehen.

Sie hielten vor dem ersten Haus und Belial erklärte Elizabeth, dass das sein Haus ist, und holte einen Schlüsselbund aus der Jackentasche. Mit einem der vielen Schlüssel öffnete er die Tür zu seinem Haus und sie gingen hinein. Als die drei in der Halle standen, wendete sich Belial nach rechts und öffnete eine Tür, hinter der sich das Wohnzimmer befand. Gemeinsam setzten sie sich dort an den großen Esstisch, der aus dunklem, massivem Holz bestand. Rund um den Tisch standen sechs Stühle. Als sie alle dort Platz genommen hatten, schaute Belial Elizabeth mit einem Lächeln auf den Lippen eindringlich an. Elizabeth konnte nur kurz seinen Blick erwidern, da sie nicht lange in diese stechenden Augen schauen konnte. Luzifer führte noch einige Gespräche mit Belial. Als die beiden alles fertig besprochen hatten, standen Luzifer und seine Tochter auf und verabschiedeten sich von Belial. Als sie aus dem Haus traten, gingen sie nach links und weiter diesen Weg entlang, der sie immer weiter nach unten und hinein in die Hölle führte. Elizabeth war froh, ihren Vater an ihrer Seite zu haben, denn die Geräusche und die Atmosphäre waren unheimlich und beängstigend. Endlich kamen sie nach einer langen Zeit wieder zu Hause an. Elizabeth schaute zu ihrem Vater hoch und er lächelte sie an. Gemeinsam durchschritten sie dann das Tor und fanden sich in einem riesengroßen Saal wieder, von dem einige Gänge wegführten. Sah man weiter nach oben, so konnte man rundherum über den Gängen die verschiedenen Siegel der Dämonenfürsten erkennen. Aber das größte Siegel, ihr Familienwappen, hing in der Mitte des Saales herunter. Wenn man das Siegel betrachtete, so hatte es in der Mitte einen Höllenhund und um diesen

Hund herum waren verschiedene Symbole, die die dämonischen Wörter für Hölle und Verdammnis bedeuteten. Das Siegel war so befestigt, dass es sich nicht drehen konnte und man sofort den Blick darauf warf, wenn man den Saal durch das Tor betrat. Sogleich kamen ihnen große, schwarze Höllenhunde mit roten Augen und fletschendem Gebiss entgegengerannt, aber Luzifer hob die Hand und die Hunde verschwanden sofort wieder im Dunkeln. Elizabeth riss sich los und rannte nach rechts in ihr Zimmer. Dort zog sie sich aus und ging in das angrenzende Badezimmer, um sich zu waschen. Als sie damit fertig war, zog sie sich ein Nachthemd an und legte sich ins Bett. Elizabeth hatte es sich gerade gemütlich gemacht, als sich die Tür zu ihrem Zimmer öffnete und ihr Vater eintrat.

Elizabeth liebte ihren Vater sehr, denn er war immer freundlich zu ihr und sie konnte mit jedem Problem zu ihm kommen. Aber wenn sie ihn nach ihrer Mutter fragte, wich er ihr meistens aus und schaute traurig in die Ferne. Aber heute wollte sie keine Gutenachtgeschichte, sondern eine Antwort, denn in letzter Zeit träumte sie immer wieder von einer Frau, die sie anlächelte und ihr mit ihrer kalten Hand über das Gesicht strich. Es war etwas Vertrautes darin. Konnte es ihre Mutter sein?

Luzifer kam an das Bett seiner Tochter und setzte sich auf die Kante. Er richtete dabei die Decke. Dann schaute er seine Tochter an und fragte sie, welche Geschichte sie heute hören möchte. Elizabeth nahm seine Hand und erzählte ihm von ihren Träumen und erklärte ihm, dass sie heute keine Geschichte hören, sondern wissen möchte, wer ihre Mutter war.

Luzifer schaute seine Tochter lange an, bevor er zu erzählen begann:

„Elizabeth, es fällt mir schwer, von deiner Mutter zu reden, da ich nicht lange mit ihr glücklich sein durfte. Dass dir deine Mutter in deinen Träumen erscheint, ist ein Zeichen, dass sie dich nicht vergessen hat. Deine Mutter war eine Sterbliche und sehr schwach bei deiner Geburt. Dadurch verstarb sie einige Tage danach und ich war sehr, sehr traurig darüber, denn ich habe deine Mutter, das musst du wis-

sen, sehr geliebt. Immer wenn du lächelst und ich dich ansehe, sehe ich deine Mutter und das ist mehr Trost für mich als alles andere. Du bist meine kleine Prinzessin und ich werde immer für dich da sein und dich beschützen, egal was passiert."

Damit stand er auf und gab seiner Tochter einen Kuss auf die Stirn und war dabei, das Zimmer zu verlassen, als sie ihn noch fragte, wie ihre Mutter geheißen hat. Luzifer drehte sich zu ihr um und sagte, dass sie Sarah geheißen hat. Dann sagte er ihr noch, dass sie gut schlafen soll und wenn sie von ihrer Mutter träume, soll sie sie von ihm grüßen. Elizabeth nickte, schloss ihre Augen und schlief sofort ein.

Drittes Kapitel

Obwohl Elizabeth erst drei Jahre alt war, beschloss Luzifer, dass es nun an der Zeit wäre, dass seine Tochter mit ihrer Ausbildung beginne, und erklärte ihr, dass er sie heute zu einem Dämonenfürsten bringen würde, der ihr einiges über die Gesetze und Regeln in der Hölle beibringen sollte. Auch werde sie die dämonische Schrift lernen und eine geeignete Kampfausbildung beginnen. Außerdem sagte er seiner Tochter, dass sie den Dämonenfürsten, bei dem sie unterrichtet würde, schon kennengelernt habe. Es sei Belial. Elizabeth schaute ihren Vater an und fragte ihn, welche Gesetze und Regeln er meinte, denn sie habe von ihm schon einige gelernt. Er erklärte ihr, dass sie eigene Gesetze und Regeln für die Familie haben und nicht für die Allgemeinheit. Außerdem werde sie auch noch zehn Vorsätze lernen, die wichtig seien, sollte sie einmal aus irgendeinem Grund die Hölle verlassen müssen. Das würde bedeuten, an diese Vorsätze müsse sich jeder Dämon halten. Denn tue er das nicht, so ginge er für jedes Vergehen zehn Jahre in den Kerker. „So, nun haben wir genug darüber geredet. Hol deinen Rucksack und nimm ein paar Schreibsachen und Blöcke mit und komm dann wieder zu mir, damit wir aufbrechen können", schloss Luzifer seine Erklärungen ab.

Elizabeth trank noch ihren letzten Schluck Tee aus und stand auf. In ihrem Zimmer suchte sie ihren Rucksack, gab die besagten Dinge hinein und verließ es wieder. Als sie auf dem Weg zum Saal war, kam ihr Vater gerade aus dem Wohnzimmer und gemeinsam verließen sie die Burg durch das große Tor. Sofort schlug Elizabeth dieser schwefelartige Geruch in die Nase und die Luft war sehr heiß. Elizabeth nahm die Hand ihres Vaters und sie gingen einen gepflasterten Weg hinauf, der an verschiedenen Ebenen vorbeiführte. Als sie an der obersten Ebene ankamen, ging Luzifer in eine Art Höhleneingang und seine Tochter folgte ihm dicht, da es sehr dunkel war. Sie kamen dann bei einer Eisentür an und ihr Vater klopfte daran. Nach einer Weile hörte man Schritte und die Tür wurde kraftvoll geöffnet. Luzifer und seine Tochter gingen durch die Tür und nach einem kurzen Gang standen sie in einem großen Raum, wo auf der rechten Seite auf einer kleinen Erhebung ein Thron stand. Auf diesem Thron saß jemand, der sich nun erhob und zu ihnen kam. Diese Gestalt, die sich ihnen näherte, war groß und hatte zwei Hörner auf dem Kopf. Auch die Augen waren starr und eindringlich. Aber das Erstaunlichste war, mit jedem Schritt, den dieser Mann tat, verwandelte sich seine Gestalt immer mehr in etwas Ansehnlicheres. Bis der Dämon, der er noch auf dem Thron war, als normaler Mensch vor ihnen stand. Er begrüßte sie und umarmte Luzifer dabei. Dann beugte er sich zu Elizabeth herunter und gab ihr die Hand, dabei lächelte er sie schelmisch an. Ihr gefiel das und sie lachte laut auf.

Elizabeth verabschiedete sich von ihrem Vater und ging mit dem Mann weiter in den Raum hinein, wo sie jetzt erkannte, dass dieser Raum sehr groß war, in dessen Mitte ein großer Tisch aus dunklem Holz und einige Stühle darum herum standen. Auf der linken Seite, am Ende des Raumes, waren einige Gänge, von denen sie aber zurzeit nicht wusste, wohin sie führten. Der Dämon bedeutete ihr, dass sie auf einen der Stühle, es waren sechs an der Zahl, Platz nehmen sollte. Elizabeth nahm ihren Rucksack von den Schultern und setzte sich. Der Mann nahm ihr gegenüber Platz und sie schauten sich eine Weile an. Dann begann er zu sprechen:

„Ich bin ein Dämonenfürst und heiße Belial. Du hast mich gestern schon beim Höllentor kennengelernt. Ich bin auch der Hüter des Höllentores. Ich hoffe, du hattest nicht zu viel Angst, als du mich dort drüben auf dem Thron sitzen gesehen hast. Ich freue mich sehr, dass dich dein Vater zu mir geschickt hat. Bei mir wird dir nichts geschehen und ich werde dir die Geschichte der Hölle und deren Gesetze und Regeln und auch Vorsätze beibringen. Auch wirst du die dämonische Schrift, sie besteht aus Symbolen, lernen zu schreiben. Die Sprache

hast du schon von deinem Vater gelernt. Wenn du irgendwelche Fragen hast, so kannst du sie jederzeit stellen. Ich möchte dich außerdem bitten, jeden Tag von Montag bis Freitag pünktlich um 8 Uhr bei mir zu erscheinen, und wir werden dann bis 12 Uhr lernen. Dazwischen wird es ein paar Pausen geben. So, nun habe ich dir das Wesentlichste erklärt. Hast du momentan Fragen?"

Als Belial geendet hatte, schaute er Elizabeth erwartungsvoll an. Sie hatte sogleich eine Frage an ihn. Sie fragte ihn, ob sie wirklich eine Dämonenprinzessin ist? Belial bejahte die Frage und erklärte ihr, da sie die Tochter von Luzifer, dem Herrscher der Hölle, ist und das macht sie dadurch zur Dämonenprinzessin. Elizabeth lächelte und erklärte ihm, dass sie momentan keine weiteren Fragen hätte. Belial nickte und stand auf, um von einem Regal hinter sich ein paar Bücher und Blätter zu holen. Er legte alles auf den Tisch vor ihr und fragte sie, bevor er sich wieder setzte, ob sie hungrig oder durstig wäre. Elizabeth antwortete ihm, dass sie gerne ein Glas Wasser hätte, und er rief einen Namen und daraufhin erschien ein kleiner Dämon und verneigte sich vor dem Dämonenfürsten und fragte ihn nach seinem Begehr. Belial sagte ihm den Wunsch und der Dämon verschwand und kam nach einer kurzen Zeit mit einer Flasche Wasser und einem Glas zurück. Beides stellte er auf dem Tisch vor der Dämonenprinzessin ab und öffnete die Flasche und füllte das Glas. Dann verschloss er die Flasche wieder und stellte sie neben dem Glas ab, verneigte sich vor beiden und verschwand so schnell, wie er gekommen war. Elizabeth schaute ihm hinterher, nahm dann das Glas und trank einen großen Schluck. Anschließend stellte sie das Glas wieder auf den Tisch und blickte den Dämonenfürsten an. Als er merkte, dass er wieder ihre Aufmerksamkeit hatte, nahm er eines der Bücher in die Hand und schlug eine Seite darin auf. Dann drehte er das Buch zu ihr und Elizabeth sah, dass in dem Buch lauter fremdartige Symbole waren und schaute Belial fragend an. Er verstand ihren Blick und erklärte ihr, dass dies ein Buch über die Hölle in dämonischer Schrift sei. Aber sie müsse jetzt nicht gleich alle Symbole verstehen. In den nächsten Tagen würden sie sich mit der Schrift beschäftigen. Er las Elizabeth auch noch einige Zeilen aus dem Buch vor und als er merkte, dass sie gerne in diesem Buch mitschauen wollte, stand er auf, kam um den Tisch herum und setzte sich neben sie. Gemeinsam schauten sie sich das Buch an und als Belial dann wieder zu lesen begann und seinen Finger über die Symbole gleiten ließ, war das sehr aufregend für die Dämonenprinzessin und sie konnte es gar nicht erwarten, endlich die Bedeutung der ganzen Symbole zu erfahren. Außerdem wollte Elizabeth wissen, aus welchen anderen Symbolen die dämonischen zusammengesetzt sind. Gemeinsam waren sie so in das Buch vertieft, dass die Zeit wie im Flug verging und Elizabeth sich schon wieder von Belial verabschieden musste. Elizabeth versprach ihm noch, am nächsten Tag pünktlich um 8 Uhr wieder da zu sein. Dann drehte sie sich um und verließ den Saal durch die Eisentür, durch die sie mit ihrem Vater heute Morgen den Saal betreten hatte, und als sie den Höhlengang entlang zum Pfad ging, stand da ihr Vater und sie umarmte ihn zur Begrüßung. Gemeinsam gingen sie nach Hause.

Zu Hause angekommen erzählte sie ihrem Vater nach dem Mittagessen, was sie heute alles erfahren hatte. Luzifer wollte wissen, ob sich seine Tochter wohlgefühlt hätte. Sie lächelte ihn an und bejahte seine Frage. Sie sagte ihm, dass Belial sehr nett und freundlich ist und sie sich schon auf die nächsten Unterrichtstage mit ihm freue. Erleichtert lächelte Luzifer sie an. In Gedanken wusste er, dass er sich immer auf seine alten Freunde verlassen konnte.

Elizabeth ging auf ihr Zimmer und legte sich auf das Bett. Dort dachte sie noch einmal über den heutigen Tag nach. Sofort kam ihr der Gedanke an das Buch, das Belial ihr gezeigt hatte. Sie wollte unbedingt so schnell wie möglich diese Symbole lesen und schreiben können. Sie hoffte, dass es nicht allzu schwer werden würde und freute sich schon auf den nächsten Tag. Mit diesem Gedanken und einem Lächeln im Gesicht schloss sie ihre Augen und schlief sofort ein.

Am nächsten Morgen beeilte sich Elizabeth, nach dem Frühstück zu Belial zu kommen, denn sie hatte einige Fragen an ihn. Die Dämonenprinzessin betrat seine Ebene und der Dämonenfürst erwartete sie schon. Gemeinsam gingen sie zum Tisch und setzten sich. Elizabeth begann sofort mit ihrer ersten Frage.

„Wie sind die Dämonenfürsten eigentlich entstanden? Stimmt es, dass sie früher einmal heidnische Götter waren? Mein Vater hatte mir einmal erklärt, dass sie von den Menschen vergessen wurden und sich einige daher ihm anschlossen. Bist du auch einmal ein Gott gewesen?"

Belial antwortete ihr:

„Ja, es stimmt, dass die Dämonenfürsten alle einmal heidnische Götter waren und als sie von den Menschen durch den christlichen Glauben vergessen wurden, haben sie sich mit der Zeit Luzifer verschworen. Baal und ich sind schon kurz nach dem Engel- und Dämonenkrieg Luzifer beigetreten, wobei Baal der erste Dämonenfürst und Heerführer wurde. Er ist mit Lilith, deiner Schwester, damals liiert gewesen und Lilith hat ihn zu einem Dämon gemacht. Leider ist Lilith beim Krieg zwischen den Engeln und Dämonen ums Leben gekommen und Luzifer, euer Vater, hat ihre Seele aufgefangen und in einem Glas aufbewahrt. Das war vor vielen Jahrtausenden und bis hundert Jahre nach der Zeitrechnung, wo dann die ganze heidnische Welt von den Christen übernommen wurde, suchten immer mehr heidnische Götter Luzifer auf und gaben ihm ihr Versprechen, für ihn zu dienen. Und so geschah es, dass die Hölle die Götter mit ihren sieben Todsünden auf Ebenen aufteilte. Und so wurden von Luzifer sieben heidnische Götter ausgesucht, die er zu seinen Dämonenfürsten machte.

Einer dieser Götter, der den dämonischen Namen AZAZEL bekam, sagte Luzifer, dass er keine Todsünde übernehmen, sich aber an die Gesetze und Regeln, die für einen Dämonenfürsten bestimmt waren, halten wird. Er schlug Luzifer vor, damit er die Verbindung in den Himmel nicht verliere, diese mit seinen Erzengeln aufrechtzuerhalten. Dein Vater stimmte dem zu und so geschah es, dass AZAZEL zwar eine Ebene bewohnte, aber diese mit seinen Erzengeln GABRIEL, MICHAEL, URIEL, ZADKIEL und RAPHAEL teilte."

Elizabeth wollte sogleich wissen, was mit der Seele ihrer Schwester Lilith passiert war, nachdem sie in einem Glas aufbewahrt wurde. Und wer würde über dieses Glas wachen? Belial schaute die kleine Dämonenprinzessin einen Augenblick an und antwortete ihr:

„Die Seele deiner Schwester wurde bis zu deiner Geburt von NEMESIS, der Todesdämonin, aufbewahrt. Als du geboren wurdest, wurde dir ein paar Tage nach deiner Geburt die Seele deiner Schwester Lilith eingepflanzt. Seitdem hast du zwei Seelen in deiner Brust."

Nachdem der Dämonenfürst geendet hatte, schaute ihn Elizabeth ungläubig an. Aber sie hatte auch das Gefühl, dass Belial sie nie anlügen würde. Auch spürte sie, dass da etwas Eigenartiges war, wenn sie die Worte noch einmal im Kopf durchging. Wie immer war der Vormittag schnell um und sie dankte Belial für seine offene Redensart und ging dann nachdenklich nach Hause. Sie hatte gerade die Eisentür geschlossen, als ihr Zerbi entgegenkam. Elizabeth bedeutete ihm, draußen sitzen zu bleiben, und verließ den Höhleneingang. Draußen auf dem Weg umarmte sie einen der Köpfe von dem Höllenhund und streichelte ihn zwischen den Augen. Sie merkte, dass jemand hinter sie getreten war. Es war Belial, der Zerbi strafend ansah. Dieser neigte den mittleren Kopf etwas nach rechts und schaute seinen Herrn traurig an. Belial fing zu lachen an und streichelte ihn ebenfalls. Elizabeth verabschiedete sich von den beiden und trat den Heimweg an.

So vergingen die Monate und Elizabeth lernte die Gesetze und Regeln, die in der Hölle zu beachten waren. Auch brachte ihr Belial bei, wie sie sich zu verhalten hatte. Er erklärte ihr, dass es in der Hölle wie auch auf Erden eine Hierarchie gab und sie, als Tochter von Luzifer, ganz oben in der Elite stand. Die Elite bestünde aus Luzifer, seinen Kindern, Baal und ihm. Belial erklärte ihr, dass er als Dämonenfürst nur deshalb in der Elite war, weil er ein alter Freund Luzifers war. Aber der Regel nach hätte kein anderer Dämonenfürst das Recht, in die Elite aufgenommen zu werden. Der Dämonenfürst sagte auch, dass er keine weiteren Rechte hätte. Er müsste sich trotzdem an die

Hierarchie halten. Um zu ihren Rechten als Dämonenprinzessin zurückzukommen, so könne sie auch entscheiden, sollte ein Dämon sich nicht an die Vorsätze gehalten haben, wenn er auf der Erde war, ihn zu bestrafen. Es waren so viele neue Eindrücke und Elizabeth war noch so klein und wollte noch nicht alles wissen, aber der Dämonenfürst sagte, dass es wichtig wäre, dass sie von klein auf ihren Standpunkt hier unten kennen würde. Elizabeth erzählte ihm, dass ihr Vater ihr auch etwas über eine Kampfausbildung erzählt hatte, und Belial schaute sie an und erklärte, dass sie damit erst in ein bis zwei Jahren anfangen könnte, da sie im Moment noch zu klein dafür war. Elizabeth war enttäuscht, denn das war das Einzige, das sie noch nicht gelernt hatte. Sie wollte nicht warten und beschloss daher für sich, mit ihrem Vater darüber zu reden.

Als es Zeit war, sich von Belial zu verabschieden, tat sie dies und ging mit dem Schutzdämon, den ihr Vater ihr zur Seite gestellt hatte, nach Hause.

Viertes Kapitel

Es waren nun zwei Jahre vergangen und Elizabeth war inzwischen fünf Jahre alt und freute sich schon darauf, endlich die Arena kennenzulernen. Außerdem war sie schon gespannt, welche Kampftechniken sie erlernen würde. Voller Vorfreude stand sie früher auf als sonst. Elizabeth hatte damals mit ihrem Vater wegen der Kampfausbildung gesprochen, nachdem Belial gemeint hatte, dass sie noch zu klein dafür war. Aber auch Luzifer war damals der Ansicht gewesen, dass es noch zu früh wäre, und hatte sie gebeten, sich in Geduld zu üben.

In letzter Zeit fiel Elizabeth auf, dass ihr Vater viel zu tun hatte und ihr nicht mehr die nötige Aufmerksamkeit entgegenbrachte. In diesen Zeiten war Elizabeth froh, das Kindermädchen Annette an ihrer Seite zu haben. So konnte sie an den Wochenenden Spaziergänge mit ihr unternehmen. Annette hatte immer wieder neue Geschichten für die kleine Dämonenprinzessin auf Lager. Auch wusste sie einige Orte, die man besuchen und erkunden konnte. Das Kindermädchen war für Elizabeth eine gute Freundin geworden. Schade nur, dass sie nicht die ganze Zeit bei ihr sein durfte. Manchmal aber, ohne dass es ihr Vater wusste, holte Annette sie ab und dann gingen sie zum See und setzten sich dort auf die Bank. Annette fragte Elizabeth, wie es ihr im Unterricht ginge und die kleine Dämonenprinzessin erzählte ihr dann immer, was sie Neues gelernt hatte. Wenn sie beide am See saßen, schauten sie den Wasserdämonen zu. Leider waren diese Tage sehr selten, da Elizabeths Vater sehr streng war. Er verlangte von dem Kindermädchen, dass sie mit seiner Tochter unverzüglich nach dem Unterricht nach Hause kommen sollte. Die Hausaufgaben seien zuerst zu erledigen, so seine Erklärung. Elizabeth und Annette blieben daher nicht lange auf der Bank sitzen und gingen bald zur Burg. Dort setzten sie sich an den Tisch im Wohnzimmer und Elizabeth holte die Unterlagen für die Hausaufgaben aus dem Rucksack. Gemeinsam mit dem Kindermädchen lösten sie dann diese.

Luzifer war nun mal der Herrscher der Hölle und hatte andere, wichtigere Dinge zu tun, als sich um seine Tochter zu kümmern. Aber wenn sie dann doch einmal mit ihm reden wollte, so nahm er sich so viel Zeit, wie er wollte. Er hielt sein Versprechen ihr gegenüber, dass er immer für sie da war und sie ihn jederzeit etwas fragen konnte. Denn er sagte ihr auch, dass seine Kinder sein Ein und Alles waren und jeder darauf zu achten hatte.

Elizabeth traf ihren Vater im Wohnzimmer beim Frühstück an und als sie ihm zur Begrüßung einen Kuss auf die Wange gab und sich dann auf ihren Platz setzte, schaute Luzifer zu seiner Tochter herüber und sagte, dass er für heute Abend eine Zeremonie vorbereiten wolle, in der sie der Mittelpunkt sein würde. Elizabeth schaute ihn überrascht und voller Erwartung an, aber ihr Vater hob die Hand und bedeutete ihr, dass das alles war, was sie erfahren würde. Sie konnte es nicht glauben, denn das waren zwei Ereignisse an einem Tag. Jetzt freute sie sich erst recht auf diesen Tag. Sie beendete in Windeseile ihr Frühstück, stand auf und umarmte ihren Vater. Dann verließ sie das Wohnzimmer, holte ihren Rucksack und ging zu Belial.

Dort angekommen, war sie verwundert, dass der Dämonenfürst nicht anwesend war. Elizabeth setzte sich auf einen der Stühle und wartete. Nach etwa zehn Minuten erschien Belial und lächelte sie an. Er wirkte heute gestresst, so als stünde irgendein großes Ereignis bevor, auf das er sich vorbereiten musste. Konnte es mit der Zeremonie zusammenhängen, von der ihr Vater heute Morgen gesprochen hatte? Er erklärte ihr, dass er noch etwas zu erledigen hätte und bat sie, hier sitzen zu bleiben und auf ihn zu warten. Elizabeth nickte ihm zu und der Dämonenfürst verschwand wieder durch die Eisentür.

Elizabeth blieb eine Weile sitzen und merkte, dass sie begann sich zu langweilen. Ständig blickte sie zur Eisentür, in der Hoffnung, dass der Dämonenfürst bald wieder erscheinen würde. Erst jetzt fiel ihr auf, dass diese nicht ganz geschlossen war. Sie schaute sich im Raum um und merkte, dass sie allein war, stand von ihrem Stuhl auf und ging langsam auf die Eisentür zu. Als sie diese erreicht hatte, sah sie zu ihrem Erstaunen, dass sie tatsächlich einen Spalt offen stand. Elizabeth blickte noch einmal zurück in den Raum und er war leer. Dann drehte sie sich wieder zur Eisentür und öffnete sie so weit, dass sie durchschlüpfen konnte. Sie ging den Höhlengang entlang und stand dann auf dem gepflasterten Weg. Dort überlegte sie, welchen Weg sie nehmen sollte. Nach links ging es nach Hause, aber dort wollte sie nicht hin. Elizabeth wollte eher wissen, wo der Weg nach rechts hinführte. Sie schaute sich noch einmal um, ob sie keiner sah, blickte auch hinter sich, denn es könnte sein, dass ihr jemand gefolgt war, um sie wieder in den Raum zurückzubringen. Aber da war niemand und so nahm Elizabeth all ihren Mut zusammen und ging nach rechts. Sie war einige Hundert Meter gegangen, als sie eigenartige Geräusche hörte und abrupt stehen blieb und lauschte. Die Geräusche klangen wie Schreie von gequälten Menschen. Sie hatte von Belial gelernt, dass dies die verdammten Seelen von Menschen waren, die in ihren Leben Furchtbares angestellt oder sich selbst das Leben genommen hatten. Wenn sie gestorben waren und durch das Höllentor gingen, befanden sie sich auf dem „Pfad der Verdammten", den sie so lange gehen mussten, bis sie die Ebene erreicht hatten, die für ihre Todsünde zuständig war. Dort wurden sie von einem der Dämonenfürsten empfangen und auch dort wieder auf einen Pfad geschickt, wo sie jedes Mal ihre Sünde von Neuem durchlaufen mussten. Das Ganze dauerte zehn Jahre, um danach, wenn sie sich noch nicht aufgegeben hatten, vor einer neuen Entscheidung zu stehen. Diese Entscheidung bestand aus zwei Punkten, entweder sie traten der Armee der Finsternis bei oder sie gingen endgültig ins Fegefeuer. Diejenigen, die sich für die Armee entschieden, wurden zusammengesammelt und von den Wachen des Dämonenfürsten in die Arenen geschickt. Dort begannen sie eine Kampfausbildung, wobei aber vorher noch ihre Stärken und Schwächen im Kampf analysiert wurden. Belial erzählte aber auch, dass jeder Dämonenfürst nur eine gewisse Anzahl an Verdammten in die Arenen schicken durfte und dies nach einem Auswahlverfahren stattfand. Denn niemand kannte seine Verdammten besser als der Dämonenfürst, dem sie gehörten. Wobei man aber sagen muss, dass jeder Dämonenfürst in dieser Hinsicht selbst entscheiden konnte, wie er das machte. Elizabeth riss sich von ihren Gedanken los. Als sie ein Stück weiterging, kam sie an eine Gabelung des Weges. Elizabeth konnte geradeaus weitergehen oder nach links abbiegen. Sie entschied sich und ging nach links und kam dem „Pfad der Verdammten" immer näher. Plötzlich tauchte ein Dämon vor ihr auf und sie sprang in das nächstgelegene Gebüsch und blieb ganz ruhig sitzen. Dabei beobachtete sie den Dämon und stellte fest, dass er bewaffnet war und einer der Wächter sein musste, die dafür sorgten, dass die Verdammten auf ihrem Weg blieben, bis sie ihre Ebene erreicht hatten. Die Dämonenprinzessin zitterte am ganzen Körper, denn sie wollte auf keinen Fall von ihnen entdeckt werden. Als der Wächter an ihr vorbei war, stand sie auf und rannte den Pfad weiter und kam zur nächsten Kreuzung, wo an jeder Ecke ein Wächter stand. Elizabeth verließ den Pfad und verschwand hinter einem Felsen. Leise ging sie an der Kreuzung hinter dem Felsen nach rechts auf den Pfad und blieb erschrocken stehen, denn da waren plötzlich so viele Gestalten, die an ihr vorbeigingen, dass sie sich sofort wieder hinter einem der Felsen versteckte. Auch waren die Schreie und das Gejammer kaum auszuhalten, so laut wirkte es auf sie. Elizabeth hielt sich sofort die Ohren zu. Sie bewegte sich vorsichtig hinter den Felsen weiter und dann sah sie es. Es war gewaltig, wenn man davorstand. Mit so vielen Symbolen versehen, die einerseits eine Inschrift, aber auch eine Warnung waren. Sie wollte sich unbedingt dieses Tor, es war das Höllentor, nun von der Nähe ansehen, aber als sie aus der Deckung hinter einem der Felsen hervortrat, kam sie nicht weit. Denn nach ein paar Schritten, sie hatte das Tor fast erreicht, versperrte ihr ein riesengroßer Hund mit drei Köpfen den Weg. Elizabeth kannte ihn.

Es war Zerberus.

Elizabeth nannte ihn liebevoll Zerbi. Belial hatte ihn ihr einmal vorgestellt und sie wurden sofort gute Freunde. Aber jetzt schaute Zerbi überrascht und auch etwas grimmig zu ihr herab. Dann kam er auf Elizabeth zu gerannt, blieb vor ihr stehen und schubste sie mit seiner Pfote liebevoll zu seinem Schlafplatz. Die Dämonenprinzessin schaute ihn an und während sie in seine Augen von einem der Köpfe blickte, wurde sie eigenartigerweise sehr müde, legte sich hin und merkte noch, wie sich Zerbi hinter sie legte und seine Pfote beschützend um sie schlang. Dann schlief sie ein. Währenddessen hatte der Dämonenfürst Belial, nachdem er wieder in seiner Ebene war, festgestellt, dass die Tür einen Spalt offen stand. Der Stuhl, auf dem die Dämonenprinzessin gesessen hatte, stand verwaist da. Belial wurde nervös, da er nicht wusste, wo Elizabeth war und wie er Luzifer dies erklären sollte. Er machte sich auf den Weg zu Luzifer und als er ihm schilderte, was passiert war, wurde dieser sehr grimmig. Er schaute Belial an und fragte ihn, wo er glaube, dass seine Tochter sich aufhalten könnte. Der Dämonenfürst zuckte mit den Schultern und meinte, dass er die Wege abgehen werde und auch seine Wachen befragen wird. Luzifer schaute ihn immer bösartiger an und begann so zu brüllen, dass er sie finden soll, dass man sein Gebrüll bis zum Höllentor hören konnte. Belial verließ die Burg und begab sich sofort auf den Weg zum Höllentor. Aber jeder Wächter, den er auch fragte, konnte ihm nicht sagen, wo sich die Dämonenprinzessin befand. Luzifer stand eine Weile noch unentschlossen in der Halle und überlegte, was er tun konnte. Dann begab auch er sich auf direktem Weg zum Höllentor. Er bog gerade den Weg zum Höllentor ein, als er am Lager von Zerberus vorbeikam. Er blickte darauf und sah seine Tochter friedlich unter einer der Pfoten von Zerberus liegen und schlafen. Luzifer ging langsam zum Lager, als Zerberus seine Augen aufschlug und ihn anknurrte. Luzifer ließ sich dadurch nicht einschüchtern und ging weiter auf seine Tochter zu. Fast hatte er sie erreicht, als das Knurren lauter wurde und Luzifer einen Schritt nach hinten trat. Da erschien auch schon Belial und lächelte über die Szene, die sich ihm bot. Luzifer warf ihm einen drohenden Blick zu und befahl ihm, dass er seine Tochter, sobald sie aufgewacht war, in die Burg bringen sollte. Belial nickte und Luzifer drehte sich um und ging.

Auf dem Weg zu seiner Burg sammelte er alle Wachen ein, die seine Tochter passiert hatte, und schickte sie umgehend ins Fegefeuer. Dann rief er den Kommandeur der Wachen und teilte ihm mit, dass er die fehlenden Wachen umgehend durch neue ersetzen sollte. Der Kommandeur nickte und führte sofort den Befehl aus. Luzifer setzte seinen Weg fort und ging, als er die Burg betreten hatte, in sein Arbeitszimmer.

Als Elizabeth erwachte, lag sie in ihrem Zimmer und musste sich erst orientieren. Sie konnte sich nur noch daran erinnern, dass sie auf Belial in seiner Ebene warten sollte. Das hatte sie nicht getan und war spazieren gegangen, wobei sie Zerbi getroffen und auch die Verdammten gesehen hatte. Es waren so viele, die durch das Tor kamen und diese Schreie, die man kaum aushielt.

Elizabeth stand auf und verließ ihr Zimmer und ging in Richtung Halle. Sie wollte gerade die Burg verlassen, als sie eine sehr tiefe und sonore Stimme hinter sich hörte. Elizabeth blieb starr stehen, drehte sich um und sah in die Augen ihres Vaters. Er schaute seine Tochter böse an und erklärte ihr, dass sie zurück in ihr Zimmer gehen und dort warten sollte, bis er sie für die Zeremonie abholte. Denn für heute hätte sie schon genug Schaden angerichtet und seine Nerven überstrapaziert.

Sie hatte Tränen in den Augen, denn sie wollte nicht, dass ihr Vater mit ihr böse war und ging auf ihn zu und entschuldigte sich bei ihm, dass sie so ungehorsam war. Aber Luzifer wollte, dass seine Tochter lernt, dass die Hölle kein Spielplatz ist und ignorierte ihre Worte und zeigte mit dem Zeigefinger in den Gang, in dem sich ihr Zimmer befand. Elizabeth schaute ihn traurig an, ließ die Schultern und den Kopf hängen und ging gehorsam zurück in ihr Zimmer. Dort warf sie sich auf ihr Bett und weinte bitterlich. Sie verstand nicht, wie ihr Vater sie zurückweisen konnte, wo sie sich doch entschuldigt hatte. Zerbi hatte sie doch gerettet und behütet, sodass ihr nichts passiert war. Elizabeth wollte auf jeden Fall mit ihrem Vater noch einmal darüber reden und sich erneut bei ihm entschuldigen. Wahrscheinlich hatte sie ihm sehr viel Kummer bereitet, aber er musste sie auch verstehen, dass sie einiges erkunden und nicht immer nur den gleichen Pfad entlanggehen wollte. Nach einer Weile, die Elizabeth in ihrem Zimmer verbracht hatte, öffnete sich die Tür und ihr Vater kam herein. Er kam zu ihr und sagte, dass sie sich für die Zeremonie fertigmachen sollte. Erst jetzt bemerkte Elizabeth, dass eine weitere Person mit ihm ins Zimmer gekommen war. Es war eine Nephilim, d. h. eine niedere Dämonin, die ihr beim Ankleiden helfen sollte. Ohne ein weiteres Wort drehte sich ihr Vater um und verließ das Zimmer.

Die Nephilim, ihr Name war Gorda, hatte eine größere Schachtel in den Händen und kam damit zu ihr und stellte sie auf ihrem Bett ab. Elizabeth ging zu ihr und zog sich aus und Gorda öffnete die Schachtel und nahm einige Kleidungsstücke heraus. Dann kleidete sie die Dämonenprinzessin mit den Kleidungsstücken aus der Schachtel an. Als sie fertig war, stellte Elizabeth sich vor den Spiegel und betrachtete sich. Sie hatte ein wunderschönes, schwarzes Kleid an, das an der Hüfte etwas auseinanderging. Es hatte außerdem lange Ärmel. Gorda kam von hinten auf sie zu und legte ihr eine Schärpe von der linken Schulter quer über den Oberkörper. Elizabeth schaute auf diese Schärpe und sah, dass auf ihr verschiedene Symbole und das Familienwappen zu sehen waren. Die Symbole, die sie dank Belial nun lesen konnte, bedeuteten ihren Namen. So wusste jeder Dämon, wer sie war. Jetzt öffnete sie eine weitere Schatulle und nahm ein Diadem heraus. Elizabeth setzte sich zu ihrer Frisierkommode und Gorda machte ihr die Haare und setzte ihr zum Schluss das Diadem darauf. Als sie fertig war, stand Elizabeth auf und stellte sich vor die Nephilim hin. Gorda betrachtete die Dämonenprinzessin von oben bis unten und lächelte sie an. Elizabeth ging zum Spiegel und war fasziniert, was die Nephilim mit ihr angestellt hatte. Sie sah aus wie eine kleine Prinzessin. Sie schaute wieder zu ihr und dankte ihr und verließ ihr Zimmer. Als sie auf halbem Weg zur Halle war, fiel ihr ein, dass sie vergessen hatte, ihre Schuhe anzuziehen. Sie drehte sich um und erschrak, denn Gorda stand da und hatte ihre Schuhe in der Hand. Elizabeth hob ihr Kleid an und Gorda zog ihr die Schuhe an. Sie dankte ihr, nickte ihr zu, drehte sich um und setzte ihren Weg zur Halle fort.

Als sie dort erschien, stand ihr Vater in der Mitte der Halle und schaute sie mit einem warmen Lächeln an. Auch konnte sie erkennen, dass seine Augen feucht waren, aber das konnte auch Einbildung sein. Elizabeth ging zu ihm und ihr Vater legte einen Umhang, den er über dem Arm trug, um ihre Schultern. Dann nahm Elizabeth seine Hand. Gemeinsam verließen sie den Saal.

Als sie draußen den Pfad ein Stück entlanggegangen waren, ging ihr Vater plötzlich nach rechts und da war ein weiterer Pfad, der sich zwischen einigen Felsen hindurchschlang und dann vor einem riesigen Gebilde endete. Elizabeth sah sich das Gebilde an und erkannte an der Bauweise, dass es die Arena sein musste. Sie schaute ihren Vater an und fragte ihn, ob das die Arena sei und er bejahte. Außerdem erklärte er ihr, dass es vier Arenen gab, zwei große und zwei kleinere. In den kleineren Arenen würden die Kinder, so wie sie eines war, ihre ersten Kampferfahrungen machen und in den größeren die Soldaten der Armee und die Dämonen Kampfübungen abhalten sowie auch die Ausbildungen stattfinden.

Elizabeth hörte ihrem Vater neugierig und interessiert zu und nahm sich vor, Belial in der nächsten Unterrichtsstunde näher über diese Arenen zu befragen.

Als sie den Weg fortsetzten und sie sich einer der größeren Arenen näherten, sah Elizabeth schon von der Ferne, welch beeindruckende Bauten es waren. Die Arena bestand äußerlich aus dunklem Gestein und war drei Stockwerke hoch. Das Tor, dem sie sich direkt näherten, bestand aus einem verbrannten Holz und so roch auch die Umgebung des Tores. Es hatte, natürlich in dämonischen Symbolen, die Inschrift am oberen Teil des Tores, die wie folgt lautet:

„DURCHSCHREITE DIESES TOR MIT
MUT UND KAMPFGEIST"

Als Bewachung des Tores standen zwei Wächter davor, die auf ihrer nackten Haut Schutzsymbole und noch andere Symbole tätowiert hatten. Außerdem hatten sie einige Waffen, wie ein

Schwert, ein Messer und einen Speer, den sie in der rechten Hand hielten. Als sie vor ihnen stehen blieben, kreuzten sie ihre Speere. Luzifer hob die rechte Hand und zeigte ihnen einen Ring an seinem Ringfinger. Als sie diesen sahen, öffneten sie die Speere und das Tor. Luzifer nahm wieder die Hand seiner Tochter und gemeinsam gingen sie in das Innere der Arena. Elizabeth hatte Angst und war froh, dass ihr Vater sie begleitete und als sie dann gemeinsam die Arena betraten, blieb sie vor Ehrfurcht und Erstaunen plötzlich stehen und sah sich um. Es war eine dunkle und gefährliche Atmosphäre hier drinnen, die man so nicht beschreiben kann. Elizabeth war überwältigt und stand mit offenem Mund da und starrte nach oben. Da waren dieser rote Himmel und die schwarzen Wolken, die an ihnen vorbeizogen. Als sie sich zu den Mauern drehte, konnte sie durch die Dunkelheit nicht bis nach oben der Arena sehen, aber weiter unten, das war etwa der zweite Stock, konnte sie lauter Eingänge, oder waren es Einbuchtungen, sehen. Die ganze Arena war aus schwarzem Felsen und es hätte sie nicht gewundert, wenn sie von da oben beobachtet wurden. Als sie ihren Kopf wieder senkte und ihr Blick geradeaus schaute, konnte sie in der Mitte der Arena eine Art Altar sehen, zu dem sich ihr Vater, nachdem er die Hand seiner Tochter losgelassen hatte, nun hinbewegte. Elizabeth blieb noch eine Weile stehen und musste sich erst an den Geruch hier drinnen gewöhnen. Denn im Gegensatz zu draußen, wo es nach Schwefel roch, konnte man hier auch den Kampfschweiß und das Blut riechen. Sie folgte ihrem Vater, der in der Nähe des Altars stehen geblieben war.

Auf einmal hörte Elizabeth ein Dröhnen, das von dem Tor kam und sie drehte sich um. Es öffnete sich gerade und was dann hereinkam, machte ihr wirklich Angst und sie nahm schnell die Hand ihres Vaters und zitterte leicht am ganzen Körper. In die Arena traten neun eindrucksvolle und mächtige Dämonen, die sicher drei Meter groß waren. Jeder dieser Dämonen hatte eine eigene Gestalt und um den Hals trugen sie eine Art Siegel. Dieses Siegel enthielt ihren Namen und ihre Ebene. Sie wirkten auf Elizabeth sehr angsterregend. Sie kamen auf sie und ihren Vater zu und stellten sich im Kreis um die beiden auf. Sie nickten Luzifer zu und er nickte zurück und begann zu sprechen:

„Elizabeth, das hier sind die neun Dämonenfürsten, die einst heidnische Götter waren, aber von den Menschen durch eine neue Religion vergessen wurden und sich daher entschieden hatten, ihr Erdendasein aufzugeben, um mir zu dienen. Außerdem möchte ich dir damit sagen, dass sich diese Dämonenfürsten, sobald sie in meine Dienste getreten waren, mit einem EHRENKODEX dazu verpflichtet haben, meine Nachkommen zu schützen und diesen in äußersten Notfällen zu helfen. Ich möchte sie dir nun der Reihe nach vorstellen."

Elizabeth schaute ihn an, nickte und somit gingen sie gemeinsam zu dem ersten Fürsten hin. Luzifer erklärte ihr, dass das BAAL war und einer seiner ersten Dämonenfürsten. Elizabeth musste ihren Kopf in den Nacken legen, um in das Gesicht des Dämons schauen zu können. Aber der Dämon rührte sich keinen Millimeter und starrte nur vor sich hin. Daraufhin gingen sie zum nächsten und das war BELIAL. Auch er verhielt sich wie jeder andere Dämon in dieser Runde, denn keiner wollte sie direkt ansehen. Elizabeth hatte ein eigenartiges Gefühl, war aber froh, dass ihr Vater immer an ihrer Seite war. So gingen sie von einem zum anderen und Vater sagte ihr ihre Namen: BELPHEGOR, AZAZEL, ASMODEUS, ASRAEL, PEKAWIK, MAMMON, ASTAROTH.

Als sie wieder in die Mitte des Kreises traten, begannen die Dämonenfürsten einstimmig mit einem Gesang und die Worte, die sie sprachen, waren Elizabeth einerseits bekannt, aber der Gesang war so tief und eigenartig, dass sie sich an ihren Vater presste und hoffte, dass es bald zu Ende war. Plötzlich verstummten sie, knieten sich hin und verbeugten sich einer nach dem anderen. Dann standen sie wieder auf und gingen hintereinander aus der Arena. Elizabeth zitterte am ganzen Körper und schaute ihren Vater angsterfüllt an. Er lächelte ihr aufmunternd zu, nahm ihre Hand und gemeinsam verließen sie ebenfalls die Arena.

Als sie wieder zu Hause waren, wollte Luzifer, dass seine Tochter ihn in sein Arbeitszimmer begleitete. Sie gingen von der Halle aus geradeaus einen Gang entlang und dann nach links. Dort war eine Tür, die Luzifer aufschloss und hineinging. Elizabeth folgte ihm und sah sich um. Obwohl sie schon einige Male ihren Vater in seinem Büro besucht hatte, konnte sie sich nicht an die düstere Umgebung gewöhnen.

Zu dem Zeitpunkt wusste sie noch nicht, dass sie dieses Gefühl in ihrem Leben später noch einmal einholen würde.

Luzifer ging zu seinem Schreibtisch. Er öffnete eine der Schubladen und nahm eine kleine Schatulle heraus. Mit der Schatulle in der Hand kam er zu ihr zurück und blieb vor ihr stehen. Elizabeth schaute ihn erwartungsvoll an. Da er seine Tochter nicht länger im Ungewissen lassen wollte, öffnete er die Schatulle und nahm einen Ring heraus. Dann sagte er:

„Meine liebe Elizabeth, ich möchte dir hier etwas geben, das du immer tragen solltest. Es ist wichtig, dass du dies befolgst. Wie du heute erfahren hast, haben die Dämonenfürsten ihren KODEX dir gegenüber beeidigt und mit diesem Ring, wenn du ihn zeigst, ist jeder Dämon, egal wie mächtig er ist, dazu verpflichtet, dir Tribut zu zollen. Sollte dies nicht der Fall sein, so kannst du ihn sofort für eine angemessene Strafe in den Kerker sperren lassen."

Als Luzifer geendet hatte, gab er Elizabeth den Ring und sie steckte ihn auf ihren rechten Ringfinger. Dann fragte sie ihren Vater, was denn der Ring darstelle und Luzifer erklärte ihr, dass es das DEMONEYE ist. Elizabeth betrachtete den Ring an ihrem Finger und war stolz, dass sie ihn tragen durfte. Luzifer erklärte ihr auch noch, dass nur seine Nachkommen diesen Ring tragen durften. Elizabeth umarmte ihren Vater und gab ihm einen Kuss auf die Wange. Dann verabschiedete sie sich von ihm und ging in ihr Zimmer.

Dort angekommen, setzte sie sich an ihren Schreibtisch. Elizabeth nahm ihren Rucksack und holte das Notizbuch heraus. Den Stift dazu hatte sie auf dem Schreibtisch liegen. Sie setzte sich aufrecht hin, öffnete das Notizbuch und begann ihre heutigen Eindrücke niederzuschreiben. Am Ende schrieb sie noch einige Fragen hinein, die sie Belial morgen auf jeden Fall stellen wollte. Als sie fertig war, schloss sie das Notizbuch und gab es mitsamt dem Stift sofort in ihren Rucksack, damit sie es morgen nicht vergaß. Elizabeth schloss den Rucksack, stellte ihn neben den Schreibtisch und stand auf. Da es schon spät war, zog sie sich aus und ging ins Badezimmer. Als sie wieder herauskam, zog sie ihr Nachthemd an und ging zu Bett. Sie hatte sich gerade hingelegt, als sich ihre Zimmertür öffnete und Luzifer hereinkam. Er kam zu ihr und merkte, dass seine Tochter sehr müde war und gab ihr nur einen Kuss auf die Stirn, richtete ihre Decke und wünschte ihr eine „Gute Nacht". Dann ging er wieder und schloss die Tür hinter sich. Elizabeth schaute noch eine Weile zur Tür und schloss dann ihre Augen. Sie schlief sofort ein und träumte von der Arena.

Fünftes Kapitel

Am nächsten Morgen stand Elizabeth auf und machte sich für den Unterricht fertig. Sie nahm ihren Rucksack und begab sich ins Wohnzimmer, um zu frühstücken. Dort saß auch schon ihr Vater und lächelte ihr zu. Elizabeth ging zu ihm, gab ihm einen Kuss und setzte sich auf ihren Platz. Als sie den letzten Schluck Tee getrunken und den letzten Bissen Brot hinuntergeschluckt hatte, stand sie auf, verabschiedete sich von ihrem Vater und ging den gepflasterten Weg zu Belial.

Dort angekommen, klopfte sie an die Eisentür und ein Dämon öffnete ihr. Elizabeth begrüßte ihn und ging weiter zum großen Tisch. Dort nahm sie den Rucksack von den Schultern, öffnete ihn und nahm das Notizbuch, das sie gestern verwendet hatte, heraus und legte es auf den Tisch. Elizabeth hatte es sich gerade bequem gemacht, da kam auch schon Belial und setzte sich wie immer ihr gegenüber. Elizabeth merkte an seinem Blick, dass er sich ihr gegenüber verändert hatte. Sein Blick fiel sofort auf ihre rechte Hand, an dem sie den Ring trug, und er lächelte und sagte ihr, dass er sich ab jetzt ihr gegenüber respektvoller verhalten müsste. Elizabeth schaute ihn verwundert an, denn Belial hatte sich in ihrer Gegenwart noch nie respektlos verhalten. Sie fragte ihn, ob er das wegen des Rings tun müsse und er sagte, dass der Ring und der KODEX dafür verantwortlich seien und ihm das als Dämonenfürst sehr ernst sei. Auch habe sie als Dämonenprinzessin durch diesen Ring die Möglichkeit, jederzeit jeden Dämon, den sie beim Namen kannte, ohne irgendwelche Beschwörungen zu rufen und dieser auch zu erscheinen hatte. Elizabeth schaute ihn erstaunt an und nickte. Dann öffnete sie ihr Notizbuch und schlug die Seite mit den Fragen, die sie gestern zusammengestellt hatte, auf.

Die erste Frage, die sie Belial stellte, war die über die Arenen. Der Dämonenfürst meinte, dass es sehr umfangreich wäre, alles zu erklären. Aber er hätte eine Überraschung für sie. Elizabeth schaute ihn gespannt an und er sagte, dass er es nun an der Zeit fände, dass sie ein wenig Kampferfahrung sammeln sollte. Elizabeth sprang vor Freude auf und lief um den Tisch herum auf ihn zu, schlang ihre Arme um seine Schultern und gab ihm einen Kuss auf die Wange. Das war die schönste Aussage, die sie so lange herbeigesehnt hatte. Nun wollte sie aber auch wissen, wann sie damit anfangen würden, denn Elizabeth wollte sofort starten. Belial erklärte ihr, dass er zuerst noch mit ihrem Vater reden musste und sobald er sein Einverständnis gab, könnten sie loslegen. Elizabeth machte einen Freudensprung und war kaum zu bändigen, so sehr freute sie sich darauf. Als sie sich wieder gefangen hatte und an ihrem Platz saß, erklärte ihr der Dämonenfürst, dass er heute Abend bei ihrem Vater und ihr zum Essen eingeladen war und versprach ihr, mit ihrem Vater darüber zu reden.

Diese Antwort genügte ihr und sie konnte es gar nicht erwarten, bis es Abend wurde.

Belial erklärte ihr noch, dass er ihr, nachdem ihr Vater eingewilligt hatte, die genauen Trainingstage aufschreiben würde. Elizabeth nickte ihm zu und schlug ihr Notizbuch wieder zu, verstaute es im Rucksack und schaute dann den Dämonenfürsten voller Erwartung, was nun noch kommen würde, an. Belial erwiderte ihren Blick und sagte, dass sie ihm die zehn Vorsätze vorlesen sollte. Dazu gab er ihr ein Blatt Papier, worauf diese geschrieben standen. Elizabeth schaute sich das Blatt genauer an und begann dann zu lesen. Als sie geendet hatte, schaute sie Belial an und er nickte zufrieden. Dann verlangte er von ihr, dass sie ihm jeden Tag, bevor sie mit dem Unterricht beginnen würden, einen der Vorsätze auswendig aufsagen sollte. Elizabeth las den ersten Vorsatz noch einmal laut vor. Dabei dachte sie in Gedanken, dass es unmöglich sei, so etwas auswendig zu lernen. Aber wie das Sprichwort schon sagt: „Übung macht den Meister". Außerdem wollte sie auf keinen Fall den Dämonenfürsten und schon gar nicht ihren Vater enttäuschen. Schließlich war sie seine Tochter und sollte über alles, was Gesetze, Regeln und

Vorsätze in jeder Variante betraf, Bescheid wissen. Was sie zu diesem Zeitpunkt noch nicht wusste, dass die Dämonenfürsten auch noch eigene Regeln und Gesetze hatten, die nur ihre Ebene betrafen.

Schon wieder war die Zeit wie im Flug vergangen und Elizabeth steckte das Blatt Papier in ihren Rucksack und stand auf. Sie hob den Rucksack auf ihre Schultern, verabschiedete sich von Belial und ging nach Hause. In ihrem Zimmer angekommen, legte sie das Notizbuch und das Blatt Papier auf den Schreibtisch. Dann setzte sie sich hin und schrieb die Vorsätze in das Notizbuch. Als sie damit fertig war, stand sie auf und nahm das Notizbuch mit zum Bett, legte sich darauf und las die Vorsätze noch einmal laut durch. Dabei stellte sie fest, je öfter sie diese Sätze laut las oder schrieb, umso besser konnte sie sich einige Passagen merken. Aber Elizabeth wusste auch, dass sie wahrscheinlich morgen noch immer nicht den ersten Vorsatz auswendig können würde. Das war einfach unmöglich in so kurzer Zeit, dies zu lernen. Sie nahm sich vor, am nächsten Tag das Blatt Papier auszupacken und den Vorsatz darauf vorzulesen. Schließlich war sie die Dämonenprinzessin und Belial musste ihre Entscheidung akzeptieren. Sie war schon gespannt auf das Gesicht von Belial.

Elizabeth legte das Notizbuch wieder auf den Schreibtisch. Sie verließ ihr Zimmer und ging in Richtung Wohnzimmer. Als sie die Halle durchquerte, hörte sie von der rechten Seite ein leises Knurren und blieb wie erstarrt stehen. Dann drehte sie ihren Kopf in die Richtung, aus dem das Knurren kam, und riss die Augen auf. Zerberus kam mit wedelndem Schwanz auf sie zugestürmt und blieb kurz vor ihr stehen, da sie ihm ihre ausgestreckte Hand entgegenhielt. Dann leckte er ihr mit der mittleren Zunge über ihr ganzes Gesicht. Elizabeth schaute ihn zuerst böse an und fing dann lauthals zu lachen an. Zerberus oder wie sie ihn liebevoll nannte, Zerbi, schaute sie mit seinen großen Augen verständnislos an und begann dann zu hecheln. Die Dämonenprinzessin legte ihm eine Hand auf den mittleren Kopf und streichelte ihn zwischen den Ohren. Er legte sich hin und genoss es. In dem Moment öffnete sich die Wohnzimmertür und Luzifer und Belial kamen heraus.

Belial schaute sie beide an und lächelte zufrieden. Er ging zu Zerbi hin und tätschelte ihm den Rücken und war glücklich, dass sich Elizabeth so gut mit dem Höllenhund verstand. Luzifer, der zuerst im Hintergrund an der Wohnzimmertür stehen geblieben war, gesellte sich dann zu ihnen und zu dritt streichelten sie Zerbi eine Weile, bis der Dämonenfürst entschied, dass Zerbi wieder zurück zum Höllentor gehen sollte, da es ja seine Bestimmung war, dieses zu bewachen. Zerbi und Elizabeth schauten sich traurig an. Da Elizabeth nicht wollte, dass er ging, nahm sie einen seiner Köpfe in ihre kleinen Hände und gab ihm einen Kuss zwischen die Augen. Dann trat sie einige Schritte zur Seite und Zerbi erhob sich und ging langsam hinaus durch das Tor. Dann schaute der Höllenhund noch einmal zurück und als er wieder nach vorne schaute, beschleunigte er seine Schritte und war nach einer Weile nicht mehr zu sehen. Sie schauten ihm alle drei noch hinterher und als sie sich wieder ansahen, sagte Luzifer, dass er mit Belial noch etwas in seinem Arbeitszimmer zu besprechen hätte und das Abendessen in zwei Stunden wäre. Elizabeth nickte ihrem Vater zu. Die beiden drehten sich um und gingen zusammen den Gang entlang zu Vaters Arbeitszimmer. Elizabeth setzte ihren Weg fort und öffnete die Wohnzimmertür und ging hinein. Dort begab sie sich zum Bücherregal und holte ein Buch heraus, das in dämonischer Schrift verfasst war. Denn sie wollte so viele Bücher wie möglich in dieser Schrift lesen. Seit sie diese Symbole zu schreiben und zu lesen erlernt hatte, war Elizabeth fasziniert davon. Obwohl sie die Sprache von klein auf gelernt hatte, war es doch spannender, sie auch schreiben und lesen zu können. Auch die Bücher, die man in dieser Sprache las, waren aufregend und gaben so viel Aufschluss über die Geschichte und das Leben der Dämonen. Diesmal hatte sie sich ein Buch mit der Geschichte ihres Vaters ausgesucht. Denn sie fand, auch wenn ihr Belial schon einiges über ihren Vater und den Anbeginn der Hölle erzählt hatte, dass man auch andere Ansichten lesen sollte. Denn es gab immer wieder von vielen Persönlichkeiten verschiedene Autoren, die einiges in ein anderes Licht rückten. Elizabeth machte es sich in einem der Lesesessel, die in der Nähe des Kamins standen, bequem und schlug das Buch auf und begann zu lesen.

Da stand, dass Luzifer früher ein Engel war, der durch Meinungsverschiedenheiten mit den Göttern aus dem Himmel verstoßen wurde und so sein Reich unter der Erde, der heutigen Hölle, aufbaute. Die erste Dämonin in seinem neuen Reich war seine Tochter Lilith. Lilith war damals die einzige Tochter von Luzifer. Der Name ihrer Mutter war nicht bekannt. Als Lilith eine junge Frau war, lernte sie den heidnischen Sturmgott Baal kennen. Die beiden verliebten sich sofort ineinander und Luzifer stimmte zu, dass die beiden heiraten dürften. Zuerst aber nahm er Baal das Versprechen ab, dass er für ihn in seine Dienste trat. Baal willigte sofort ein, da er Lilith über alles liebte und um jeden Preis mit ihr zusammenbleiben wollte. Luzifer freute sich sehr und die beiden heirateten. Danach wurde Baal der erste Dämonenfürst und Luzifers Heerführer. Zusammen stellten sie eine gewaltige Armee auf die Beine. So vergingen die Jahre und die Hölle wurde zusehends gefüllt mit Verdammten und Kriegern. Noch stand alles am Anfang, doch Luzifer hatte noch Größeres vor. Denn schließlich sann er nach Rache, dafür, dass er unter die Erde verbannt wurde. So beschloss er, einen Krieg zwischen Engeln und Dämonen zu beginnen. Als es so weit war, begann Baal die Krieger in den Arenen auszubilden und als dies beendet war, ging er zu Luzifer und berichtete ihm die gute Neuigkeit. Luzifer war sehr zufrieden und so kam es, dass von einem Moment auf den anderen die dämonischen Legionen an die Erdoberfläche kamen und ohne Vorwarnung die Engel angriffen. Es war ein erbitterter Kampf auf Leben und Tod. Auf beiden Seiten waren große Verluste zu verzeichnen. Aber den größten Verlust hatten Luzifer und Baal zusammen zu verzeichnen. Denn Lilith, Tochter und Ehefrau, wurde bei diesem Krieg tödlich getroffen und starb. Man brachte den Leichnam von Lilith in die Hölle und bahrte sie im Tempel auf.

Dorthin eilte Luzifer und konnte es noch immer nicht glauben, was mit seiner Tochter geschehen war. Er beschloss, die Seele von Lilith in einem Gefäß aufzubewahren, um sie zu gegebener Zeit wiedererwecken zu können.

Der Schmerz saß tief, aber so wusste Luzifer, dass er seine Tochter nicht ganz verloren hatte. Er brachte das Gefäß mit der Seele von Lilith zu Nemesis, der Todesdämonin, und bat sie, dieses gut aufzubewahren. Sie nahm das Gefäß entgegen und stellte es in einen Schrank, der gut verschlossen war. Sie versprach Luzifer auch, ihm dieses zu gegebener Zeit wieder zurückzugeben. Damit verabschiedete Luzifer sich von der Todesdämonin und wusste insgeheim, dass er das Richtige getan hatte. Nun war es an der Zeit festzustellen, wer sich nach diesem Krieg auf Luzifers Seite gestellt hat. Er ging in eine der Arenen, wohin man die gefangenen Engel gebracht hatte, und stellte sich vor sie. Er betrachtete einen nach dem anderen. Aber keiner der Engel wollte ihm direkt in die Augen sehen. Luzifer verschränkte die Arme vor der Brust und begann zu reden:

„Ich heiße euch herzlich willkommen in der Hölle. Ich bin Luzifer. Ich bin der Herrscher der Hölle und ihr seid meine Gefangenen. Das muss nicht so bleiben, wenn ihr euch mir anschließt und schwört, mir auf Lebzeiten zu dienen. Ich gebe euch nicht viel Bedenkzeit, denn meine Geduld ist begrenzt in solchen Dingen. Also, wie entscheidet ihr euch: Dienen oder Fegefeuer?"

Mit den letzten Worten lächelte er die Gefangenen an und öffnete dabei weit seine Arme. Plötzlich kam Bewegung in die Reihe und ein Mann trat hervor. Er ging auf Luzifer zu und erklärte ihm, dass er ein heidnischer Gott wäre und sich Luzifer anschließen möchte. Luzifer schaute ihn eine Weile an und beschloss, sein Angebot anzunehmen. Dann fragte er ihn nach seinem Namen und er erwiderte, dass er Belial heiße. Dann traten noch fünf weitere Engel aus der Reihe und kamen auf die beiden zu. Sie stellten sich als die Erzengel GABRIEL, MICHAEL, URIEL, ZADKIEL und RAPHAEL vor. Luzifer schaute sie alle interessiert an und fragte sie, warum sie ihm dienen wollten. Gabriel trat hervor und sagte, dass sie nun nicht mehr in den

Himmel können, da sie verbannt wurden, so wie er damals und sie Luzifer daher bitten möchten, sich ihm anschließen zu dürfen. Luzifer akzeptierte sofort ihre Entscheidung und lächelte insgeheim in sich hinein, denn so hatte er jemanden, der die Verbindung zum Himmel hielt, auch wenn sie verbannt waren. Die anderen Engel, die hartnäckig dastanden und keine Anstalten machten, sich Luzifer anzuschließen, wurden, nachdem Luzifer den Wächtern ein Zeichen gegeben hatte, ins Fegefeuer geworfen. Mit einer zufriedenen Miene kam er auf Belial zu und klopfte ihm auf die Schulter und bedeutete ihm damit, ihn zu begleiten. Belial schloss sich ihm an und gemeinsam verließen sie die Arena und gingen zu Baal, seinem Schwiegersohn. Er stellte ihm Belial vor und alle drei verstanden sich auf Anhieb. Nach einigen Jahren beschloss Luzifer, dass Belial, der ihm inzwischen ein guter Freund und Berater geworden war, zu seinem zweiten Dämonenfürsten zu machen. Belial freute sich sehr über das Vertrauen und wollte wissen, in welchem Bereich er ihn einsetzen wollte. Luzifer überlegte eine Weile und kam dann zu dem Entschluss, dass er Belial am Höllentor einsetzen würde, da es dort noch immer nicht mit rechten Dingen zuging. Er teilte Belial seine Entscheidung mit und beide begaben sich zum Höllentor und dort machte Belial seine erste Bekanntschaft mit Zerberus, dem dreiköpfigen Hund. Auch sie wurden auf Anhieb Freunde.

Elizabeth schloss das Buch und hätte am liebsten noch weitergelesen, aber sie hatte schon zu viel Zeit mit diesem äußerst interessanten und informativen Buch verbracht und darüber völlig die Zeit vergessen. Sie hatte das Buch gerade in das Regal zurückgestellt, als sich die Wohnzimmertür öffnete und ihr Vater und Belial eintraten. Auch merkte sie jetzt, dass der Tisch schon gedeckt war, und sie setzte sich auf ihren Platz. Als sie alle saßen, wurde das Essen serviert und sie aßen schweigend, denn Luzifer konnte es überhaupt nicht leiden, wenn bei Tisch gesprochen wurde. Als sie alle satt waren und die Teller leer und abserviert wurden, stand Elizabeths Vater auf und ging zu der Sitzgruppe, die vor dem Kamin stand, und setzte sich. Belial und Elizabeth erhoben sich ebenfalls. Belial fragte Luzifer, als er an dem Getränkewagen vorbeikam, ob er auch einen Whiskey möchte, und Luzifer nickte ihm zu. Daraufhin schenkte er zwei Gläser ein. Er gab ein Glas davon Luzifer und nahm in dem Sessel Platz. Sie prosteten sich zu und dann stellten sie die Gläser auf den Couchtisch vor ihnen. Elizabeth konnte sich nicht länger beherrschen, da sie schon die ganze Zeit wissen wollte, ob ihr Vater zugestimmt hatte, und fragte daher Belial ganz offen. Der Dämonenfürst schaute zuerst Luzifer und dann Elizabeth an und begann dann zu sprechen:

„Elizabeth, dein Vater und ich hatten ein angeregtes Gespräch bezüglich deiner Kampfausbildung und sind beide zu dem Entschluss gekommen, dass es wirklich an der Zeit ist, dass du deine Kampfausbildung startest, da man nie wissen kann, wozu es gut ist und du dich dann auch besser allein bis zu einem gewissen Grad verteidigen kannst. Denn wie du weißt, haben wir Dämonenfürsten einen Eid mit dem Ehrenkodex abgeschlossen, wozu wir uns verpflichten, alle Nachkommen von Luzifer zu beschützen. Dies geschieht nicht sofort, wenn du angegriffen wirst, sondern erst wenn die Situation ausweglos ist. Vorher greifen wir auf keinen Fall ein. So, nun habe ich dir die Neuigkeit erzählt. Was sagst du dazu?"

Elizabeth sprang vor Freude auf und jubelte und fiel ihrem Vater um den Hals und bedankte sich bei ihm. Luzifer lächelte seine Tochter an und meinte, dass sie hart trainieren sollte und er sich über ihre Fortschritte jede Woche erkundigen würde. Elizabeth war überglücklich und versprach ihrem Vater, hart und unermüdlich zu trainieren.

Elizabeth gab ihrem Vater einen flüchtigen Kuss auf die Wange und bedankte sich noch einmal bei Belial für seinen Einsatz und rannte freudestrahlend in ihr Zimmer. Jetzt konnte sie es nicht mehr erwarten, bis sie ihren Trainingsplan hatte. Bevor sie zu Bett ging, räumte sie noch die Sachen, die sie morgen für den Unterricht brauchen würde, in den Rucksack. Dann kuschelte sie sich ins Bett und schlief mit einem Lächeln im Gesicht ein.

Sechstes Kapitel

Elizabeth war gut gelaunt und wollte sofort zu Belial aufbrechen, da sie es nicht erwarten konnte, den Trainingsplan zu erfahren. Sie war gerade in der Halle angekommen, als ihr Vater aus der Richtung von seinem Arbeitszimmer auf sie zukam und ihr einen schönen Morgen wünschte. Elizabeth erwiderte seinen Gruß. Dann schaute sie ihn an und Luzifer sagte, dass sie ganz genau auf Belial hören und sich immer in seiner Nähe aufhalten solle, wenn sie gemeinsam in die Arena gingen. Er erklärte ihr auch, dass er es bedauere, nicht dabei sein zu können, aber er vertraue seinen alten Freunden und wisse, dass sie in guten Händen sei. Als er geendet hatte, umarmte er seine Tochter und ging dann ins Wohnzimmer. Elizabeth verließ die Burg und ging mit schnellen Schritten zu Belials Ebene. Dort angekommen, setzte sie sich an den Tisch und wartete auf den Dämonenfürsten. Als sie schon eine Weile da saß, fiel ihr ein, dass Belial von ihr verlangt hatte, dass sie jeden Tag vor dem Unterricht einen der Vorsätze auswendig aufsagen sollte. Da sie sich in dieser kurzen Zeit, von gestern auf heute, nicht den Vorsatz merken konnte, öffnete sie den Rucksack und nahm das Blatt Papier, auf dem die zehn Vorsätze geschrieben standen, heraus und legte es vor sich auf den Tisch. Elizabeth hatte gerade das Blatt abgelegt, als auch schon der Dämonenfürst mit schnellen Schritten den Raum betrat und sich auf seinen Thron setzte. Elizabeth drehte ihren Kopf nach rechts und schaute direkt in Belials Augen. Er hob seine rechte Hand und winkte sie mit seinem Zeigefinger zu sich. Elizabeth stand langsam auf und ging zu ihm, blieb aber in sicherem Abstand vor ihm stehen. Nachdem er sie so einen Moment stehen gelassen hatte, bat er dann mit ruhiger und tiefer Stimme, dass sie ihm den ersten Vorsatz aufsagen solle. Elizabeth zitterte am ganzen Körper, da sie vergessen hatte, das Blatt Papier vom Tisch mitzunehmen und ging schnell zurück zum Tisch und holte dieses. Dann stellte sie sich wieder vor Belial und hielt den Zettel vor ihre Augen. Sie begann damit, den ersten Vorsatz zu lesen. Nach den ersten Worten veränderte sich die Atmosphäre im Raum und es wurde immer dunkler. Da ertönte auch schon die dunkle Stimme des Dämonenfürsten und sofort hielt sie inne und schaute ihn ängstlich an. Belial fragte sie, was sie hier mache und ob sie diesen Satz nicht auswendig gelernt hätte, so wie er es verlangt hatte. Elizabeth schaute ihn über den Rand des Blattes eine Weile an und senkte das Blatt dabei immer mehr, bis es in ihrer rechten Hand herunterhing. Dann erklärte sie dem Dämonenfürsten, dass sie es versucht hatte, aber die Zeit von gestern auf heute viel zu kurz war, um sich diesen Satz zu merken.

Der Dämonenfürst schaute sie eine Weile durchdringend an, schloss dann die Augen und öffnete sie wieder. Er stand von seinem Thron auf und kam auf sie zu. Elizabeth ging, da er in seiner dämonischen Gestalt war, einige Schritte zurück und hoffte, dass er sie nicht zu hart dafür bestrafte. Aber es passierte wieder das Gleiche, das schon bei ihrer ersten Begegnung geschah, nämlich mit jedem Schritt, den Belial näher auf sie zukam, verlor er seine dämonische Gestalt und stand am Ende wieder menschenhaft vor ihr. Diese Erscheinung gefiel Elizabeth viel besser, denn sie hatte nichts Bedrohliches mehr an sich und sie lächelte Belial an und gemeinsam nahmen sie ihre Plätze am Tisch ein. Inzwischen hatte sich die Atmosphäre wieder entspannt. Dann begann Belial zu sprechen und sagte ihr, dass sie recht habe und die Zeit wirklich viel zu kurz war, um dies auswendig zu lernen. Er machte daher den Vorschlag, dass sie bis zum Anfang der nächsten Woche Zeit hätte, er aber dann von ihr verlange, dass sie dies auch einhalte. Elizabeth nickte ihm zu und war froh, dass der Dämonenfürst ihr dieses Zeitfenster gab. Denn momentan wollte sie nur mit der Kampfausbildung anfangen und teilte dies Belial auch gleich mit. Er fing an zu lachen und sagte ihr, dass sie sich in Geduld üben solle. Denn vorher würden sie noch etwas lernen und später die Arena aufsuchen. Damit schlug er ein neues Buch auf, das bei näherer Betrachtung sich als die Satanische Bibel herausstellte. Belial erklärte ihr, dass das die einzige Bibel war, die sie anfassen konnte, denn bei jeder anderen würden ihre Hände sofort verbrennen. Er setzte sich mit dem Buch neben Elizabeth und gemeinsam schauten sie sich dieses an. Während der Dämonenfürst darin blätterte und ihr einige Passagen daraus vorlas, war sie schon in Gedanken bei der Arena. Belial musste bemerkt haben, dass Elizabeth sich nicht darauf konzentrierte und verstummte. Elizabeth schaute ihn fragend an, weil er nicht weiterlas, und Belial fragte sie nach seinen letzten Worten, die er aus der Bibel vorgelesen hatte. Elizabeth versuchte angestrengt, die Worte in ihr Gedächtnis zu rufen, aber es gelang ihr nicht und sie musste ihm gestehen, dass sie es nicht wusste. Belial schaute sie streng an und meinte, dass sie sich mehr konzentrieren sollte und der Unterricht nicht dazu da wäre, um die Zeit zu überbrücken, sondern um etwas zu lernen. Elizabeth entschuldigte sich bei ihm. Er klappte das Buch zu und stand auf, ging zum Bücherregal und stellte die Bibel wieder an ihren Platz. Dann nahm er eine Mappe von seinem Schreibtisch und bedeutete Elizabeth, mit ihm zu kommen. Sie stand von ihrem Platz auf, nahm den Rucksack und gemeinsam verließen sie die Ebene des Dämonenfürsten.

Sie gingen den Weg zurück bis zur Burg und bogen dann nach links ein. Jetzt erinnerte Elizabeth sich wieder, denn den gleichen Weg war sie mit ihrem Vater zu einer der Arenen gegangen, als die Dämonenfürsten den Ehrenkodex gesprochen hatten. Aber Belial bog wieder nach rechts, bevor sie zu der Arena kamen, und Elizabeth sah in der Ferne eine kleinere Arena. Der Weg dorthin war uneben und sie musste aufpassen, dass sie nicht stolperte. Als sie dann bei der Arena ankamen, standen auch hier zwei Wächter davor und Belial zeigte ihnen sein Siegel, das er um den Hals trug, und die Wächter öffneten das Tor.

Als sie eintraten und Elizabeth sich umschaute, sah sie, dass diese Arena genauso aussah wie die andere, nur kleiner. Auch konnte sie hier in der Mitte eine Art Altar sehen und davor lagen auf einem steinernen Tisch verschiedene Waffen. Als sie näher in die Mitte kamen, konnte Elizabeth sehen, dass sich dort

Schwerter, Messer, Dolche, Pfeil und Bogen und lange Stangen befanden. Auch waren die Geräusche in der Arena vom Kampfgeschrei anderer Kinder erfüllt. Als sie den Blick umherschweifen ließ und sah, wie die anderen Kinder miteinander kämpften, wollte sie unbedingt sofort mitmachen. Aber Elizabeth erinnerte sich an die Worte ihres Vaters und blieb ruhig neben Belial stehen. Auf einmal löste sich eine größere Gestalt von den Kämpfenden und kam auf sie zu. Sie blieb dicht vor Belial stehen und klopfte sich mit der rechten Hand, die zu einer Faust geballt war, zur Begrüßung auf die linke Schulter. Dabei verneigte er sich leicht. Der Dämonenfürst nickte ihm zu und stellte ihm die Dämonenprinzessin vor. Als er ihm ihren Namen sagte, vollzog er das gleiche Begrüßungsritual wie eben bei Belial. Elizabeth schaute ihn an und nickte ebenfalls und fragte ihn nach seinem Namen. Er sagte ihr, dass er Kalos hieß und ein Hauptmann von Belials Legionen war. Elizabeth schaute Belial kurz an und er bedeutete ihr mit einem Nicken, dass sie mit Kalos mitgehen sollte und er sie später wieder abholen würde. Elizabeth nickte ihm zu, drehte sich in die Richtung des Kampfausbilders und konzentrierte sich auf seine Worte. Kalos begann zu sprechen, als er merkte, dass sie ihn anschaute:

„Meine Prinzessin, es ist für mich eine große Ehre, dass ich Euch hier in dieser Arena mit den Kampftechniken vertraut machen darf und Ihr unter meiner Führung diese auch erlernt. Ich werde Euch nun die einzelnen Waffen erklären und wenn ihr Fragen habt, dann stellt diese bitte am Ende."

Der Kampftrainer schaute Elizabeth bei den letzten Worten direkt an und sie nickte ihm zu, dass sie alles verstanden hatte. Kalos war zufrieden und begann damit, ihr die einzelnen Waffen und ihre Stärken zu erklären. Als er damit fertig war, nahm er als Erstes das Schwert in die Hand und gab es ihr. Vorsichtig nahm Elizabeth es in die rechte Hand und merkte sofort, wie schwer es war. Um es nicht fallen zu lassen, nahm sie die linke Hand zu Hilfe, aber es war noch immer schwer für sie, es gerade zu halten. Kalos merkte, dass die Dämonenprinzessin Probleme hatte, und kam ihr zu Hilfe, indem er ihr das Schwert wieder abnahm und meinte, dass es vielleicht besser wäre, wenn sie fürs Erste mit dem Dolch anfange. Kaum hatte er die Worte ausgesprochen, gab er ihr diesen auch schon in die Hand und Elizabeth konnte ihn wunderbar halten, da er wirklich leichter war. Auf einmal passierte es und der Dolch lag vor ihr auf dem Boden. Sie schaute den Kampftrainer an und er lachte laut auf. Dann hob er den Dolch auf und gab ihn ihr mit den Worten, Ihr müsst ihn fester in der Hand halten, zurück. Er erklärte ihr, dass es nicht wichtig war, welche Waffe man in den Händen hielt, sondern wie fest man sie hielt. Denn jeder, ob Kind oder Erwachsener, könnte sie halten, aber wenige könnten wirklich damit umgehen. „Und dass Ihr jede Waffe beherrscht, dafür bin ich da, um es Euch zu lehren. Aber zuerst wollen wir uns einmal den Kampfplatz ansehen. Das, was Ihr in der Mitte seht, ist ein Altar, wo wir auch lernen, wie man Opfer darbringt. Auch wenn wir Dämonen sind, glauben wir an unsere Dämonenfürsten, die, wie Ihr wahrscheinlich schon von Belial gelernt habt, früher einmal heidnische Götter waren. Und diesen Dämonenfürsten verdanken wir es auch, dass wir beschützt werden, und darum bringen wir ihnen auch Opfer. Heute ist nicht der Tag, aber jeden Freitag in der Woche haben wir hier in jeder unserer Arenen, eben auf diesem Altar, das Opferritual. Jetzt fragt Ihr Euch wahrscheinlich, welche Gegenstände wir opfern. Nun, um es kurz zu sagen, es sind ausgewählte Verdammte, die wir auf diesen Altären opfern. Aber das werdet Ihr dann noch im Einzelnen sehen, wie das abläuft."

Damit drehte sich Kalos um und ging ein Stück weiter. Elizabeth folgte ihm und sie bewegten sich in Richtung der kämpfenden Kinder. Elizabeth war fasziniert von den Aufbauten, die für das Kampftraining hergestellt worden waren. Da gab es zehn Stück von Holzpuppen, bei denen der Körper aus Stoff bestand, und vor jeder dieser Puppen stand ein Junge oder ein Mädchen und hatte ein Schwert in der Hand, mit dem sie auf die Puppen einschlugen. Bei jedem Schlag gaben sie einen Schrei von sich und wenn das Schwert die richtige Stelle traf, hörte man das in der ganzen Arena. Die Arena selbst war rund mit drei Stockwerken und Elizabeth war sich sicher, dass man ganz oben im letzten Stock noch den Schrei und den Aufprall des Schwertes hören konnte. Elizabeth sah den Dolch in ihrer rechten Hand an und schämte sich, dass sie das Schwert nicht halten konnte. Sie steckte den Dolch in den Hosenbund, damit niemand ihn sah. Kalos war schon weitergegangen und forderte sie auf, zu ihm zu kommen. Elizabeth beeilte sich und lief zu ihm. Bei ihm angekommen, sah sie, nachdem sie seinem Blick gefolgt war, dass in einiger Entfernung drei Holztafeln auf Stehern standen. Der Trainer erklärte ihr, dass dies hier die Trainingseinheit für den Dolch war. Er schaute an ihr herunter und fragte sie dann, wo sie denn den Dolch, den er ihr gegeben hatte, gelassen habe. Elizabeth senkte den Blick, schob ihr Shirt etwas nach oben und nahm ihn aus dem Hosenbund. Kalos lächelte zufrieden und nahm ihr den Dolch aus der Hand. Kaum hatte er ihn genommen, schleuderte er ihn auch schon mit Wucht gegen eine der Holztafeln. Als der Dolch die Tafel erreichte, schlug er mit der Messerspitze hart ein und blieb dort stecken. Elizabeth war beeindruckt von der Darbietung und wollte es sofort selbst versuchen. Sie setzte sich in Bewegung, um den Dolch zu holen. Plötzlich blieb sie kurz vor der Holztafel stehen, da eine dunkle Gestalt hinter der Holztafel hervortrat. Elizabeth erschreckte sich und musste nach Atem ringen. Die Gestalt, es war ein kleiner Junge, nahm den Dolch an sich und kam zu ihr, um ihn ihr zu geben. Sie schaute ihn an und nahm ihm den Dolch aus der Hand und fragte ihn nach seinem Namen. Plötzlich hörte sie die Stimme des Trainers hinter sich und er antwortete, dass er keinen Namen hat. Außerdem kann er nicht sprechen, da man ihm die Zunge herausgerissen hatte. Elizabeth verzog angewidert das Gesicht und fragte, nachdem sie wieder zurückgegangen waren, warum man das getan hatte.

Der Trainer schaute die Dämonenprinzessin eine Weile an und sagte dann, dass jeder, der ihm hier zu Diensten war, zu den Verdammten gehörte und damit sie niemanden anschreien konnten, hatte man ihnen einfach die Zunge herausgerissen. Elizabeth dachte eine Weile über seine Worte nach und fragte sich, wie es sich wohl anhören würde, wenn Verdammte schreien. Sie nickte nur und beschloss, weitere Fragen dazu entweder mit Belial oder mit ihrem Vater zu besprechen.

Der Kampfausbilder merkte, dass die Dämonenprinzessin in Gedanken versunken war. Er schaute sie an und sagte zu ihr, ob sie es nicht auch einmal versuchen wollte. Denn er wusste, dass sie innerlich brannte, es auch auszuprobieren. Er zeigte ihr, wie sie den Dolch zu halten hatte, nämlich an der Messerschneide, und dann sollte sie sich weit zurückbeugen und ihn in Richtung der Holztafel schleudern. Elizabeth tat, wie es ihr erklärt wurde, aber als sie den Dolch schleuderte, flog er nicht lange und landete nicht einmal in der Nähe von der Holztafel. Elizabeth schaute resigniert den Trainer an und er lächelte und meinte, um sie aufzumuntern, dass das für den Anfang schon ganz gut war. Kalos sagte auch, dass man nur durch hartes Training zum Erfolg käme. Elizabeth nahm von dem Jungen den Dolch entgegen und bedankte sich bei ihm. Kalos meinte, dass die erste Stunde schon vorüber war, und zeigte zum Tor der Arena, wo Belial gerade hereinkam und zum Altar ging. Elizabeth gab Kalos den Dolch und gemeinsam gesellten sie sich zu dem Dämonenfürsten. Als sie ihn erreicht hatten, verabschiedeten Belial und Elizabeth sich von dem Trainer und verließen die Arena. An der Abzweigung trennten sich ihre Wege und Elizabeth ging nach Hause.

Dort angekommen ging sie in ihr Zimmer. Sie zog sich um, schaute auf die Uhr und sah, dass es erst früher Nachmittag war und beschloss, ihren Vater aufzusuchen. Elizabeth verließ ihr Zimmer und ging in die Halle und von dort den Gang zu dem Arbeitszimmer ihres Vaters. Bevor sie diesen betrat, hielt sie Ausschau nach den Höllenhunden. Da Elizabeth sie nicht sah, setzte sie sich in Bewegung. Als sie den Gang entlangging, hatte sie ein mulmiges Gefühl, so als ob sie jemand beobachtete. Elizabeth drehte sich einige Male um, konnte aber niemanden entdecken. Sie war froh, endlich vor der Tür zum Arbeitszimmer zu stehen und klopfte. Sie hörte von drinnen ein tiefes „Herein" und öffnete die Tür. Luzifer saß an seinem Schreibtisch und war nicht allein. Jemand saß ihm gegenüber, aber Elizabeth konnte nicht erkennen, wer es war, da diese Person mit dem Rücken zu ihr saß. Sie betrat den Raum ganz und schloss die Tür hinter sich. Luzifer winkte seine Tochter zu sich. Elizabeth ging zu ihm und blieb vor dem Schreibtisch stehen. Ihr Vater erhob sich aus seinem Stuhl und umrundete den Tisch. Als Luzifer bei den beiden angekommen war, stellte er seiner Tochter die Person vor, die Elizabeth beim Eintreten im Stuhl sitzen gesehen hatte. Es war ein älterer Mann, der sich nun auch erhob. Er blieb vor ihr stehen und sagte ihr seinen Namen, der Vlad Tepes lautete, und lächelte die Dämonenprinzessin dabei an. Elizabeth schaute ihn mit großen Augen und etwas ängstlich an, da er einen sehr starren Blick hatte. Sie wollte aber nicht unhöflich sein und gab ihm ihre Hand und lächelte ebenfalls. Damit war er zufrieden und setzte sich wieder auf den Stuhl, auf dem er vorhin gesessen hatte. Luzifer schaute seine Tochter an und fragte sie, was sie von ihm gewollt hatte, und sie sagte ihm, dass sie heute viel Spaß bei ihrer ersten Stunde Kampfausbildung gehabt hatte. Ihr Vater schaute sie zufrieden an und meinte, dass sie ihm dann alles Weitere und die Details nach dem Abendessen erzählen könnte. Elizabeth schaute immer wieder zu dem fremden Mann, denn sie spürte irgendwie, dass es nicht das letzte Mal gewesen wäre, dass sie ihm begegnete. Auch hatte sie das Gefühl, auch wenn sie noch ein kleines Mädchen war, dass da mehr war, das sie mit diesem Mann in späteren Jahren verbinden würde. Elizabeth nickte ihrem Vater und dem Fremden zu, verabschiedete sich von beiden und verließ so schnell sie konnte das Arbeitszimmer. Als sie wieder im Gang stand, hatte sie noch einmal das Gefühl, als ob da jemand wäre, der sie beobachtete. Elizabeth rannte zurück in ihr Zimmer, ging zum Schreibtisch und nahm die Vorsätze aus der Mappe. Sie legte sich auf das Bett und begann jeden Vorsatz laut vorzulesen. Immer und immer wieder versuchte sie, den ersten Vorsatz auswendig zu lernen, aber es gelang nicht. Die richtigen Wörter wollten nicht über ihre Lippen kommen. Immer wieder verdrehte Elizabeth die Worte oder vergaß sie. Es war zum Verzweifeln. Dann hatte sie eine Idee und nahm sich vor, immer nur Teile des Satzes zu lernen, so viel sie sich merken konnte. Also begann sie mit den ersten fünf Wörtern. Elizabeth las sie sich so oft vor und siehe da, auf einmal konnte sie diese auch schon aufsagen, ohne dass sie auf das Blatt Papier schauen musste. Elizabeth machte einen Freudenschrei und beschloss, diese Methode beizubehalten. So konnte sie wenigstens schnell die Vorsätze lernen.

Siebtes Kapitel

Die Tage vergingen und Elizabeth hatte in ein paar Tagen den ersten Vorsatz auswendig gelernt und ihn sich auch gemerkt. Über das Wochenende, als sie mit Annette eine Höhle erkundete, sagte Elizabeth sich immer wieder den ersten Vorsatz in Gedanken auf. Das Kindermädchen merkte zwar, dass die Dämonenprinzessin einige Male tief in Gedanken versunken war, fragte sie aber nicht nach dem Grund. Als dann das Wochenende vorüber und sie wieder auf dem Weg in den Unterricht zu Belial war, konnte sie es gar nicht erwarten, das Gesicht des Dämonenfürsten zu sehen, wenn sie ihm den ersten Vorsatz aufsagen würde. Elizabeth schwebte förmlich zu seiner Ebene, denn sie liebte die Unterrichtsstunden mit Belial. Da sie sehr wissbegierig war und Belial ihr sehr viel beibrachte und ihre Fragen mit Geduld beantwortete, wusste sie, dass sie keinen besseren Lehrer haben könnte. Natürlich war da auch noch ihr Vater, der ihr wie versprochen jederzeit mit Rat und Tat zur Seite stand. Aber Elizabeth merkte auch, dass ihr Vater in letzter Zeit das Versprechen, das er seiner Tochter gegeben hatte, nicht immer einhalten konnte. Dafür hatte er einfach zu viel zu erledigen. Als Elizabeth Belials Ebene erreicht hatte und den dunklen Gang bis zur Eisentür ging und daran klopfte, wurde ihr nach einiger Wartezeit die Tür geöffnet und sie trat ein. Der Dämonenfürst saß auf seinem Thron und schaute gar nicht glücklich aus. Es ging außerdem eine sehr dunkle Bedrohung von ihm aus, die die Dämonenprinzessin zurückschrecken ließ. Als der Dämonenfürst seinen Kopf in ihre Richtung drehte, sah sie seine Augen, die sich aber bei ihrem Anblick sofort aufhellten und er ihr freundlich zulächelte. Er stieg von seinem Thron herunter und kam auf sie zu. Doch diesmal verwandelte er sich nicht und kam in seiner dämonischen Gestalt immer weiter auf Elizabeth zu, bis er kurz vor ihr, es war kaum mehr Platz dazwischen, stehen blieb und sie fixierte. Elizabeth wich einen Schritt zurück, aber seine Hand, oder besser gesagt seine Klaue, hielt sie am Arm fest und er sagte:

„Du darfst nie vor einem verwandelten Dämonen zurückweichen. Denn der Dämon ist dazu verpflichtet, dir keinen Schaden zuzufügen und wenn du versuchst zu fliehen, dann wird er dich verfolgen. Darum ist es wichtig, damit hob er ihren Arm und zeigte auf den Ring, dass du diesen immer trägst, egal wo du bist und wem du gegenüberstehst. Dieser Ring bewahrt dich davor, dass du von Dämonen angegriffen oder gefoltert wirst. Durch die Vorsätze sind die Dämonen an einiges gebunden, aber mit diesem Ring zeigst du ihnen deine Macht und deine Stellung in der Hierarchie. Auch wir Dämonenfürsten haben uns nach diesem Ring und deinen Befehlen zu verhalten. Ich werde dir in den nächsten Tagen noch mehr über deine Stellung in der Hierarchie erzählen. Aber nun wollen wir bei den Vorsätzen weitermachen und ich glaube, dass du schon weißt, was ich von dir hören will."

Elizabeth nickte ihm zu und er ging wieder zu seinem Thron und setzte sich darauf. Sie ging zum Tisch, stellte den Rucksack auf einen der Sessel und kam zu ihm. Er schaute sie erstaunt und erwartungsvoll an, da sie ohne eine Notiz vor ihm stand. Als Elizabeth ihn erreicht hatte, begann sie mit dem ersten Vorsatz und sagte ihn ohne einen Atemzug dazwischen auf. Elizabeth war stolz auf sich, dass sie dies so gut gemeistert hatte. Auch Belial nickte zufrieden und klatschte vor Freude in die Hände. Dann stand er auf und ging zum Bücherregal und nahm nach kurzem Suchen ein Buch heraus und setzte sich. Elizabeth nahm ihm gegenüber Platz. Nun war er wieder der Dämonenfürst, den sie am liebsten hatte. Seine dämonische Gestalt hatte sie zwar kennengelernt, aber sie mochte sie nicht. Ein niedriger Dämon brachte ihnen eine Flasche Wasser und zwei Gläser und stellte dies auf dem Tisch vor ihnen ab. Er goss Wasser in die Gläser und verschwand dann wieder. Nachdem sie beide einen Schluck genommen hatten, schlug der Dämonenfürst das Buch auf und bedeutete ihr, sich neben ihn zu setzen. Elizabeth stand auf, umrundete den Tisch und setzte sich neben ihn. Belial schaute sie eine Weile an und schloss dann das Buch wieder, um ihr den Titel des Buches zu zeigen. Als Elizabeth den Titel las, kam ihr plötzlich eine Erinnerung, dass sie dieses Buch schon einmal gesehen hatte. Und dann wusste sie auch wo. Elizabeth erzählte Belial, dass ihr Vater genau dasselbe Buch besaß und ihr einmal daraus vorgelesen hatte. Belial nickte zufrieden und sagte ihr, dass Luzifer und jeder Dämonenfürst eines dieser Bücher besitzt. Es wäre für die Dämonenfürsten eine Art Lehrbuch, in dem sie nachschlagen könnten, wenn sie manches von der Hierarchie wissen wollten. Denn, das musste sie wissen, man wird nicht einfach so Dämonenfürst, nur weil man eine Gottheit ist. Sondern man muss einige Prüfungen bestehen. Er sagte auch, dass es stimmt, dass die Dämonenfürsten allesamt einmal heidnische Götter waren, aber es reichte Luzifer nicht und er wollte, dass sie sich auch durch Prüfungen dazu bekannten, was sie einmal sein werden. „So führte dein Vater diese Prüfungen, die ich dir irgendwann einmal genauer erklären werde, ein. Der Erste, der diese Prüfungen bestehen musste, war ich. Nachdem ich bestanden hatte und Dämonenfürst wurde, hatte dein Vater mich dazu auserkoren, dass ich jeden weiteren heidnischen Gott, der sich Luzifer anschließen wollte, auf diese Prüfungen vorbereiten sollte. Der einzige Dämonenfürst, der keine Prüfungen ablegen musste, war Baal, da er damals mit Lilith, deiner Schwester, zusammenkam. Aber die Geschichte habe ich dir schon einmal erzählt. Nachdem ich den anderen heidnischen Göttern alles gelehrt hatte, kamen sie zu einem Gremium von Prüfern und konnten dort die Prüfung ablegen." Elizabeth schaute Belial mit großen Augen an und war fasziniert von seinem Wissen und seinem Einsatzbereich. Denn Belial war nicht nur ein guter Lehrer, sondern auch noch Bewacher des Höllentores. Und dass er auch noch die Götter zu Dämonenfürsten ausgebildet hatte, war unglaublich, denn so viel Wissen war einzigartig. Belial legte das Buch wieder zur Seite und nahm eine Mappe, die auf dem Tisch lag, in die Hand, öffnete sie und nahm eine weitere Mappe heraus. Diese gab er der Dämonenprinzessin und sie schlug sie auf. Elizabeth lächelte ihn an und freute sich riesig darüber, denn es war die Mappe mit den Trainingseinheiten. Der Dämonenfürst erklärte ihr die einzelnen Seiten und sagte mit ernster Miene, dass sie zu jeder Trainingseinheit pünktlich erscheinen solle und bevor sie die Arena verlasse, von Kalos alle Übungen unterzeichnen lassen solle. Er sagte ihr auch, dass es sehr wichtig sei, dass sie dies befolge, da er ihrem Vater ihre Fortschritte dokumentieren müsse. Elizabeth versprach ihm, diese beiden Dinge immer zu tun. Nun war die Zeit schon wieder wie im Flug vergangen und sie verabschiedete sich von Belial. Elizabeth stand auf, ging zu ihrem Rucksack, verstaute darin die Mappe und winkte Belial noch einmal zu, bevor sie endgültig seine Ebene verließ.

So verging die Woche sehr schnell und es war Freitag. Als sie aufstand, freute sie sich ganz besonders auf diesen Tag, da es das erste Mal sein würde, dass sie einem Opferritual in der Arena beiwohnte. Kalos hatte ihr in den letzten Tagen einige ihrer Fragen beantwortet und ihr auch erklärt, wie sie sich zu verhalten hatte. Er sagte ihr ebenfalls, als sie gestern zur Kampfausbildung kam, dass sie heute nicht kämpfen, sondern sich auf das Ritual vorbereiten musste. Das war Teil der Ausbildung und Luzifer war auch persönlich bei ihm gewesen und hatte ihm die Order gegeben, seine Tochter in diesen Dingen auszubilden. Sie gingen gemeinsam zum Altar und Kalos erklärte ihr die Gegenstände, die für das Ritual wichtig waren, und wie man sie verwendete. Elizabeth schaute sich alles genau an und sah vor sich auf einem steinernen Tisch, der sich neben dem Altar befand, einige Kelche, Kerzen und Kräuter sowie einen Dolch, der eine eigenartige Form und Schnitzerei hatte. Elizabeth schaute Kalos an und fragte ihn, wie diese Dinge auf dem Altar platziert werden. Er schaute sie eine Weile an und erwiderte, dass er ihr das gerne zeigen würde, da er diese Gegenstände sowieso für morgen herrichten sollte und nahm als Erstes die Kerzen, die eine schwarze Farbe hatten und an der Zahl vier waren. Mit den Kerzen in seinen Händen ging er zum Altar und platzierte sie so, wie die Himmelsrichtungen waren. Dann ging er wieder zurück zum Tisch und nahm die Kräuter und den Kelch, drehte sich damit um und verteilte die Kräuter zwischen den Kerzen und stellte den Kelch in die Mitte. Als Letztes holte er den Dolch und platzierte ihn auf der Seite. Als er mit allem fertig war, ging Elizabeth zu ihm und schaute sich den Altar genau an. Dann fragte sie Kalos, wer denn dieses Ritual ausführen würde, und er sagte ihr, dass jede Woche ein anderer Dämonenfürst dies tue. Und morgen wäre Astaroth an der Reihe und würde dieses vollführen. Auch wäre es Brauch, dass ein Verdammter oder eine Verdammte aus den Ebenen desjenigen Dämonenfürsten geopfert würde. Elizabeth nickte und fragte dann, wo denn der- oder diejenige geopfert würde, denn auf dem Altar wäre kein Platz dafür. Kalos drehte sich um und deutete auf den steinernen Tisch, wo zuvor noch die Gegenstände für den Altar gelegen hatten. Die Dämonenprinzessin ging zum Tisch und betrachtete ihn genauer. Erst jetzt fiel ihr auf, dass auf dem Tisch vier Ketten mit Handschellen lagen. Es waren schwere, eiserne Handschellen, die zudem schon sehr verrostet aussahen. Auch konnte man bei genauerer Betrachtung erkennen, dass sich eingetrocknetes Blut an vielen Stellen auf dem Tisch befand. Die Ketten führten durch eingebohrte Löcher unter den Tisch und wurden dort unter der Tischplatte zusammengeführt und mit einer Kurbel festgezurrt. Es war Furcht einflößend und Elizabeth wollte sich gar nicht die Schreie und das Entsetzen der Geopferten vorstellen. Als sie den Altar erneut betrachtete, fiel ihr ein Blatt Papier mit dämonischen Zeichen auf und sie wollte gerade ihre Hand danach ausstrecken, um es genauer betrachten zu können, als der Kampfausbilder rasch ihren Arm ergriff und ihn wegzog. Er schaute Elizabeth grimmig an und sagte, dass es verboten sei, Dinge, die sich schon vorhin auf dem Altar befunden hatten, zu berühren. Er erklärte ihr, dass auf diesem Blatt Papier der Spruch für das Ritual aufgeschrieben war, und zwar mit dem Blut des Dämonenfürsten, der an der Reihe war. Elizabeth schaute Kalos erschrocken an und ging ein paar Schritte rückwärts, als sie merkte, dass jemand hinter ihr stand. Sie drehte sich langsam um und schaute in die Augen ihres Vaters. Er blickte seine Tochter geradewegs an und wollte sofort von

Kalos wissen, warum er seine Tochter so behandelt hatte. Der Kampfausbilder kniete sich mit gesenktem Haupt nieder und erklärte mit dünner Stimme, dass er die Dämonenprinzessin nur lehren wollte, was sie am Altar zu beachten hatte. Luzifer bedeutete ihm, sich wieder zu erheben und klopfte ihm anerkennend auf die Schulter. Auch wollte er wissen, ob alles für die Zeremonie vorbereitet sei und welcher Dämonenfürst sie abhalten würde. Der Kampfausbilder gab ihm die nötigen Antworten und sagte Luzifer auch, dass er seiner Tochter alles beigebracht hätte, und verabschiedete sich von Vater und Tochter mit dem Gruß, den er schon vollführt hatte, als Elizabeth das erste Mal die Arena mit Belial betreten hatte. Luzifer und Elizabeth folgten seinem Beispiel, drehten sich um und verließen die Arena, um nach Hause zu gehen.

Als Elizabeth aus dem Badezimmer trat, klopfte es an der Tür und sie öffnete. Draußen stand Gorda, die Nephilim. Sie hatte einen Karton in den Händen. Elizabeth bat sie, hereinzukommen und als sie das Zimmer betreten hatte, legte sie den Karton auf das Bett und öffnete ihn. Elizabeth war neben sie getreten, da sie neugierig war, was sich darin befand. Sie staunte nicht schlecht, als sie den Inhalt betrachtete. Da waren ein schwarzes, schlichtes Kleid, eine Schärpe und ein Diadem. Die Bekleidung unterschied sich von der anderen, die sie bei der Zeremonie mit den Dämonenfürsten hatte. Auch befand sich noch eine kleine Schachtel darin, die die Nephilim aber geschlossen hielt. Als Elizabeth sie danach fragte, was denn darin wäre, schüttelte sie nur den Kopf und nahm das Kleid aus dem Karton. Sie streifte es glatt und zog es der Dämonenprinzessin über den Kopf. Dann nahm sie die Schärpe und zog sie Elizabeth von links oben bis rechts unten über. Danach deutete sie zur Frisierkommode und Elizabeth nahm dort Platz. Gorda nahm das Diadem aus dem Karton und kam zu ihr. Sie nahm die Bürste und steckte Elizabeths Haare hoch. Während sie das tat, arbeitete sie das Diadem mit ein und als sie fertig war, trat sie einige Schritte zurück und betrachtete ihr Werk. Elizabeth schaute in den Spiegel und war begeistert und lächelte Gorda zu. Diese atmete erleichtert aus und ging zum

Karton, um die kleine Schachtel herauszuholen. Jetzt war Elizabeth gespannt, was sich darin befand. Als die Nephilim hinter ihr stand, öffnete sie die Schachtel und nahm eine Kette mit einem Anhänger heraus. Sie legte der Dämonenprinzessin diese um den Hals und schloss den Verschluss. Elizabeth betrachtete den Anhänger und stellte fest, dass die Symbole darauf ihren Namen bedeuteten. Auch war in der Mitte das Familienwappen zu sehen. Sie war stolz, endlich überall zeigen zu können, wer sie war. Zuerst der Ring und jetzt die Kette mit dem Anhänger. Elizabeth lächelte, zog schnell die Schuhe an und bedankte sich bei der Nephilim. Dann rannte sie aus dem Zimmer und wollte gerade weiter zu ihrem Vater in das Arbeitszimmer laufen, als sie Stimmen aus dem Wohnzimmer hörte. Elizabeth trat näher heran und lauschte eine Weile an der Tür. Plötzlich wurde diese aufgerissen und Belial stand vor ihr. Er betrachtete Elizabeth von oben bis unten und lächelte sie an. Dann fragte er sie, was sie hier mache, und Elizabeth erklärte ihm, dass sie zu ihrem Vater wollte. Damit öffnete der Dämonenfürst die Tür weiter und Elizabeth sah ihren Vater mit einem anderen Mann am Tisch sitzen. Als er seine Tochter erblickte, winkte er sie zu sich und Elizabeth betrat den Raum und ging zu ihm. Er stellte ihr den Mann vor, der neben ihm saß, und sagte ihr, dass das Baal sei. Elizabeth schaute den Dämon an und begrüßte ihn auf die übliche Weise. Sie dachte eine Weile nach, woher sie den Namen schon einmal gehört hatte. Dann erinnerte sie sich. Es war bei der Zeremonie in der Arena gewesen, wo ihr die Dämonenfürsten durch einen Kodex ewige Sicherheit schworen. Er tat ihr nach und sie setzte sich ihm gegenüber. Belial hatte inzwischen die Tür wieder geschlossen und setzte sich neben Elizabeth. Dann begann ihr Vater zu erzählen:

„Elizabeth, da du die Geschichte von der Hölle bei Belial gelernt hast, weißt du auch, wer Baal ist. Und du weißt auch, was mit seiner Frau Lilith, die zugleich auch deine Schwester ist, passierte. Da du die Seele von Lilith in dir trägst, ist es deine Bestimmung, einmal die Frau von Baal zu werden. Zumindest bis zu dem Tag, an dem Lilith wiedererweckt wird. Keiner kann heute sagen, wann das sein wird."

Elizabeth schaute ihren Vater an und wusste nicht, was sie sagen sollte, denn sie war erst sieben Jahre alt und nun sollte sie sich schon verbinden. Aber sie respektierte die Entscheidungen ihres Vaters und würde zur gegebenen Zeit sich mit Baal vereinen. Daher nickte Elizabeth ihrem Vater nur zu und er lächelte sie an, denn sie wusste mittlerweile, dass er ihre Gedanken lesen konnte. Darum sagte er ihr, dass diese Zeit noch in weiter Ferne sei. Elizabeth atmete erleichtert aus und stand auf. Die anderen erhoben sich auch und sie trat zu ihrem Vater und zeigte ihm ihren Anhänger. Er nickte anerkennend. Sie verließen alle vier das Domizil und begaben sich zur Arena. Während sie auf dem Weg dorthin waren, schaute Elizabeth Belial und Baal genauer an. Sie hatten heute eine eigenartige Kleidung an, die sie noch nie an ihnen gesehen hatte. Da waren zum Ersten die Stiefel, die schwarz und schwer aussahen, dann eine schwarze Hose mit silbernen Streifen an der Seite und ein langer Gehrock, der an der Vorderseite mit einer Knopfleiste geschlossen war und silberne Applikationen hatte. Außerdem war in der Mitte der Applikationen über der Knopfleiste das Siegel des Dämonenfürsten eingearbeitet. Über dem Gehrock trugen sie noch einen Umhang. Als sie ihren Vater betrachtete, hatte dieser die gleiche Bekleidung, nur mit dem Unterschied, dass die Applikationen und die Streifen an der Hose rot waren, sowie das Siegel in der Mitte der Applikationen. Außerdem trug ihr Vater keinen Umhang, aber dafür eine Schärpe, so wie Elizabeth sie hatte. Auf dem Weg zur Arena kamen ihnen auch die anderen Dämonenfürsten entgegen und schlossen sich ihnen an. Elizabeth ging zu ihrem Vater und gab ihm die Hand. Als die Arena in Reichweite kam, sah Elizabeth erstaunt auf das Gebäude. Die Arena war mit mehreren Fackeln oben auf den Rundungen erleuchtet und auf dem geraden Weg zur Arena standen links und rechts die Wächter und salutierten, als sie diese passierten. Wenn man die Wächter so betrachtete, dann konnte man schon Angst und Respekt vor ihnen bekommen, denn sie waren alles andere als freundlich. Sie schauten grimmig geradeaus und bewegten sich keinen Zentimeter. Beim Tor angekommen, sagte

Luzifer zu seiner Tochter, dass sie mit erhobenem Kopf die Arena betreten und keine Angst zeigen solle. Elizabeth zitterte jetzt schon. Wie sollte das dann funktionieren, wenn sie das Areal betraten und diese düstere Stimmung auf sie einstürmte? Elizabeth war doch noch ein kleines Mädchen und trotzdem verlangte man jetzt schon von ihr, die Tradition aufrechtzuerhalten. Aber wenn man jemanden wie Luzifer nicht enttäuschen wollte, dann tat man es einfach. Schließlich wurde sie in diese Familie hineingeboren, und so war es ihre Bestimmung, die Gesetze, Pflichten und Traditionen weiterzuführen und zu akzeptieren, wer sie war. Elizabeth hatte gerade den Gedanken beendet, als sich das Tor öffnete. Sie nahm all ihren Mut zusammen und ging erhobenen Hauptes durch das Tor. Ihr stockte der Atem, was sie da sah.

Die ganze Arena war mit unzähligen Fackeln erhellt und rund um den steinernen Opfertisch standen so viele Verdammte, dass man den Eindruck hatte, dass es auf der Erde keine Menschen mehr geben konnte. Auf dem Weg zum Altar standen Dämonen Spalier und jeder hatte eine Fackel in der Hand, die sie hochhoben, sobald sie an ihnen vorbeigingen. Jetzt gingen die Dämonenfürsten, die hinter Elizabeth und Luzifer mit eingetreten waren, an den beiden vorbei und zum Altar. Auf dem Weg dorthin verwandelten sie sich in ihre dämonische Gestalt und standen dann im engen Kreis um den Altar. Elizabeth ging neben ihrem Vater weiter auf den Altar zu und versuchte, ihre Nervosität zu verbergen. Aber es durfte ihr nicht ganz gelungen sein, denn auf einmal spürte sie, dass ihr Vater ihre Hand nahm und sie drückte. Elizabeth schaute kurz zu ihm hoch, aber Luzifer schaute weiter geradeaus. Als sie den Altar erreichten, sah sie, nachdem ihnen Platz gemacht wurde, dass die Kerzen auf dem Altar schon angezündet wurden. Etwas abseits, in der Nähe des steinernen Opfertisches, stand auch ein Dämonenfürst, und zwar dieser, der heute für das Opferritual bestimmt war. Es war Astaroth, der das Opferritual durchführen würde. Ihm war es bestimmt, einen seiner Verdammten zu opfern. Dafür gab es keine genauen Gesetze oder Vorschriften, der Dämonenfürst hatte in dieser Hinsicht freie Hand und durfte eigenmächtig handeln. Elizabeth merkte, dass Baal und Luzifer neben ihr stehen blieben. Aber Baal war doch auch ein Dämonenfürst, warum stand er nicht bei den anderen. Elizabeth wollte gerade ihren Vater fragen, als eine laute Stimme durch die Arena tönte. Es war Astaroth, der in dämonischer Sprache sagte:

„Ich begrüße alle hier, die mit uns dieses Opferritual vollführen. Es ist mir als Dämonenfürst außerdem eine große Ehre, dass ich zum ersten Mal eine Tochter unseres Herrschers Luzifer zu dieser Zeremonie begrüßen darf, die Dämonenprinzessin Elizabeth."

Damit verneigte sich Astaroth vor der Dämonenprinzessin. Plötzlich drehten sich die anderen Dämonenfürsten zu Elizabeth um und verneigten sich ebenfalls vor ihr. Elizabeth war voller Stolz und nickte allen zu. Dann erhob Astaroth wieder seine Stimme und sagte:

„Wir wollen nun mit der Zeremonie beginnen. Ich befehle daher, meinen ausgewählten Verdammten zu mir zu bringen und ihn auf dem Opfertisch aufzubahren und ihn zu fesseln. Außerdem möchte ich die anderen Verdammten daran erinnern, dass sie, sollten sie sich nicht an die Regeln halten, sofort ins Fegefeuer geworfen werden."

Mit den letzten Worten winkte Astaroth zwei seiner Dämonen zu sich. Diese setzten sich in Bewegung und als Elizabeth genauer hinsah, sah sie, dass sie jemanden, es war ein junger Mann, zwischen ihnen mit sich schleiften. Die anderen Verdammten, die um den Opfertisch standen, gingen rasch zur Seite. Der Verdammte wehrte sich mit Händen und Füßen und schrie wild um sich, aber die Dämonen waren zu mächtig und stark für ihn, sodass er schnell den Mut verlor und sich seinem Schicksal ergab. Als sie den Mann auf den Opfertisch legten und ihm die Fesseln an Armen und Beinen anlegten und diese dann unter dem Tisch mit der Kurbel festzurrten, begannen die anderen Verdammten mit einem eigenartigen Gesang, der die ganze Arena erfüllte. Es war ein Gemisch aus Wehklagen und Flehen. Astaroth ging zum Altar und holte den Kelch und den Dolch und begab sich dann wieder zum Opfertisch. Dort hob er den Kelch und den Dolch in die Höhe und sagte ein paar Worte, stelle den Kelch auf die Seite und erhob den Dolch nochmals, nachdem er sich neben den Opfertisch in der Höhe des Oberkörpers des Liegenden positioniert hatte, und sprach einen längeren Text und ließ den Dolch mit so einer schnellen Geschwindigkeit auf den jungen Mann herabsausen, dass das Blut nur so aus ihm herausspritzte. In dem Moment, als der Dolch den Körper durchstach, endete der Gesang abrupt und es begann eine Stille, die im ersten Moment gruselig war. Dann bewegte er den Dolch einige Male im Körper und wenn man genauer hinsah, konnte man sehen, was der Dämonenfürst in den Leib des Verdammten geritzt hatte. Es war das Symbol des Dämonenfürsten, mit dem er den Verdammten auch gebrandmarkt hatte. Als Astaroth fertig war, hielt er den Dolch über den Kelch und ließ das Blut des Verdammten hineintropfen. Dann wischte er den Dolch am Gewand des Opfers ab und legte ihn wieder auf den Tisch. Jetzt kamen erneut die zwei Dämonen, die den Verdammten vorhin gebracht hatten, und befreiten ihn von den Fesseln und legten ihn auf die Seite, und zwar so, dass alle das Symbol betrachten konnten. Der Dämonenfürst nahm den Kelch und ging um den Tisch herum und hielt ihn dort, wo das Blut am meisten herausrann, darunter und füllte so den Kelch. Als dieser voll war, ging der Dämonenfürst damit zum Altar. In der Zwischenzeit nahmen die zwei Dämonen die Leiche und gingen damit aus der Arena. Astaroth hatte den Kelch in die Mitte des Altars gestellt, zündete die Kerzen an und hielt die Hände ausgebreitet mit der Unterseite über den Altar und sagte wieder einen Spruch. Auf einmal verdunkelte sich die Arena und eine Fackel nach der anderen erlosch. Elizabeth wurde mulmig zumute, denn sie konnte von einem Augenblick auf den anderen nichts mehr erkennen und hoffte, dass ihr niemand schaden wollte. Doch sie hatte gerade zu Ende gedacht, da entzündete sich auch schon wieder eine Fackel nach der anderen und sie blies vor Erleichterung ihren Atem aus. Als Elizabeth wieder alles sehen konnte, hatte sich etwas verändert. Sie konnte es nicht sofort erkennen, aber als sie sich umblickte, sah sie, dass die ganzen Verdammten, die noch vor Kurzem um den Opfertisch gestanden hatten, verschwunden waren. Aber wie konnte das sein, sie hatte keine Schritte oder Ähnliches gehört. Doch dann stockte ihr der Atem, denn nun wusste sie, wo sie waren. Denn sie konnte in einiger Entfernung einen menschlichen Fuß herunterbaumeln sehen und als sie diesem nach oben folgte, hätte sie fast zu schreien angefangen. Denn über dem Altar hingen die Verdammten wie Fleisch auf einem Haken herunter und fronten ihrem Dasein. Es war einfach widerlich anzusehen, aber das war die Hölle und da gab es keine Streicheleinheiten oder nette Worte, sondern man musste das weitermachen, was man zu Lebzeiten sündig getan hatte und man wurde hier nicht mit Samthandschuhen angefasst. Außerdem waren die Verdammten zu Kampfzwecken für die Dämonen in der Arena und wurden dann bei den Übungskämpfen wieder heruntergelassen. In der Arena konnten sich die Verdammten aber auch, wenn sie sich dazu entschieden hatten, für die Legionen ausbilden lassen. Elizabeth senkte wieder den Blick und schaute zum Altar. Inzwischen hatte Astaroth seine Hände wieder gesenkt und nahm den Kelch auf und hielt ihn an seine Lippen, um daraus zu trinken, dann gab er den Kelch weiter an den nächsten Dämonenfürsten und so nahm jeder einen Schluck und zum Schluss wurde der Kelch wieder in die Mitte des Altars gestellt. Dann begannen die Dämonenfürsten gemeinsam einen Gesang und als dieser endete, blies Astaroth die Kerzen aus und damit war das Ritual beendet und die Dämonenfürsten verneigten sich in Richtung Altar und als sie sich wieder umdrehten, waren ihre dämonischen Gestalten verschwunden und sie hatten die gleiche Kleidung an, die Baal und Belial beim Hereinkommen trugen. Dann gingen sie hintereinander aus der Arena und mit ihnen die ganze Macht, die von Anfang an die Arena beherrscht hatte. Luzifer, Baal und Elizabeth gingen ebenfalls zum Altar, verneigten sich und verließen die Arena.

Elizabeth war froh, als sie wieder zu Hause waren und sie in ihr Zimmer gehen konnte. Das waren heute so viele Eindrücke gewesen, die sie als junges Mädchen erst einmal verarbeiten musste. Jetzt wurde ihr auch nach und nach bewusst, was es hieß, eine Tochter Luzifers zu sein. Nicht nur, dass sie den Respekt der Dämonen und Dämonenfürsten hatte, sondern, dass sie sich jederzeit mit den Gesetzen und Pflichten, sei es nun für die Familie oder die Hölle, identifizieren musste und nie vergessen durfte, wo ihre Wurzeln lagen und auf jeden Fall, wer sie war. Sollte es je in der Hölle Meinungsverschiedenheiten geben, so hatte sie nach ihrem Vater die Entscheidungskraft und durfte auch Bestrafungen vornehmen. Die Hierarchie stand immer an erster Stelle und sollte von jedem, ob Verdammter, Dämon oder Dämonenfürst, eingehalten werden, denn Elizabeth gehörte zur Elite, wie ihr Luzifer und Belial einmal erklärt hatten. Auch wenn sie noch klein und sehr jung war, seit ihrer Geburt hatte jeder ihr Respekt zu zollen. Elizabeth war stolz, dass sie in der Hierarchie so weit oben stand und wollte nun noch mehr Pflichten übernehmen.

Achtes Kapitel

So vergingen die Jahre und Elizabeth war nun neun Jahre alt. Sie hatte ihre Kampfausbildung beendet und Kalos hatte ihr nahegelegt, dass es gut wäre, wenn sie einmal in der Woche trainiere. Elizabeth wollte diesen Rat auf jeden Fall annehmen, da sie gerne in der Arena war und es ihr Spaß machte zu kämpfen. Sie hatte auch in einer kleinen Zeremonie ihr eigenes Schwert, ein Damaszenerschwert, bekommen und war stolz darauf, denn nun hatte sie eine eigene Waffe und die konnte ihr keiner nehmen, denn sie war mit den dämonischen Symbolen ihres Namens versehen. Auch hatte sie von Kalos gelernt, sobald sie das Schwert mit einem anderen kreuze, musste sie auf Leben und Tod kämpfen. Das war auch eines der Gesetze, die man einzuhalten hatte. Also riet er ihr, dieses Schwert nicht in die Arena mitzunehmen und an einem geeigneten Platz gut zu verstauen. Elizabeth befolgte seine Anweisungen und bedankte sich bei Kalos für seine guten Ratschläge und sein Engagement, ihr bei der Ausbildung behilflich gewesen zu sein. Elizabeth gab ihm dafür einen Orden, den sie von ihrem Vater bekommen hatte und Kalos, der immer den starken und unbeugsamen Kampftrainer mimte, war bei der Übergabe den Tränen nahe und verbeugte sich so tief vor der Dämonenprinzessin, dass sie ihre Anerkennung für ihn nicht weiter verbergen konnte, und als er sich wieder gerade aufrichtete, nachdem sie ihm auf die Schulter geklopft hatte, ihn einfach umarmte. Er nickte ihr mit einem Lächeln zu und schüttelte ihr zum Abschied die Hand. Dann drehte er sich um und ging davon. Elizabeth wollte gerade die Arena verlassen, als Kalos ihr nachrief und mit einem Blatt Papier in der Hand wedelte. Sie blieb stehen und als er sie erreicht hatte, gab er ihr dieses in die Hand und sie schaute darauf und lächelte. Es war die Urkunde für ihre bestandene Kampfausbildung. Elizabeth dankte ihm, drehte sich um und verließ die Arena.

Sie ging geradewegs zu Belial, denn sie wollte ihm unbedingt diese Urkunde zeigen. Eigentlich hatte sie noch vorgehabt, das Schwert zu holen, aber das hätte zu viel Zeit in Anspruch genommen und so beschloss sie, es dem Dämonenfürsten ein anderes Mal zu zeigen. Elizabeth war gerade bei seiner Ebene angekommen, als sie die Stimme ihres Vaters wahrnahm. Sie war neugierig, was er mit Belial zu besprechen hatte und so ging sie leise bis zur Eisentür und lauschte. Elizabeth hatte sie fast erreicht, als sie mit einem Schwung aufgestoßen wurde und Luzifer mit nachdenklichem Gesicht herausstürmte. Elizabeth konnte gerade noch zur Seite springen und so das Schlimmste verhindern. Ihr Vater stapfte an ihr vorbei, ohne sie wahrzunehmen, und sie schaute ihm erstaunt und überrascht hinterher. Dann drehte sie sich wieder zur Tür und ging hinein zu Belial. Dieser saß nachdenklich auf seinem Thron. Elizabeth stellte sich vor ihn und es dauerte einige Minuten, bis der Dämonenfürst sie wahrnahm. Als er sie bemerkte und den Kopf hob, schaute er Elizabeth direkt in die Augen.

Elizabeth war zwar noch jung, aber dieser Blick sagte ihr alles. Sie las in seinen Augen etwas Intimes. Denn wenn Belial Luzifer seine Liebe zu ihr gestanden hatte, dann verstand sie die Reaktion ihres Vaters. Es stimmt schon, Dämonenkinder schauen für ihr Alter entsprechend reifer aus. Belial musste doch wissen, dass sie für Baal bestimmt war. Schließlich war er letztens dabei, als ihr Vater dies erzählte. Aber sie wollte selbst entscheiden können, wen sie lieben und mit welchem Mann sie zusammen sein wollte. Aber in Belials Augen zu lesen, war ein eigenartiges Gefühl, das ihren Körper erfasste. Elizabeth musste den Blick senken, weil es für sie zu intensiv wurde, und sie wollte auf keinen Fall, dass sie missverstanden wurde durch diesen Blick. Elizabeth bemerkte, obwohl sie zu Boden sah, dass der Dämonenfürst sich von seinem Thron erhob und zu ihr kam. Um ihm keine Gelegenheit für Taten zu geben, die er vielleicht bereuen könnte, hob sie die Urkunde in die Höhe und strahlte Belial an. Er schaute auf das Blatt Papier und begann zu lachen. Elizabeth folgte seinem Blick und sah, dass sie es falsch herum hergezeigt hatte und drehte es schnell um. Da änderte sich der Blick des Dämonenfürsten schlagartig und er klatschte freudig in die Hände, legte diese an ihre Hüften und hob sie in die Höhe. Dann stellte er sie wieder auf den Boden und schaute ihr lange in die Augen. Elizabeth wusste, dass sie jetzt reagieren musste, wollte sie nicht, dass die Situation eskalierte, und so ging sie einige Schritte zurück, um mehr Abstand zwischen sie beide zu bringen. Belial verstand ihre Reaktion, räusperte sich und ging um den Tisch herum, wo er sich dann, nachdem er ein Buch aus dem Regal genommen hatte, auf einen Stuhl setzte. Er legte das Buch auf den Tisch, schlug es auf und begann darin zu lesen. Elizabeth schaute ihm noch eine Weile dabei zu und verabschiedete sich dann von ihm und ging nach Hause. Zu Hause angekommen, musste sie lange über die Szene mit Belial nachdenken. Heute kam Annette vorbei. Das Kindermädchen klopfte an die Zimmertür der Dämonenprinzessin und diese öffnete ihr. Annette fiel sofort auf, dass mit Elizabeth irgendetwas nicht stimmte, und fragte sie nach dem Grund. Elizabeth verstand sich sehr gut mit ihrem Kindermädchen. Es war fast so, als wäre Annette wie eine Mutter für sie. Daher überlegte Elizabeth nicht lange und erzählte ihr von dem heutigen Ereignis bei Belial. Das Kindermädchen hörte geduldig zu. Als Elizabeth fertig war mit der Erzählung, nahm Annette die Hände der Dämonenprinzessin und sagte:

„Du bist jetzt neun Jahre und dein Körper und deine Gedanken werden sich verändern. Da du weißt, dass Dämonenkinder oft erwachsener aussehen und in der Entwicklung viel weiter sind, werden dir manche Männerblicke schon intim vorkommen. Dein Körper wird auf einige dieser Blicke anders reagieren, als du es möchtest. Wichtig ist, dass du nie vergisst, dass du entscheidest, wer dich berühren darf. Das, was du heute erlebt hast, ist der Anfang zu deinem Erwachsenwerden. Belial weiß schon, dass du für Baal bestimmt bist, aber er kann auch nichts für seine Gefühle. Er wird dir auf keinen Fall schaden, denn dazu ist ihm sein Leben viel zu wertvoll. Wie du ja auch schon entdeckt hast, hat sich dein Körper weiterentwickelt. Du wirst nun für die Männerwelt interessant. Aber mach dir darü-

ber keine Sorgen, keiner wird dich berühren, denn sie achten alle deinen Vater und werden es nicht wagen."

Elizabeth schaute ihr Kindermädchen nach den letzten Worten an und nickte ihr zu. Sie dankte ihr für die Offenheit und war nun erleichtert, dass nichts Schlimmes passieren wird. Aber konnte sie immer darauf hoffen, auch wenn ihr Vater der Herrscher der Hölle war? Durfte sie ihren Vater als Druckmittel nehmen? Nein, das wollte sie auf keinen Fall! Elizabeth wollte selbst stark sein und zeigen, dass man mit ihr nicht so einfach umspringen konnte, wie man wollte. Sie wollte ihre eigenen Grenzen aufzeigen. Sie lächelte Annette zu und umarmte sie. Dabei dachte sie, wie wohl ihre Mutter reagiert hätte. Elizabeth vermisste sie manchmal schon sehr. Es war wirklich schade, dass Elizabeth sie nicht kennengelernt hatte. Irgendwann würde aber die Zeit kommen, dass sie ihren Vater mehr über ihre Mutter befragen wird. Nun aber wollte sie eine der Geschichten vom Kindermädchen hören. Annettes Geschichten waren spannend und traurig zugleich. Elizabeth teilte Annette ihren Wunsch mit und diese dachte eine Weile nach und begann sofort mit einer Geschichte, die von einem Drachen handelte. Elizabeth liebte diese Drachengeschichten. Wie gerne hätte sie auch einen Drachen, für den sie sorgen und mit dem sie durch die Lüfte fliegen konnte. Obwohl bei dem Gedanken, mit dem Drachen durch die Lüfte zu fliegen, ihr schon ein bisschen schlecht wurde, da sie nicht schwindelfrei war.

In dem folgenden Jahr hatte sich bei den Besuchen bei Belial viel geändert. Jedes Mal, wenn sie Belial besuchte, fühlte sie, dass der Dämonenfürst mit sich rang, denn er konnte ihr einfach nicht mehr richtig in die Augen sehen. Als Elizabeth eines Tages nach Hause kam, sagte man ihr, dass ihr Vater sie in seinem Arbeitszimmer sprechen möchte. Sie ging in ihr Zimmer, um sich etwas frisch zu machen und ging dann zu ihrem Vater. Als sie an die Tür klopfte und ihr Vater „Herein" sagte, öffnete sie diese und trat ein. Kaum hatte sie den Raum betreten, stand Luzifer von seinem Ledersessel auf und kam zu seiner Tochter. Er begrüßte sie und ging dann mit ihr zur Sitzecke, wo sie es sich bequem machten. Luzifer schaute seine Tochter lange an, bevor er zu sprechen begann:

„Elizabeth, ich bin stolz auf dich und froh, dich als Tochter zu haben. Du hast in den letzten Jahren viel gelernt und hast auch die Kampfausbildung abgeschlossen. Da du nun alt genug bist, habe ich beschlossen, dass du ab jetzt deinen Drachen kennenlernen darfst. Wie du weißt, hat jeder Dämonenfürst und jeder unserer Familie einen Drachen. Belial wird dich morgen zum Drachental in der fünften Ebene bringen. Ich möchte, dass du dich an die Anweisungen von dem Dämonenfürsten hältst und nicht von seiner Seite weichst. Außerdem vergiss nicht, was Belial dich über die Drachen gelehrt hat. Kannst du mir noch sagen, was du alles zu beachten hast?"

Elizabeth schaute ihren Vater freudig und nachdenklich an und erwiderte ihm:

„Ich weiß nur, dass die Drachen uralte, weise Wesen sind, die man respektieren soll. Auch sollte ich daran denken, dass man sie nur mit der dämonischen Sprache befehlen kann. Ich freue mich schon darauf, einmal auf meinem Drachen reiten zu dürfen."

Luzifer lächelte und war mit ihrer Antwort zufrieden. Er gab ihr zu verstehen, dass sie niemals vergessen darf, dass Drachen ein langes und gutes Gedächtnis haben und sie keine Respektlosigkeit vergessen. Elizabeth umarmte ihren Vater und versprach ihm, an seine Worte zu denken. Als sie ihm wieder in die Augen sah, war da noch etwas, das er ihr mitteilen wollte, aber er schwieg und sie drängte ihn nicht dazu. Damit verabschiedete Elizabeth sich von ihrem Vater und ging wieder in ihr Zimmer. Da es schon spät war und sie unbedingt morgen fit sein wollte, ging sie ins Badezimmer, um sich für das Bett fertig zu machen. Als Elizabeth dann im Bett lag, dachte sie an Belial und ein wohliges Gefühl erstreckte sich über ihren Körper. Außerdem freute sie sich sehr, dass ihr Wunsch, einen eigenen Drachen zu haben, so schnell in Erfüllung gegangen war. Sie lächelte und schlief ein.

Als Elizabeth sich am nächsten Tag auf den Weg zu Belial machte, wartete dieser schon vor dem Eingang auf dem Pfad. Als er die Dämonenprinzessin erblickte, kam er ihr entgegen und sie gingen gemeinsam zur fünften Ebene. Es war ein langer und steiler Weg, den sie in dieser Ebene weitergingen, und Elizabeth konnte schon von Weitem einen eigenartigen Geruch wahrnehmen. Es roch zwar nach Schwefel, aber es war nicht der gleiche Geruch, den man in der Hölle roch. Im ersten Moment war es unerträglich für sie, aber je weiter sie in die Ebene hineingingen, desto mehr gewöhnte man sich daran. Auf einmal blieb der Dämonenfürst abrupt stehen und Elizabeth stellte sich neben ihn. Vor ihnen erhob sich ein großes schwarzes Tor, vor dem zwei mächtige Wächter standen, die die beiden grimmig anschauten. Doch als sie das Siegel an Belials Halskette sahen, verneigten sie sich und öffneten das Tor. Belial schaute Elizabeth kurz an und sagte, dass sie ab jetzt immer an seiner Seite bleiben solle. Denn sollte sie seine Anordnungen nicht befolgen, so konnte sie das im schlimmsten Fall mit dem Leben bezahlen. Elizabeth nickte ihm zu und sie gingen durch das Tor. Nach ein paar Metern blieben sie wieder stehen, denn vor ihnen befand sich eine große Schlucht und dann konnte Elizabeth auch schon, nachdem sie den Kopf gehoben hatte, die ersten Drachen über sich erkennen. Es waren mächtige und eindrucksvolle Wesen und wenn sie über einen hinwegflogen, dann erzeugten sie ein Geräusch, als ob man Tausende Flügel schlagen hören würde. Jeder Drache hatte seine eigene Schuppenfarbe. So waren einige rot, andere gelb oder schwarz. Es gab sogar grüne Drachen darunter, aber diese waren kleiner und hatten auch Probleme zu fliegen. Als Elizabeth Belial danach fragte, erklärte er ihr, dass dies die Jungen sind und gerade lernen zu fliegen. Sie schaute fasziniert zu und war so vertieft, dass sie gar nicht merkte, wie ein großer schwarzer Drache in einiger Entfernung landete. Erst durch den heißen Wind, der ihr Gesicht streifte, wendete sie ihren Blick vom Himmel ab und schaute nach links. Dort stand der schönste Drache, den sie je gesehen hatte. Er war komplett schwarz und die Schuppen glänzten. Er hatte zwei große Hörner auf seinem Kopf, die nach hinten gebogen waren. Und dann sah sie in seine Augen und sie leuchteten sie rot an. Elizabeth konnte richtig spüren, wie sich ihr ganzes junges Leben in diesen Augen spiegelte. Auch hatte dieser Drache einen sanftmütigen Blick und aus seinen Nüstern kamen stoßweise kleine Wölkchen heraus. Der Dämonenfürst drehte sich zu der Dämonenprinzessin und erklärte ihr, dass das ihr eigener Drache wäre und sie sich schon einmal überlegen solle, welchen Namen sie ihm geben möchte. Dabei klopfte ihr Belial auf die Schulter und zusammen gingen sie zu dem Drachen. Elizabeth folgte eher zögerlich, da sie sich erst an die Größe und die Bewegungen des Drachen gewöhnen musste. Als sie dann doch neben dem Dämonenfürsten stand und dem Drachen direkt in die Augen blickte, sah sie etwas darin, das sie sofort in den Bann zog. Es war dieses Rot, das wie bei einem Rubin leuchtete. Belial fragte sie von der Seite, ob sie denn schon einen Namen gefunden hätte. Elizabeth überlegte eine Weile und dann fiel ihr ein Name ein, der für sie am passendsten war. Sie gab ihrem Drachen den Namen RUBIA. Belial sagte ihr, dass sie den Namen nun laut aussprechen solle und ihn nie vergessen dürfe. Auch sollte sie diesen Namen nie ändern. Denn er erklärte ihr, dass Drachen ein sehr gutes Gedächtnis haben und sich über Jahrhunderte an alles erinnern können. Nachdem der Dämonenfürst geendet hatte, ging Elizabeth ein paar Schritte weiter auf den Drachen zu und blieb ganz dicht vor ihm stehen, sah ihm tief in die Augen und sagte ihm auf dämonisch, dass er ab heute den Namen RUBIA trüge und sie sich freue, dass sie ihn ihr Eigen nennen darf. Der Drache neigte sein Haupt und Elizabeth strich ihm mit der Hand zärtlich über die Stelle zwischen den Hörnern. Rubia schnaubte zufrieden und richtete sich wieder auf. Dann öffnete er seine Flügel und flog davon. Belial kam zu der Dämonenprinzessin und klopfte ihr anerkennend auf die Schulter. Er schaute sie sehr zufrieden an. Doch dann verlangte er von ihr, dass sie sich an den Rand des Abgrundes stellen sollte. Elizabeth folgte seiner Anweisung nur widerwillig und blieb ein paar Schritte vor dem Abgrund stehen. Als sie dort angekommen war, sagte der Dämonenfürst hinter ihr, dass sie nun ihren Drachen rufen solle. Und zwar laut und deutlich. Elizabeth atmete tief ein und rief mit voller Kraft den Namen ihres Drachen. Danach schaute sie in die Ferne und erblickte etwas Schwarzes mit großen Flügeln, das auf sie zukam. Als Elizabeth erkannte, dass es Rubia war, winkte sie ihm zu. Der Drache flog auf sie zu und blieb dicht vor ihr in der Luft stehen. Elizabeth streckte die Hand aus und berührte Rubias Nüstern. Der Drache stieß ein paar Wölkchen aus und verabschiedete sich mit einem knappen Nicken von ihr. Elizabeth schaute den Drachen fasziniert an und als sie ihm zulächelte, drehte Rubia nach rechts ab und flog davon. Elizabeth schaute ihm traurig nach, da sie Rubia jetzt schon in ihr Herz geschlossen hatte und konnte es gar nicht erwarten, bis sie mit Belial wieder hierherkam. Sie drehte sich um und seufzte. Der Dämonenfürst musste ihre Traurigkeit gespürt haben und versprach ihr, dass sie einmal in der Woche hierherkommen würden. Elizabeth strahlte ihn an und wollte ihn umarmen, aber irgendetwas in ihrem Körper hielt sie davon ab. So beließ sie es bei einem Lächeln und gemeinsam gingen sie zurück zu Belials Ebene. Auf dem Weg dorthin versuchte sie, so viel Abstand wie möglich von dem Dämonenfürsten zu halten, denn sie hatte schon wieder gespürt, dass der Dämonenfürst irgendwie eine Anziehungskraft auf sie ausübte. Bei Belials Ebene angekommen, gingen sie durch die Eisentür ins Innere und Elizabeth setzte sich auf einen der Stühle. Belial fragte sie, ob sie durstig wäre und als Elizabeth bejahte, rief er nach einem Dämon und dieser brachte ihnen nach einer Weile eine Flasche Wasser und zwei Gläser. Dann schenkte er ihnen ein und verschwand wieder. Elizabeth nahm einen großen Schluck und setzte das Glas zufrieden ab.

Belial musterte die Dämonenprinzessin von der Seite und freute sich innerlich, dass ihr das Erlebnis mit dem Drachen so gut gefallen hatte. Natürlich hatte er gespürt, dass Elizabeth sich beim Zurückgehen zur Ebene etwas distanziert hatte. Was Elizabeth nicht wusste, war, dass Belial ein ernstes Gespräch mit ihrem Vater geführt hatte. Der Dämonenfürst hatte seinem alten Freund die Gefühle für Elizabeth mitgeteilt. Luzifer gab ihm die Anweisung, sich still zu verhalten. Aber Belial wusste, dass er in ein, zwei Jahren Luzifer ein Ultimatum stellen würde. Jetzt war es noch zu früh für diese Entscheidung. Manches Mal konnte er nicht mehr schlafen, weil sich seine Gedanken nur noch um die Dämonenprinzessin drehten. Aber welcher Dämonenfürst würde nicht gerne mit einer Tochter von Luzifer liiert werden? Die Vorteile waren, dass man vieles besser durchsetzen konnte. Veränderungen schneller umgesetzt werden konnten. Aber natürlich nur, wenn die Dämonenprinzessin damit einverstanden war.

Elizabeth bemerkte Belials Blick und schaute den Dämonenfürsten direkt an. Hätte sie länger in seine Augen gesehen, hätte sie die Gedanken erraten, die Belial durch den Kopf gingen. Aber sie konnte ihn nicht lange genug ansehen und senkte den Blick sofort wieder. Damit die Situation nicht zu unangenehm wurde, stand Elizabeth auf und verabschiedete sich von Belial.

Neuntes Kapitel

Seitdem ist ein Jahr vergangen und Belial hielt sein Versprechen und sie besuchten den Drachen einmal in der Woche. Außerdem war heute ein ganz besonderer Tag für die Dämonenprinzessin. Sie hatte Geburtstag. Sie wurde zehn Jahre alt. Elizabeth zog sich, nachdem sie aufgestanden war, rasch an und eilte ins Wohnzimmer. Dort saß ihr Vater. Sobald sie den Raum betreten hatte, stand dieser auf und umarmte sie und wünschte ihr alles Gute. Elizabeth strahlte ihren Vater an. Sie merkte, dass er etwas hinter seinem Rücken versteckte. Als Luzifer sie nicht mehr länger auf die Folter spannen wollte, nahm er die rechte Hand, die er hinter seinem Rücken versteckt hatte, hervor. Das Geschenk, das er darin hielt, überreichte er seiner Tochter. Elizabeth setzte sich an den Tisch und öffnete es. Was sich darin befand, ließ die Dämonenprinzessin erstaunen. Es war ein Buch. Aber nicht irgendeines, sondern die Chroniken der Familie. Elizabeth schaute ihren Vater fragend an und er erklärte ihr, dass dieses Buch alle ihre Fragen über die Familie beantworten wird. Außerdem befänden sich darin sämtliche Gesetze und Regeln, die die Familie betreffen. Elizabeth schaute das Buch genauer an und blätterte darin. Sie wollte auf jeden Fall heute schon beginnen, es zu lesen. Sie stand auf, ging zu ihrem Vater und umarmte ihn. Sie dankte ihm für das wertvolle Geschenk. Danach setzten sich beide an den Tisch und frühstückten. Als Elizabeth heute zu dem Dämonenfürsten kam, wartete dieser schon ungeduldig auf sie. Elizabeth hatte gerade seine Ebene erreicht, als er zu ihr eilte und sie an den Schultern freudig packte und ihr einen Kuss auf die Wange gab. Dann trat er einige Schritte zurück und gratulierte ihr zum Geburtstag. Elizabeth stand wie erstarrt und musste sich erst sammeln, da diese Geste für sie sehr unerwartet kam. Aber Elizabeth freute sich darüber, dass er ihren Geburtstag kein einziges Jahr vergessen hatte. Sie war schon sehr gespannt, welche Überraschung der Dämonenfürst heuer für sie hatte. Sie gingen zusammen zu der fünften Ebene und Elizabeth freute sich, ihren Drachen wiederzusehen. Als sie das große Tor passierten und zur Schlucht gingen, rief sie Rubia und es dauerte nicht lange und der schwarze Drache erschien vor ihr. Elizabeth tätschelte ihm die Stirn und dann landete der Drache neben ihr. Sie war so mit Rubia beschäftigt gewesen, dass sie nicht bemerkt hatte, dass sich Belial von ihr entfernte. Erst als sie zu ihm blickte, erkannte sie, dass er etwas in den Händen hielt und als sie genauer hinsah, war es ein Sattel aus rotem Leder mit einer Lehne. Diesen Sattel legte Belial nun über Rubias Körper und bedeutete Elizabeth, zu ihm zu kommen. Elizabeth hatte ein mulmiges Gefühl, denn sie wusste nicht, was Belial nun von ihr verlangte. Langsam bewegte sie sich auf die beiden zu und als Elizabeth sie erreicht hatte, hob der Dämonenfürst sie plötzlich in die Höhe und setzte sie in den Sattel. Dann schnallte er sie gut fest und Elizabeth schaute ihn mit großen und ängstlichen Augen an. Er bemerkte ihren Blick und lächelte ihr aufmunternd zu. Doch sie konnte sein Lächeln nicht erwidern, denn sie hatte wirklich panische Angst, da sie nicht schwindelfrei war und sie sich ungefähr vorstellen konnte, was jetzt weiter passierte. Kaum hatte Elizabeth den Gedanken zu Ende gedacht, da breitete der Drache auch schon seine Flügel aus und schwang sich in die Höhe. Die Dämonenprinzessin schrie und wollte nur noch von diesem Drachen herunter. Was sie auch versuchte und wie oft sie Rubia auch anschrie sie herunterzulassen, es half nichts. Der Drache drehte sich und flog schwungvoll von dem Felsen weg. Dann wurde er langsamer und flog gemütlich dahin. Es war erstaunlich, wie schnell sie sich daran gewöhnte und wie schnell ihr Vertrauen zu Rubia zunahm. Elizabeth merkte auch, dass der Sattel sehr sicher war und man nicht so schnell herausfallen konnte. Die Aussicht von hier oben war atemberaubend. Als sie die Schlucht durchflogen, konnte Elizabeth in den Felsen einzelne Nischen und Höhleneingänge erkennen. In den Nischen waren Nester und wenn man diese genauer betrachtete, dann konnte man in manchen Dracheneier und in anderen junge, grüne Drachen erkennen. Elizabeth war fasziniert und zugleich erfüllte sie ein Gefühl, das wie Erleichterung und Freiheit zugleich war. Rubia flog eine größere Wende und schlug seine Flügel kraftvoller und so waren sie schon nach kurzer Zeit wieder zurück, von wo aus sie gestartet waren. Rubia landete direkt neben Belial und senkte den Körper, sodass Elizabeth mühelos heruntersteigen konnte. Elizabeth ging nach vorne, um in Rubias Gesicht zu schauen, und strich liebevoll über seine Nüstern. Dann bedankte sie sich beim Drachen für den schönen Flug und verabschiedete sich. Elizabeth ging ein paar Schritte zur Seite und schon erhob sich Rubia in die Lüfte und war nach einigen Flügelschlägen nicht mehr zu sehen. Der Dämonenfürst kam zu ihr und fragte sie nach ihrem Befinden. Elizabeth schaute ihn an und sagte zu ihm:

„Belial, als ich sah, wie du mit dem Sattel in deinen Händen zu Rubia gegangen und ihn ihm umgeschnallt hast, bekam ich Angst, denn meine schlimmste Befürchtung würde wahr werden. Denn du musst wissen, dass ich nicht schwindelfrei bin, und darum habe ich auch so geschrien, als der Drache sich dann in die Lüfte schwang. Ich wollte zu diesem Zeitpunkt nur noch herunter von ihm, aber dann wuchs das Vertrauen und als wir ganz langsam durch die Schlucht flogen und ich sah, was von diesem Standpunkt aus unmöglich war, kann ich nur danken. Danke Belial, das ist das schönste Geburtstagsgeschenk gewesen, das ich je hatte."

Damit ging Elizabeth näher auf Belial zu und umarmte ihn herzlich. Sie konnte sofort eine Regung des Dämonenfürsten spüren, aber sie war so glücklich und hielt daher die Umarmung aufrecht. Als sie sich dann doch löste, sah Elizabeth in Belials Augen und konnte ein Verlangen in diesen Augen sehen, das ihr den Atem stocken ließ. Elizabeth ging schnell ein paar Schritte zurück und drehte sich Richtung Tor, sah den Dämonenfürsten noch einmal an und rannte so schnell sie konnte nach Hause. Dort angekommen, eilte Elizabeth in ihr Zimmer und warf sich auf ihr Bett. Als sie ruhig dort lag und wieder normal atmete, dachte sie noch einmal über die Szene nach und war mit sich zufrieden, dass sie das Richtige getan hatte. Nur einem war ihr Verhalten suspekt und eigenartig vorgekommen. Denn als Elizabeth in die Halle rannte, hatte sie eine Person dabei beobachtet.

Es war ihr Vater gewesen.

Stirnrunzelnd ging Luzifer weiter zu seinem Arbeitszimmer, als jemand hinter ihm seinen Namen rief. Als er sich umdrehte, war es Belial, der hastig auf ihn zukam. Elizabeths Vater forderte ihn auf, ihm zu erklären, was mit seiner Tochter passiert sei. Belial bat Luzifer, mit ihm in seinem Arbeitszimmer sprechen zu dürfen, und dieser nickte. Sie gingen gemeinsam dorthin. Als sie beide Platz genommen hatten, sah Luzifer den Dämonenfürsten eindringlich an und befahl ihm, ihm eine Erklärung zu geben. Belial räusperte sich und antwortete:

„Luzifer, ich weiß nicht, wo ich anfangen soll. Aber ich muss wahrheitsgemäß sagen, dass deine Tochter Elizabeth, seit du sie zu mir in den Unterricht gebracht hast, von Jahr zu Jahr schöner geworden ist, und ich muss mir eingestehen, dass ich in letzter Zeit Gefühle für deine Tochter hege. Ich kann oftmals nachts nicht schlafen, weil ich immer nur an sie denke. Wie sie mich manchmal ansieht oder wenn sie lacht. Ich habe mich in Elizabeth verliebt. Entweder du gibst sie mir zur Frau oder ich verlasse die Hölle."

Es war eine Stille eingetreten, dass man eine Stecknadel hätte fallen hören können. Dann richtete sich Luzifer in seinem Stuhl auf und blickte Belial direkt in die Augen. Wenn Luzifer dies bei seinen Untergebenen tat, dann wollte er die ganze Wahrheit erfahren. Aber er wusste auch, dass er bei seinem alten Freund sicher sein konnte, dass dieser ihm nichts verschweigen würde. Darum begann Luzifer auch gleich zu antworten:

„Belial, es überrascht mich, solche Worte von dir zu hören. Du weißt ganz genau, wem meine Tochter versprochen ist, und trotzdem wagst du es, um ihre Hand anzuhalten. Du kennst die Gesetze und hast eigentlich nicht das Recht, Anspruch auf meine Tochter zu erheben. Mein alter Freund, ich möchte daher ein bisschen nachsichtiger mit dir sein und dir nun sagen, wie es weitergehen wird. Erstens möchte ich, dass du meine Tochter noch ein Jahr unterrichtest, sie aber auf keinen Fall merken lässt, welche Gefühle du für sie hegst.

Keine Berührungen, keine langen Blicke. Um es kurz und bündig zu machen, ich möchte, dass du dich von Elizabeth fernhältst und alles in diesem einen Jahr platonisch abläuft. Da meine Tochter klug ist und ihr schon bald dein Verhalten auffallen wird, wirst du ihr eine plausible Erklärung geben. Zu deiner Aussage, dass du die Hölle verlässt, muss ich dir zu deinem Bedauern ein „Nein" sagen und nun sollst du auch mein weiteres Vorgehen erfahren. Ich werde nach diesem Jahr mit Elizabeth die Hölle verlassen und ich möchte, dass du alles, was hier gesprochen wurde, auch nachdem wir gegangen sind, für dich behältst, was ich weiß, dass es bei dir keine Bedenken in dieser Sache gibt. Bereite meine Tochter unter verschiedenen Vorwänden auf das Leben außerhalb der Hölle vor. Ich werde mich um alles andere kümmern und Belial, ich warne dich noch einmal eindringlich, lass die Finger von meiner Tochter und halte deine Triebe im Zaum. Und nun lass mich allein."

Mit den letzten Worten erhob sich Belial von seinem Stuhl, verneigte sich und verließ das Arbeitszimmer. Als er die Halle erreicht hatte, kam Elizabeth gerade aus ihrem Zimmer und war auf dem Weg ins Wohnzimmer. Als sie Belial erblickte, überkamen sie Schuldgefühle, weil sie ihn einfach so in der Ebene stehen gelassen hatte, und so ging sie geradewegs auf ihn zu und schaute ihn an. Aber der Dämonenfürst senkte seinen Blick und so sagte sie ihm, dass sie sich für ihr Verhalten vorhin entschuldigen wollte. Aber Belial schaute die Dämonenprinzessin weiterhin nicht an und so befahl sie ihm, seinen Blick zu heben und in ihre Augen zu sehen. Als er dies tat, war da etwas, das noch nie da gewesen war, seit sie den Dämonenfürsten kannte. Er schaute sie mit einer großen Leere in seinen Augen an, nickte und ging einfach davon. Elizabeth schaute ihm verdutzt und kopfschüttelnd nach, setzte dann ihren Weg fort und ging ins Wohnzimmer.

Dort angekommen, ging Elizabeth zum Kamin und setzte sich auf die Couch davor. Noch immer hatte sie Belials Blick vor Augen. Warum hatte er sie so eigenartig angesehen? Was war mit ihm los? Hatte sie ihn so verstimmt durch ihre Geste? Elizabeth wollte Antworten und so blieb ihr nichts anderes übrig, als zu dem Dämonenfürsten zu gehen und ihn direkt zu fragen. Auf dem Weg dorthin überlegte sie, wie sie es anstellen konnte, dass er nicht bemerkte, dass sie sich Sorgen machte. Elizabeth wollte auf keinen Fall, dass er Verdacht schöpfte und vielleicht alles missverstand. Elizabeth war so in ihre Grübeleien verwickelt, dass sie fast an seiner Ebene vorbeigegangen wäre. Elizabeth hob den Blick und sah nach rechts in den höhlenartigen Eingang, in dem sich die Eisentür befand. Sie ging auf diese zu und wollte sie gerade öffnen, als sie aufsprang und Belial direkt in die Augen sah. Durch den Schreck taumelte sie zurück und wäre fast gestolpert, hätte der Dämonenfürst sie nicht aufgefangen. Sofort befreite sie sich von ihm und trat einen Schritt zurück. Elizabeth dankte ihm und fragte zugleich, ob er Zeit für sie hätte. Jetzt erst bemerkte sie Belials Nervosität, denn er schaute hektisch um sich herum, bis er dann nickte und sie bat einzutreten. Als Elizabeth durch die Eisentür schritt, folgte ihr Belial dicht und sie konnte seinen Atem auf ihrer Haut spüren. Er merkte sofort, dass sie zitterte, und ging mit schnellen Schritten an ihr vorbei in Richtung Tisch. Dort setzte er sich und forderte die Dämonenprinzessin auf, ihm zu folgen. Elizabeth starrte ihn eine Weile an und ging dann ebenfalls zum Tisch und setzte sich ihm gegenüber. Nach einer Weile, in der sie sich nur ansahen, fragte sie Belial, warum er sie so eigenartig angesehen hätte und sich ihr gegenüber auf einmal so distanziert verhielte? Er antwortete, dass sie nichts falsch gemacht habe, es aber wohl das Beste wäre, wenn sie ab nun alles mehr platonisch ablaufen ließen. Er sagte auch, dass es fast nichts mehr gäbe, dass er ihr noch beibringen könnte und es nur noch ein Jahr sein würde, bis sie ihren Unterricht beendet haben wird. Elizabeth schaute ihn erstaunt und ungläubig an, denn was er da sagte, klang ganz und gar nicht nach Belial. Denn sie hatte ihn nun schon richtig gut kennengelernt und wusste, dass er etwas zu erfüllen hatte. Elizabeth fragte ihn deshalb noch einmal, ob das alles wäre, was er ihr zu sagen hätte. Einen Augenblick tat sich nichts und sie saßen sich schweigend gegenüber. Plötzlich erhob sich der Dämonenfürst und kam um den Tisch herum auf sie zu. Elizabeth erhob sich ebenfalls und sie standen sich gegenüber. Dann verbeugte er sich vor ihr und schwor, dass das alles sei, das er ihr mitteilen wollte. Elizabeth hob die Hand und er stellte sich wieder gerade hin. Sie schauten sich eine Weile an und als Elizabeth näher kam und ihm einen Kuss auf die Wange geben wollte, ging er einen Schritt zurück. Sie schaute ihn fragend an. Er bat Elizabeth, ihm nicht zu nahe zu treten, und verabschiedete sich von ihr, drehte sich um und verschwand durch die Eisentür. Die Dämonenprinzessin konnte noch immer nicht glauben, solche Worte aus dem Mund des Dämonenfürsten zu hören. Sie setzte sich wieder an den Tisch und dachte nach. Konnte diese Veränderung von Belial etwas mit ihrem Vater zu tun haben? Denn Elizabeth erinnerte sich, dass ihr Vater nun schon öfter das Gespräch mit dem Dämonenfürsten gesucht hatte. War es dabei etwa um sie gegangen? Je länger sie darüber nachdachte, desto weniger kam sie zu einem Ergebnis. Und da ihr keiner der beiden, sie wusste, dass sie ihren Vater nicht zu fragen brauchte, etwas sagte, beließ sie es dabei. Sie stand auf und verließ den Raum, um nach Hause zu gehen. Auf dem Weg dorthin kam ihr das Kindermädchen Annette entgegen. Sie fragte die Dämonenprinzessin, ob sie ein wenig mit ihr spazieren gehen wolle, da sie ihr etwas mitzuteilen hätte. Elizabeth lächelte sie an, da sie sich freute und so auf andere Gedanken kommen konnte. Sie bejahte sofort und die beiden gingen gemeinsam zu ihrem Lieblingsplatz am See. Dort setzten sie sich auf die Bank und Elizabeth fragte Annette sogleich, was sie ihr zu sagen hätte. Annette schaute eine Weile auf den See, bevor sie antwortete:

„Elizabeth, ich war jetzt über viele Jahre dein Kindermädchen. Wir haben viel miteinander erlebt und erkundet. Meine Geschichten haben dich manchmal zum Lachen oder zum Weinen gebracht. Ich muss dir nun leider eine schlechte Nachricht bringen. Ich hatte heute ein Gespräch mit deinem Vater und er ist zu der Ansicht gekommen, dass du nun alt genug bist, um auf dich selbst aufzupassen oder dich selbst zu beschäftigen. Wie du weißt, sind Dämonenkinder viel reifer und erwachsener, als ihr Alter vorgibt. Auch mir fällt es schwer, da ich dich sehr in mein Herz geschlossen habe. Dein Va-

ter hat mir aber erlaubt, solltest du mich doch noch brauchen, dass ich jederzeit bei dir sein darf. Ich wünsche dir alles Liebe und Gute für deine weitere Zukunft."

Man sah Annette an, wie sehr sie mit den Tränen kämpfte. Elizabeth saß da und wollte das nicht glauben. Zwei Personen, die ihr in ihrem jungen Leben viel bedeutet hatten, veränderten sich oder verließen sie. Das waren für sie heute zwei schlechte Nachrichten, die sie zu verdauen hatte. Elizabeth sah ihr Kindermädchen an. Sie war unendlich traurig. Annette nahm Elizabeth in den Arm und beide weinten. Als sie sich wieder voneinander lösten, versprach Elizabeth ihrem Kindermädchen, sie ab und zu anzurufen. Damit sahen die beiden dem Treiben auf dem See noch eine Weile zu. Es wurde schon dunkel und Annette brachte die Dämonenprinzessin nach Hause. Als sie über die Brücke gingen, sahen sie, dass Luzifer vor dem Tor stand. Zusammen gingen sie auf ihn zu. Luzifer gab seiner Tochter einen Kuss auf die Wange und Annette schüttelte er die Hand. Diese verabschiedete sich von den beiden und ging wieder zurück auf den Weg. Das Kindermädchen drehte sich noch einmal um und winkte ihnen zum Abschied. Elizabeth und ihr Vater taten es ihr gleich. Dann war Annette verschwunden. Mit einem tiefen Seufzer drehte sich Elizabeth um und ging durch das Tor in die Halle. Ihr Vater folgte ihr. Elizabeth drehte sich zu ihm und erzählte ihm von ihrem heutigen Tag. Sie sagte ihm auch, dass es der traurigste Tag ihres ganzen Lebens war. Zwei schlechte Nachrichten. Und dann fiel ihr ein, wie seltsam sich Belial ihr gegenüber heute verhalten hatte. Sie wusste zwar, dass sie ihren Vater nicht danach fragen durfte, aber sie tat es trotzdem. Elizabeth nahm all ihren Mut zusammen und fragte ihren Vater, warum sich Belial ihr gegenüber plötzlich so distanziert verhielt. Sie fragte außerdem, ob er dem Dämonenfürsten etwa verboten hatte, sie zu berühren. Luzifer schaute seine Tochter von oben herab an und dirigierte sie ins Wohnzimmer. Dort angekommen, nahmen sie am Tisch Platz. Dann begann Luzifer zu sprechen:

„Elizabeth, es tut mir leid, wenn du heute nur Trauriges erlebt hast, aber es gibt nun mal nicht nur Sonnenschein. Dass du dein Kin-

dermädchen nicht mehr so oft siehst, habe ich ganz allein bestimmt, denn ich finde, dass du schon alt genug bist. Das mit Belial hat Gründe, die ich dir hier und jetzt nicht so erklären möchte. Vielleicht wirst du es später einmal erfahren. Aber das eine kann ich dir sagen, ja, ich habe Belial Anweisungen gegeben, wie er sich dir gegenüber zu verhalten hat. So, nun hast du schon mehr erfahren, als ich dir eigentlich sagen wollte. Ich möchte, dass du mir in Zukunft keine Fragen mehr bezüglich Belial stellst. Haben wir uns verstanden?"

Elizabeth schaute ihren Vater an und nickte sofort. Denn sie wusste, dass er keine Widerrede wünschte. Sicher hätte sie ihn noch gerne das eine oder andere gefragt. Aber ob es sinnvoll gewesen wäre? Sie wusste, dass ihr Vater sehr schnell zornig werden konnte, wenn man ihn zu viel fragte. So nahm sie seine Aussage ohne Widerrede hin.

Die Monate vergingen und das Jahr war bald um und Elizabeth bedauerte es, Belial nicht mehr so oft besuchen zu dürfen. Er war ihr ans Herz gewachsen und wie ein zweiter Vater für sie geworden. Von ihm hatte Elizabeth alles gelernt, was sie über die Hölle, die Kampfausbildung, das Drachenreiten und vieles mehr wissen musste. Sie hatten viel miteinander gelacht und jetzt fielen ihr die Vorsätze nicht mehr so schwer wie am Anfang. Außerdem war Belial ein alter Freund von ihrem Vater. Dadurch würde sie ihn auch hin und wieder bei sich zu Hause sehen. Aber all das, was die Dämonenprinzessin Jahre vorher erlebt hatte, hatte sich das letzte Jahr sehr geändert. Der Dämonenfürst hatte sein Versprechen gehalten und es lief alles mehr platonisch und distanziert ab. Es hatte nur noch wenige Momente gegeben, in denen sie miteinander gelacht hatten oder sich in die Arme gefallen waren. Dabei war Belial immer sehr darauf bedacht gewesen, dass der Abstand zwischen ihnen eingehalten wurde. Auch wenn Elizabeth traurig war und weinte, gab er ihr nur ein Taschentuch und schaute sie zwar eine Weile mitfühlend an, aber dann schaute er weg und die Situation war für ihn erledigt. Außerdem merkte Elizabeth, dass sich eine große Veränderung in ihrem Leben ankündigte. Wenn sie bei Belial war, dann erzählte er immer wieder von der Erdoberfläche. Als Elizabeth ihn einmal fragte, warum er ihr diese Bilder zeigt und ihr von dem Leben auf der Erde berichtet, schaute sie der Dämonenfürst an. Dann erklärte er ihr, da sie schon alles über die Hölle wisse, wäre es auch ganz gut, wenn sie von dem Leben der Verdammten wisse. Belial meinte auch, dass man von allem immer beide Seiten kennen sollte. Elizabeth ahnte, dass da mehr dahintersteckte, aber sie wollte den Dämonenfürsten mit ihren Fragen nicht nachdenklich stimmen. Daher gab sie sich mit den Antworten zufrieden und war schon gespannt, wie es am Ende dieses Jahrs weitergehen würde. Ihr Vater war in diesem Jahr mehr mit seiner Arbeit beschäftigt als früher und ging seiner Tochter auch öfter aus dem Weg. Wollte sie ihn etwas fragen, so sagte er ihr, dass momentan nicht der richtige Zeitpunkt wäre und sie sich doch die Fragen aufschreiben solle. Das verstand Elizabeth nicht, denn Vater hatte stets zu ihr gesagt, dass er immer für sie Zeit hätte und nun sollte sie alles aufschreiben? Elizabeth glaubte, dass sie schon früh genug erfahren würde, was hier vor sich ging. Diese ganze Heimlichtuerei bestätigte immer wieder ihren Verdacht, dass eine große Veränderung bevorstand. Eines Tages kam sie nach Hause und ihr Vater erklärte ihr, dass sie einen großen Koffer nehmen und alles hineinpacken solle, was sie für eine Reise mitnehmen wollte. Elizabeth schaute ihren Vater an und lächelte. Denn sie hatten noch nie eine Reise unternommen und sie war schon neugierig, wo es hingehen würde. Was sie wohl alles auf dieser Reise erleben würde? Elizabeth hoffte nur, dass sich ihre Gedanken über eine große Veränderung nicht erfüllten und sie mit ihrem Vater nur eine Reise unternahm. Aber was würde passieren, wenn diese Reise sie aus diesem Leben herausreißen und sie nie wieder hierher zurückkehren würde? Während sie in ihrem Zimmer alles für die Reise in den Koffer packte, dachte sie immer wieder darüber nach, warum ihr Vater gerade jetzt eine Reise mit ihr unternahm. Denn so lange sie denken konnte, war dies nie der Fall gewesen. Belial hatte sich das ganze Jahr über so platonisch verhalten, dass sie ihn nicht einmal am Arm berühren durfte. Und was sollte das Ganze überhaupt, was sie über

die Erdoberfläche gelernt hatte? Wie man sich auf der Erde fort-
bewegt und wie man spricht. Elizabeth hatte auch die Sprache
des Landes gelernt, in das ihr Vater mit ihr in den Urlaub fahren wollte. Sie staunte immer wieder, wie viel Wissen der Dämonenfürst besaß. Aber damit war er nicht allein, alle Dämonenfürsten hatten ein großes Wissen. Es hatte schon Vorteile,
wenn man früher zu den Göttern gehört hatte. Zu den heidnischen wohlgemerkt.

Zu diesem Zeitpunkt wusste Elizabeth noch nicht, dass sie
die Hölle und ihre Bewohner, vor allem Belial, für lange Zeit
nicht wiedersehen würde.

Nun war es so weit, Elizabeth hatte alle Utensilien gepackt
und in verschiedenen Koffern verstaut. Sie konnte es gar nicht
erwarten, das Land zu sehen, in das sie mit ihrem Vater reisen
würde. Auch verstand sie nicht, warum sie alles Mögliche ein-
packen musste. Denn soviel Elizabeth wusste, brauchte man eigentlich nur Kleidung und vielleicht noch eine Kamera, wenn
man auf Reisen ging. Der Miene ihres Vaters zu urteilen, war
da ein viel größeres Vorhaben im Gange. Die letzten Monate
ging er immer wieder schweigend durch das Haus, von Raum
zu Raum. Auch lud er einmal eines Abends alle Dämonenfürsten zu sich ein und hielt mit ihnen eine Sitzung ab, die sich über
mehrere Stunden hinzog. Als diese beendet war, gingen die Dämonenfürsten einer nach dem anderen mit einem nachdenkli-
chen Gesicht an ihr vorbei, verneigten sich und gingen schweigend ihres Weges. Elizabeth schaute einen nach dem anderen an
und lächelte ihnen zu. Als Belial, der als Letzter aus dem Raum
trat, zu ihr kam und sich verneigte, raunte Elizabeth ihm ins
Ohr, dass sie sich für alles, was er für sie getan hatte, bedankt
und sie eine schöne Zeit mit ihm hatte. Er erhob sich und lächelte die Dämonenprinzessin an, verneigte sich noch einmal
und ging dann ebenfalls schweigend. Obwohl Belial schon lange
nicht mehr zu sehen war, stand Elizabeth noch immer da und
schaute ihm nach. Es wurde ihr schwer ums Herz, ein Gefühl,
das sie früher nie empfunden hatte. Aber sie war nun elf Jahre und merkte, dass sie eigenartige Gefühle bei einigen Män-

nern entwickelte und bei Belial war es am stärksten. Konnte es sein, dass sie nun schon erwachsen wurde und ihre ersten Liebesgefühle bekam? Aber Elizabeth durfte nicht weiter darüber nachdenken, denn nun stand an erster Stelle die Reise, die sie nur mit ihrem Vater antreten würde, und sie freute sich schon riesig darauf. Wie lange würde sie wohl dauern? Hoffentlich bekam sie bald eine Antwort darauf. Elizabeth freute sich schon, wenn sie mit ihrem Vater wieder zurück war und sie Belial alles genau berichten konnte. Luzifer kam zu seiner Tochter und sagte ihr, dass es morgen losginge, und fragte sie, ob sie nicht vielleicht noch einmal zum Abschied bei ihrem Drachen vorbeischauen wolle. Elizabeth strahlte ihn an. Er gab ihr einen Kuss auf die Stirn und sie eilte zu Rubia.

Elizabeth war so schnell gelaufen, dass sie außer Atem dort ankam und sich erst einmal beruhigen musste. Als sie sich dem Tor näherte, schauten sie die Wachen grimmig an und sie wunderte sich, dass sie sie nicht durch das Tor gehen ließen. Elizabeth stand da und wusste nicht, was sie tun sollte, als ihr einfiel, dass sie eigentlich nur den Ring herzuzeigen brauchte. Elizabeth ging weiter auf die Wachen zu und hob ihre rechte Hand. Als sie den Ring an ihrem Finger sahen, nickten sie und öffneten sofort das Tor. Als Elizabeth durchschritt, verneigten sich die Wachen. Elizabeth ging geradewegs zum Abgrund und rief ihren Drachen. Sie musste eine Weile warten und da sah sie auch schon Rubia auf sich zufliegen. Er landete links von ihr auf dem Felsen. Als sie Rubia bei den Nüstern tätschelte, kam ein Nephilim und legte dem Drachen einen Sattel um. Der Nephilim half der Dämonenprinzessin hoch und schnallte sie an, trat zurück und Rubia stieg in die Lüfte. Es war ein angenehmes Gefühl und der Wind tat gut auf ihrer Haut. Elizabeth wusste jetzt schon, dass sie diese Ausflüge mit Rubia vermissen würde. Aber sie war zum Glück nicht lange weg und so tröstete sie Rubia, als sie wieder sicher landeten, dass sie bald wieder bei ihm sein würde. Damit kraulte Elizabeth den Drachen ein letztes Mal auf der Stirn und verabschiedete sich von ihm. Rubia schaute traurig, aber verstand und schwang sich in die Höhe und war mit wenigen Flügelschlägen verschwunden. Elizabeth schaute ihm noch eine Weile hinterher. Danach verließ sie die Ebene und ging nach Hause.

Es war schon spät und Elizabeth war von den Strapazen des Tages sehr müde. Sie legte sich daher sofort in ihr Bett. Elizabeth hatte die ganze Nacht unruhig geschlafen, da sie immer wieder daran denken musste, wie es wohl sein würde in diesem Land, das sie bereisen sollten. Daher stand sie am nächsten Morgen früh auf und wollte die Erste am Frühstückstisch sein. Sie betrat das Wohnzimmer und war enttäuscht, denn ihr Vater saß schon da und begrüßte seine Tochter mit einem Lächeln. Elizabeth ging zu ihm, gab ihm einen Morgenkuss auf die Wange und setzte sich auf ihren Platz. Sie aßen schweigend ihr Frühstück und als sie damit fertig waren, sagte Luzifer seiner Tochter, dass er sie in einer Stunde in der Halle erwartete. Damit erhob er sich und verließ das Wohnzimmer. Elizabeth erhob sich ebenfalls und ging in ihr Zimmer. Dort warf sie sich auf das Bett und dachte nach. Ihr Vater hatte sich heute sehr eigenartig und distanziert ihr gegenüber verhalten und sie wurde das Gefühl nicht los, dass sich ab heute ihr ganzes Leben neu ordnen und verändern würde. Elizabeth schaute auf die Uhr und stellte fest, dass sie noch genug Zeit hatte, bis sie in der Halle erscheinen sollte. So schloss sie ihre Augen und schlief bald darauf wieder ein. Elizabeth hatte etwas geschlafen und als sie auf die Uhr sah, stellte sie fest, dass sie nur noch fünf Minuten hatte. Sie stand schnell auf und machte sich zurecht und ging dann in die Halle. Dort wartete schon ihr Vater ungeduldig auf seine Tochter und sie hatte ihn gerade erreicht, als er sie auch schon hinaus auf den Pfad schob und sie mit eiligen Schritten auf das Höllentor zugingen. Sie gingen an den verschiedenen Ebenen vorbei und Elizabeth wäre am liebsten noch bei Belial stehen geblieben, um sich von ihm zu verabschieden. Sie schaute zu ihrem Vater von der Seite auf und teilte ihm ihren Wunsch mit. Dieser erwiderte, ohne seine Schritte zu verringern, dass dafür keine Zeit mehr sei, und zog seine Tochter mit sich. Elizabeth folgte ihm so schnell sie konnte. Als sie an der Kreuzung standen, die nach links zum Höllentor führte, kam ihnen Zerbi entgegen und Luzifer blieb nichts anderes übrig, als stehen zu bleiben. Die Dämonenprinzessin kraulte den Höllenhund auf der Stirn seines mittleren Kopfes. Zerbi versuchte ihr, die Hand abzuschlecken, aber Elizabeth bedeutete ihm, damit aufzuhören. Luzifer stand daneben und betrachtete das Schauspiel. Nach einer Weile rief er den Namen seiner Tochter und diese stand auf und zusammen gingen sie weiter zum Höllentor. Zerbi folgte ihnen in einiger Entfernung. Nun hatten sie das eindrucksvolle Tor erreicht. Es war offen und die Verdammten strömten herein. Die Wächter, die links und rechts vom Tor standen, erkannten den Herrscher der Hölle und nickten ihm zu. Luzifer befahl ihnen, die Verdammten auseinanderzutreiben, da er mit seiner Tochter durchgehen wollte. Die Wächter setzten sich in Bewegung und schon nach kurzer Zeit war eine breite Schneise entstanden und der Weg durch das Tor war frei. Luzifer dankte ihnen, nahm seine Tochter bei der Hand und ging mit ihr gemeinsam durch das Tor.

2. Teil

Auf der Erde

Erstes Kapitel

Elizabeth wachte mitten in der Nacht von einem eigenartigen Traum auf. Dieser Traum handelte von einer Welt, die sie bisher nicht kennengelernt hatte. Aber wenn sie länger darüber nachdachte, kamen ihr die Figuren und die Umgebung sehr vertraut vor. Der Traum handelte von der Hölle und seinen Mitbewohnern. Da waren einerseits vertraute Gesichter und Stimmen, die mit ihr sprachen, aber das konnte nicht sein. Denn sie war noch niemals an diesem Ort gewesen. Das Einzige, an das sich Elizabeth erinnern konnte, war, dass sie erst vor Kurzem sich mehr für die dunkle Seite zu interessieren begann. Sie hatte sich einige Bücher und magische Symbole zugelegt. Aber erklären konnte sie sich das nicht, woher dieses Interesse kam. So lange sie denken konnte, lebte sie mit ihrem Vater, Mr. Baker, der Antiquitätenhändler war, in diesem Haus. Mr. Baker war ein Mann mittleren Alters, der eine stattliche Größe hatte. Sein Körper war gut durchtrainiert und sein Gesicht kantig geschnitten. Er besaß einen Oberlippenbart, seine Augen waren dunkel und konnten manches Mal sehr bedrohlich aussehen. Die Haare waren schwarz und an den Schläfen ergraut. Er trug ein dunkles Geheimnis mit sich herum und er wollte auf keinen Fall, dass seine Tochter etwas davon erfuhr. Als Elizabeth nach ihrer Mutter gefragt hatte, erzählte ihr Vater, dass sie einige Tage nach ihrer Geburt an Schwäche gestorben wäre. Elizabeths Vater fiel es schwer, von seiner Frau, sie hieß Sarah, zu reden, da er sie sehr geliebt hatte. Der Verlust saß noch immer tief in seinem Herzen. Was Elizabeth nicht wusste, war, dass sich der Verlust ihrer Mutter anders zugetragen hatte. Wenn die Zeit dazu reif war, wollte Mr. Baker seiner Tochter die wahre Geschichte erzählen.

Elizabeth stand vom Bett auf und ging zum Fenster. Sie zog den Vorhang an einer Seite ein Stück zurück und schaute aus dem Fenster. Es war noch dunkel, aber am Horizont konnte man schon einen hellen Streifen entdecken. Elizabeth war nun elf Jahre alt und sollte nach den Ferien in eine Eliteschule wechseln. Sie freute sich schon darauf und wollte auf jeden Fall mit ihrem Vater verschiedene Dinge und Kleidung besorgen. Elizabeth schloss wieder den Vorhang und sah auf ihren Wecker, der auf dem Nachtkästchen neben ihrem Bett stand. Er war gerade mal drei Uhr und sie beschloss, sich wieder hinzulegen. Sie schlief sofort wieder ein. Beim nächsten Erwachen war es schon hell und Jane, das Dienstmädchen, zog gerade die Vorhänge zurück. Sofort fielen die Sonnenstrahlen ins Zimmer und der blaue Himmel verriet, dass es heute ein wunderschöner Tag werden würde. Das Dienstmädchen wünschte Elizabeth einen „Guten Morgen" und verließ daraufhin wieder das Zimmer. Elizabeth streckte sich im Bett, warf die Decke zurück und stand auf. Als sie fertig angezogen war, ging sie hinunter in die Halle und weiter ins Wohnzimmer. Dort saß ihr Vater schon beim Frühstück und begrüßte sie herzlich. Elizabeth liebte ihren Vater, da er sich immer, wenn es ging, Zeit für sie nahm. Auch konnte sie ihn fast alles fragen. Aber bei manchen Dingen fehlte ihr die Mutter. Als sie beide mit dem Frühstück fertig waren, fragte Mr. Baker seine Tochter, was sie denn heute unternehmen würde. Elizabeth hatte noch nicht darüber nachgedacht, denn die Ferien hatten gerade erst begonnen. Dann fiel ihr aber ein, was sie in der Nacht, als sie am Fenster stand, beschlossen hatte. Sie schaute ihren Vater an und erzählte ihm, dass sie gerne mit ihm einkaufen gehen würde. Mr. Baker dachte eine Weile nach, wie er dies arrangieren konnte, da sein Terminkalender ziemlich voll war. Er sagte seiner Tochter, dass er ihr im Laufe der Woche Bescheid gäbe. Elizabeth freute sich, dass er nicht verneint hatte. Sie saßen noch eine Weile beieinander, als der Butler James erschien und Mr. Baker mitteilte, dass ein Kunde im Arbeitszimmer wartete. Mr. Baker dankte ihm dafür und verabschiedete sich mit einem Kuss auf die Wange von seiner Tochter. Diese schaute enttäuscht, aber wusste, dass sie ihren Vater bald einen Tag ganz für sich allein haben würde. Als ihr

Vater das Zimmer verlassen hatte, stand auch Elizabeth auf und ging zur Tür. Plötzlich wurde ihr ohne Vorwarnung schwindlig und sie fiel hinter der Couch ohnmächtig zu Boden. Mr. Baker kam noch einmal ins Wohnzimmer, da er etwas auf dem Tisch vergessen hatte, und blieb erschrocken stehen, als er seine Tochter regungslos auf dem Boden liegen sah. Er rief nach dem Butler und hob Elizabeth in die Höhe. Mit ihr auf den Armen ging er zur Couch und legte sie darauf. Der Butler, er hieß James, kam herein und sah die Situation. Sofort verließ er wieder den Raum und kam kurze Zeit später mit einer Decke zurück. Diese legte er über den Körper von Miss Baker. Mr. Baker sagte dem Butler, dass er sofort informiert werden möchte, sobald seine Tochter wieder aufwacht. James nickte und Mr. Baker verließ das Wohnzimmer. Er wollte seinen Kunden nicht zu lange warten lassen.

Als Elizabeth wieder zu sich kam, lag sie auf der Couch und war zugedeckt. Elizabeth legte die Decke beiseite und stand langsam auf. Ihr wurde sofort wieder schwindlig und sie setzte sich für einen Moment. Nach einigen Minuten probierte sie es noch einmal und als sie stand, ging es ihr schon besser. Elizabeth umrundete die Couch und ging zum Tisch, wo zum Glück noch eine Wasserflasche stand. Sie setzte sich auf einen der Stühle und öffnete die Flasche. Langsam nahm sie einen Schluck davon und war froh, dass das Wasser angenehm kühl war. Dann nahm sie mehrere Schlucke und beschloss, den Rest mit auf ihr Zimmer zu nehmen. Die Tür öffnete sich und ihr Vater kam herein und freute sich, dass es seiner Tochter schon wieder besser ging. Elizabeth fühlte sich zwar noch wackelig auf den Beinen, wollte aber ihren Vater nicht in Sorge sehen. Deshalb ging sie auf ihn zu und teilte ihm mit, dass es ihr wieder besser ginge. Mr. Baker war mit der Aussage zufrieden und setzte sich an den Tisch. Elizabeth verließ das Wohnzimmer und durchquerte die Halle zur Treppe. Sie wollte gerade nach oben gehen, als sie rechts von sich ein Poltern hörte. Und als Elizabeth neben der Treppe entlangschaute sah sie vor einer Tür mehrere größere Kisten stehen. Was sich wohl darin befand? Ihre Neugier siegte und so ging sie

neben der Treppe weiter den Gang entlang. Elizabeth hatte die
Kisten fast erreicht, als sie eine Hand auf ihrer Schulter spürte.
Elizabeth erschrak und drehte sich langsam um. Dann schaute
sie direkt in die Augen ihres Vaters, der sich zu seiner Tochter
heruntergebeugt hatte. Er fragte sie, was sie hier suche und Elizabeth schluckte schwer, löste sich aus seinem Griff und rannte zur Treppe zurück. Sie ging hinauf in das Obergeschoss. Dort
wendete sie sich nach links und ging einen Gang entlang, wo sich
am Ende davon auf der linken Seite ihr Zimmer befand. Als Elizabeth das Zimmer betrat, schaute sie sich um. Es war perfekt
für ein junges Mädchen eingerichtet. Elizabeth hatte ein großes
Bett, eine Frisierkommode und einen Schreibtisch in einer Ecke,
der groß genug war, um darauf einige Büroartikel zu verstauen.
Außerdem gab es zwei Türen, die in andere Räume führten. Elizabeth ging am Bett vorbei und öffnete die erste Tür. Sie musste
das Licht einschalten, da dieser Raum sehr dunkel war. Es war ein
Schrankraum, in dem sich ihre gesamte Kleidung befand. Auch
die Schuhe hatten hier Platz gefunden und standen in Reih und
Glied. Elizabeth schaltete das Licht wieder aus und verließ den
Raum. Nachdem sie die Tür hinter sich geschlossen hatte, ging
sie zur zweiten Tür und öffnete diese, trat ein und drehte das
Licht an. Es war das Badezimmer mit einer Badewanne in der
Ecke und einer Dusche sowie einer Toilette und einem Wasch-
becken. Elizabeth verließ auch diesen Raum wieder und schloss
die Tür hinter sich. Erst jetzt bemerkte sie, dass das Dienstmädchen Jane im Zimmer stand und Elizabeth erwartungsvoll ansah. Sie musste hinter Elizabeth in den Raum getreten sein. Da
sie momentan keine Wünsche hatte, entließ sie das Dienstmädchen. Jane lächelte, machte einen Knicks und verschwand lautlos
durch die Tür. Elizabeth schloss sie hinter ihr und legte sich auf
das Bett. Sie ließ ihren Blick durch das Zimmer schweifen. Als
sie die Vorhänge an dem Fenster betrachtete, konnte sie kleine
Schmetterlinge darin sehen. Und als sie genauer auf den Schreibtisch sah, lag da etwas darauf, das sie vorher gar nicht wahrge-
nommen hatte. Elizabeth stand auf und nahm den Gegenstand
vom Schreibtisch auf. Es war ein Kuvert mit ihrem Namen da-

rauf. Elizabeth nahm den Brief mit und legte sich wieder auf das Bett. Dann öffnete sie ihn vorsichtig und entfaltete das Papier darin. Elizabeth begann zu lesen:

Meine liebe Tochter,

ich schreibe dir diese Zeilen, um dir einige Neuigkeiten zu erklären. Bevor du in die Ferien gestartet bist, habe ich einige Änderungen in deinem Zimmer veranlasst. Ich hoffe, dass dir dein Zimmer so gefällt, wie es eingerichtet ist. Solltest du doch einige Änderungswünsche haben, so kannst du dies jederzeit unserem Butler James wissen lassen. Das neue Dienstmädchen, das auf den Namen Jane hört, hast du ja schon kennengelernt und sie wird auch deine persönliche Dienerin sein. Aber du solltest sie, wenn möglich, nicht zu sehr strapazieren, denn bedenke, was du mit deinen eigenen Händen erledigen kannst, das erledige auch selbst. Nun hast du noch einige Wochen vor dir, um dich in der neuen Umgebung zurechtzufinden. Denn in acht Wochen beginnt an einer der renommiertesten Eliteschulen Amerikas dein neues Schulleben. Ich weiß, dass ich dir schon vorhin davon erzählt habe, aber es ist immer besser, wenn man manches zweimal oder mehrmals verankert. Wie auch schon vorhin besprochen, ist mein Arbeitszimmer für dich tabu. Das soll aber nicht heißen, dass du ab nun auf dich allein gestellt bist. Solltest du etwas auf dem Herzen haben oder einfach nur reden wollen, so kannst du mich jederzeit anrufen und ich komme zu dir.
Elizabeth, ich hoffe, dass du dich wohlfühlst und es dir an nichts mangelt. Ich werde versuchen, dir jeden Wunsch zu erfüllen. Die erste Zeit wird schwer für uns beide, aber zusammen schaffen wir das. Eines möchte ich dir aber nicht vorenthalten: Du wirst dich mit der Zeit immer weniger an deine Herkunft erinnern, da du ab jetzt in ein neues Leben startest.

Ich liebe dich!
Dein Vater

Elizabeth las den Brief einige Male und wurde doch irgendwie nicht schlau daraus. Ihr Vater schrieb, als wenn sie schon einmal woanders gelebt hätten. Elizabeth konnte sich aber nicht daran erinnern, wo das gewesen sein sollte. Da fiel ihr dieser Traum ein, den sie letzte Nacht gehabt hatte. Konnte das die Herkunft sein, von der ihr Vater in dem Brief schrieb? Egal, sie wollte nicht länger darüber nachdenken und beschloss, die nächsten Wochen so angenehm wie möglich für sich zu gestalten. Elizabeth faltete das Briefpapier wieder zusammen und steckte es in das Kuvert. Dann stand sie auf und ging zum Schreibtisch, um den Brief in eine der Schubladen zu legen. Elizabeth öffnete die oberste und sah, dass sie mit einigem Schreibzeug gefüllt war. Sie öffnete die Schublade darunter und sie war leer. Da hinein legte sie den Brief und schloss sie wieder. Elizabeth beschloss, sich ein bisschen hinzulegen und als sie auf dem Bett lag, schlief sie auch schon ein.

Als Elizabeth am nächsten Morgen erwachte, verließ sie das Zimmer und ging die Treppe hinunter und dann ins Wohnzimmer. Dort war der Tisch schon für das Frühstück gedeckt. Aber zu ihrer Enttäuschung war ihr Vater nirgends zu sehen. Elizabeth setzte sich auf einen der Stühle, wo sich auf dem Tisch ein Gedeck befand und schon stand Jane neben ihr und fragte, ob sie Kaffee oder Tee wollte. Elizabeth war erstaunt, dass das Dienstmädchen so schnell da war, denn sie hatte sie auf keinen Fall hereinkommen gehört. Elizabeth sagte ihr, dass sie Tee möchte, und Jane verschwand so lautlos, wie sie vorhin hereingekommen sein musste. Nach einer Weile kam sie mit einer Kanne zurück und schenkte Elizabeth ein. Elizabeth bedankte sich bei ihr und Jane nickte und verschwand. Elizabeth begann mit dem Frühstück und als sie fast fertig war, öffnete sich die Tür und ihr Vater kam herein. Er ging zu ihr und gab ihr einen Kuss auf die Stirn und fragte, ob sie gut geschlafen hätte und alles zu ihrer Zufriedenheit wäre. Elizabeth lächelte ihn an und erwiderte, dass sie sehr gut geschlafen habe und sie momentan nichts bemerkt hätte, was ihr fehlen könnte. Das Einzige, was sie noch gerne machen würde, wäre ihren Schrankraum aufzufüllen. Ihr Vater lachte und nickte und erklärte ihr, dass er am Nachmittag ein paar Stunden Zeit hätte und sie dann gemeinsam in die Stadt fahren könnten. Elizabeth war begeistert und freute sich schon riesig darauf. Dann erzählte sie ihm noch von dem Brief, den sie auf ihrem Schreibtisch gefunden und gelesen habe. Ihr Vater schaute von seiner Zeitung auf und nickte zufrieden und fragte, ob sie alles verstanden hätte. Elizabeth stand auf, ging zu ihm und umarmte ihn. Dabei gab sie ihm einen Kuss auf die Wange. Elizabeth sagte ihrem Vater, dass sie mit ihm auf der Fahrt in die Stadt reden möchte und er fand, dass das eine hervorragende Idee wäre. Damit löste sie sich von ihm, verabschiedete sich und ging auf ihr Zimmer. Dort angekommen, setzte sie sich an den Schreibtisch und schrieb einige Dinge auf ein Blatt Papier, die sie benötigen könnte. Als Elizabeth damit fertig war, faltete sie das Blatt zusammen und steckte es in ihrer Tasche in die Geldbörse. Elizabeth beschloss, sich noch einmal genauer in dem Zimmer umzusehen. Als sie das Badezimmer betrat, war wirklich alles vorhanden, das man zur Reinigung des Körpers brauchte. Die Wasserhähne waren aus Metall und glänzten von der Politur. Auch hatte es eine angenehme Atmosphäre hier drinnen, denn der Duftspender, der in einiger Entfernung auf einem Sims stand, erfüllte den Raum mit einem dezenten Duft. Elizabeth verließ das Badezimmer und schloss die Tür. Dann begab sie sich auf die andere Seite des Zimmers und betrat den Schrankraum. Zu ihrer Enttäuschung musste sie feststellen, dass die Kleidung nicht einmal die Hälfte des Platzes benötigte. Sie freute sich schon auf die Shoppingtour mit ihrem Vater und auf diesen Nachmittag. Denn endlich war sie seit Langem wieder einmal mit ihrem Vater einige Stunden allein und sie hatte seine ganze Aufmerksamkeit. Was konnte sich eine Tochter mehr wünschen, als mit ihrem Vater etwas zu unternehmen, und vielleicht gingen sie auch essen oder schauten sich gemeinsam einen Film an. Elizabeth wollte auf jeden Fall diesen Nachmittag genießen und am liebsten würde sie sich wünschen, dass es mindestens einmal in der Woche so einen Tag gab. Wenn Elizabeth dann mit ihrem Vater allein war, würde sie ihm das vorschlagen. Mal sehen, was er dazu zu sagen hatte. Aber wie sie ihren Vater kannte, würde er diesen Vorschlag nur unter Vorbehalt bejahen, denn er hatte viel zu tun und wusste nie, wann sich wieder so eine Gelegenheit mit seiner Tochter bot. Mit diesen Gedanken ging sie zur Frisierkommode, setzte sich und begann ihr Haar zu bürsten. Elizabeth saß schon eine Weile da und schaute immer wieder auf die Uhr. Aber die Zeit wollte einfach nicht vergehen und es dauerte noch so lange, bis sie endlich in die Stadt fahren würden. Elizabeth legte die Bürste zur Seite und betrachtete sich im Spiegel. Eigentlich hatte sie ein hübsches Gesicht und eine gute Figur, aber sie fragte sich, wie das wohl wäre, wenn man jemanden kennenlernen würde. Aber im Grunde wollte sie gar nicht darüber nachdenken, denn Elizabeth fand, dass sie noch zu jung war für solche Gedanken. Was sie aber am meisten interessierte, war diese Eliteschule, die ihr Vater erwähnt hatte. Elizabeth stand auf, ging zum Schreibtisch und holte ihren Laptop aus der Tasche und schaltete ihn ein. Dann gab sie in der Suchmaschine „amerikanische Eliteschulen" ein und auf Anhieb wurden ihr einige aufgelistet. Sie schaute genauer und fand, dass sie vielleicht doch ihren Vater fragen sollte, wie der Name der Schule lautete, denn es gab einfach zu viele. Elizabeth schaute noch die E-Mails und Kontakte durch und stellte dann den Laptop wieder aus. Gerade als sie aufstand, klopfte es an der Tür. Elizabeth ging zur Tür und öffnete sie. Draußen stand Jane und ließ ihr mitteilen, dass es in einer Stunde Mittagessen gab. Sie dankte ihr und schloss wieder die Tür. Elizabeth legte sich aufs Bett und starrte vor sich hin. In Gedanken versunken schlief sie dann ein. Sie wachte auf und musste sich erst orientieren, da sie einen sehr merkwürdigen Traum gehabt hatte. Als sie vollständig erwacht war, sah sie auf die Uhr und merkte, dass sie nur noch zehn Minuten hatte, bis das Mittagessen serviert wurde. Schnell machte Elizabeth sich im Badezimmer frisch und ging dann hinunter ins Wohnzimmer. Der Tisch war schon gedeckt worden, aber von ihrem Vater fehlte jede Spur. So setzte sie sich an ihren Platz und wartete. Nach einer kurzen Weile kam auch ihr Vater in den Raum, gab ihr einen Kuss auf die Wange und setzte sich. Er schaute seine Tochter lächelnd an und fragte, ob sie sich schon auf ihren gemeinsamen Nachmittag freue. Elizabeth nickte ihm zu und sagte, dass sie es gar nicht mehr erwarten könnte, endlich mit ihm allein zu sein. Er lachte auf und nahm sich einige Speisen auf seinen Teller. Sie aßen wie immer schweigend, denn ihr Vater konnte es nicht leiden, wenn beim Essen gesprochen wurde. Als sie beide satt waren und ihr Besteck auf den Teller legten, schaute Elizabeth ihren Vater an und er gab ihr zu verstehen, dass sie jetzt sprechen konnte. Elizabeth fragte ihn, wann sie aufbrächen und er erklärte ihr, dass er sie in einer halben Stunde unten in der Halle erwartete. Damit erhob er sich und verließ das Wohnzimmer. Elizabeth stand, nachdem sie ihr Glas geleert hatte, auch auf und begab sich in ihr Zimmer, um sich für den Nachmittag fertig zu machen. Als sie das Zimmer betrat, holte sie ihre Handtasche und zog sich noch eine Jacke an. Dann ging sie wieder nach unten und verließ das Haus, um draußen auf ihren Vater zu warten. Elizabeth war gerade durch die Eingangstür gegangen, als ihr einfiel, dass ihr Vater erwähnt hatte, dass sie sich in der Halle treffen. So betrat sie wieder das Haus und wartete. Es dauerte nicht lange, da erschien auch schon ihr Vater und zusammen verließen sie das Haus und stiegen in die Limousine, die vor den Stufen parkte. Sie machten es sich bequem und genossen die Fahrt. Während der Fahrt fiel Elizabeth ein, was sie ihren Vater fragen wollte. Sie warf ihm einen Seitenblick zu. Ihr Vater schaute sie nach einer Weile an und fragte sie, was sie auf dem Herzen hätte. Elizabeth räusperte sich und erzählte ihrem Vater von der Suche nach der Eliteschule, die er erwähnt hatte. Aber da waren so viele und da sie den Namen nicht wusste, konnte sie die Schule auch nicht genauer anschauen. Ihr Vater sah sie an und erklärte, dass sie diese Eliteschule nicht im Internet finden würde. Es wäre ein ganz eigenes Schulgebäude, das nur gewisse Schüler besuchen könnten. Elizabeth schaute ihren Vater erstaunt an. Mit dieser Antwort hatte sie nicht gerechnet. Sie nickte ihm zu und schaute wieder aus dem Fenster. Nach etwa einer Stunde hielt der

Wagen vor einem Einkaufszentrum und der Chauffeur öffnete ihnen die Türen. Ihr Vater und Elizabeth stiegen aus und sie ging zum Eingang des Einkaufstempels. Ihr Vater folgte seiner Tochter etwas später, da er noch einige Instruktionen an seinen Chauffeur gab. Elizabeth schaute ihren Vater lächelnd an und er nahm ihre Hand und führte sie durch die Drehtür in das Innere. Elizabeth blieb staunend stehen, denn es glitzerte alles und große Luster hingen von der Decke herunter. Es waren viele Menschen unterwegs, die aus den Geschäften kamen oder hineingingen. Die Schaufensterläden waren voll von luxuriöser Bekleidung und Schuhen. Auch fand man zu jedem Outfit eine passende Handtasche. Da gab es auch Parfümerien, die alle möglichen Flacons an Parfums anboten. Für jede Frau war dieser Einkaufstempel ein Paradies, in dem man sich den ganzen Tag aufhalten konnte. In der Mitte befanden sich die Rolltreppen, die jede Person bequem bis in den obersten Stock brachte. Wenn man nach oben blickte, sah man, dass es insgesamt vier Stockwerke waren, zu denen man mit der Rolltreppe gelangte. Unten im Erdgeschoss, wo sie sich befanden, gab es eine große Anzeigetafel, auf der man sah, welche Geschäfte in welcher Ebene waren. So waren zum Beispiel die Restaurants im vierten Stock und das Beautycenter im dritten. Ihr Vater drehte sich zu seiner Tochter und meinte, dass sie oben im dritten Stock mit den Geschäften anfangen sollten. Als sie oben ankamen, sah Elizabeth erst jetzt, wie weitläufig das Ganze war. Denn von unten konnte man nur einen Teil sehen, aber hier oben ging es links und rechts von der Rolltreppe noch weit nach hinten. Im dritten Stock, in dem sie sich jetzt befanden, war das Beautycenter auf der linken Seite. Auf der anderen Seite befanden sich noch einige Geschäfte, die Kosmetika und Pflegeprodukte verkauften. Elizabeth schaute ihren Vater an und sagte ihm, dass sie genug von diesen Produkten hätte. Er nickte und Elizabeth lächelte ihn an. Er lächelte zurück und sagte, dass sie ihn, wenn sie lächle, an ihre Mutter erinnere. Ihr Vater sprach nicht oft von ihr, aber wenn er es dann doch tat, immer herzlich und respektvoll. Er musste sie sehr geliebt haben, denn seine Stimme wurde dann immer ganz weich und traurig. Elizabeth erklärte ihrem Vater, dass sie heute den Schrankraum genauer angesehen und festgestellt hatte, dass sie noch einiges mehr an Kleidung benötigte. Außerdem wollte sie noch wissen, als sie sich auf den Weg machten, welche Schuluniform und welche Utensilien für die Schule allgemein sie denn benötige. In diesem Punkt erwähnte ihr Vater, dass sie sich nicht darum kümmern bräuchte, da dies alles schon erledigt wurde. Elizabeth schaute ihn erstaunt an, erwiderte aber nichts. So fuhren sie mit der Rolltreppe einen Stock tiefer und gingen an einigen Geschäften vorbei. Elizabeth schaute zwar in die Auslagen, aber konnte nichts Passendes finden, das ihr gefallen hätte. Als sie die Runde beendet hatten, entdeckte sie ein kleines Geschäft, das die passende Kleidung hatte. Elizabeth stupste ihren Vater an und zeigte auf das Geschäft. Er folgte ihrem Finger und ging dann mit ihr dorthin. Sie betraten das kleine Geschäft und wurden sofort herzlich empfangen. Die Verkäuferin fragte nach ihren Wünschen und Elizabeth erklärte ihr, was sie gerne hätte. Daraufhin schaute sie Elizabeth an, bedeutete ihr, ihr zu folgen und drehte sich um. Elizabeth ging hinter ihr her und sie suchte in einigen Regalen und auf Kleiderständern verschiedene Kleidungsstücke heraus. Dann ging die Verkäuferin zu den Umkleidekabinen und Elizabeth folgte ihr. Als sie knapp davorstanden, sah Elizabeth eine Sitzbank vor der Kabine und auf dieser hatte es sich ihr Vater bequem gemacht. Die Verkäuferin legte die Kleidungsstücke in die Kabine und als sie wieder herauskam, hielt sie Elizabeth den Vorhang auf und sie ging hinein. Dort probierte sie die verschiedenen Sachen an und war erstaunt, dass die Verkäuferin sowohl ihre richtige Größe als auch ihren Geschmack getroffen hatte. Als Elizabeth fertig war mit dem Probieren und wieder herauskam, ging sie strahlend auf ihren Vater zu und fragte ihn, ob sie alle Kleidungsstücke haben dürfte. Er lachte auf und freute sich, dass seine Tochter so schnell alles gefunden hatte, nickte und winkte die Verkäuferin zu sich. Diese kam sofort und ihr Vater sagte ihr einige Dinge und sie strahlte über das ganze Gesicht. Sofort machte sie sich an die

Arbeit, holte alle Kleidungsstücke aus der Kabine und legte sie auf einen Tisch, wo sie sie sorgfältig zusammenfaltete. Sie folgten ihr zur Kasse und ihr Vater bezahlte mit seiner Kreditkarte und gab der Verkäuferin eine Visitenkarte, auf der die Adresse stand, an die der Einkauf zugestellt werden sollte. Sie nickte und sie verließen das kleine Geschäft. Dann schaute Elizabeth ihren Vater an und er fragte sie, ob sie noch etwas bräuchte. Elizabeth schaute sich langsam um und überlegte, denn sie wollte noch nicht nach Hause. Momentan genoss sie es sehr, mit ihrem Vater endlich allein zu sein, und so nickte sie und sagte ihm, dass sie noch gerne auf ein Eis mit ihm gehen möchte. Er lächelte und zeigte sich einverstanden. Bevor sie jedoch losgingen, schaute er noch auf sein Handy und tippte darauf eine Weile herum, bis sie dann wieder mit der Rolltreppe ganz nach oben fuhren und sich in den Eissalon setzten. Dort bestellte Elizabeth sich ein großes gemischtes Eis und aß es ganz langsam, da es hervorragend schmeckte. Ihr Vater hatte sich einen Kaffee bestellt. Als sie fertig waren und ihr Vater gezahlt hatte, gab er ihr zu verstehen, dass er nun wieder zurückmüsse und Elizabeth wurde traurig. Er sah es ihr an und versprach, dass sie beide so einen Nachmittag ab jetzt einmal in der Woche verbringen würden. Elizabeths Traurigkeit verflog und sie strahlte über das ganze Gesicht, umarmte ihn und gab ihm einen Kuss auf die Wange. Ihr Vater erwiderte die Umarmung und mit bester Laune fuhren sie mit der Rolltreppe in das Erdgeschoss und als sie den Einkaufstempel verließen, wartete auch schon die Limousine auf die beiden und sie stiegen ein. Der Chauffeur brachte sie nach Hause. Dort angekommen, verabschiedete er sich von seiner Tochter und ging sofort in sein Arbeitszimmer. Elizabeth ging die Treppe hinauf in ihr Zimmer und öffnete den Schrankraum, da sie die Jacke und die Handtasche darin verstauen wollte. Zu ihrer Überraschung sah sie, als sie das Licht anstellte, dass die erworbenen Kleidungsstücke schon fein säuberlich in den Fächern lagen und auf den Haken hingen. Elizabeth lächelte und schaltete das Licht wieder aus und schloss die Tür. Danach begab sie sich ins Badezimmer und wusch sich die

Hände und das Gesicht. Als Elizabeth wieder herauskam, schaute sie auf die Uhr und stellte fest, dass sie noch zwei Stunden bis zum Abendessen Zeit hatte. Da sie vom Shopping sehr müde war, beschloss, sie sich eine Weile hinzulegen. Gedacht, getan. Im nächsten Moment lag sie auch schon auf dem Bett und es dauerte nicht lange, bis ihr die Augen zufielen. Ein Klopfen an der Zimmertür weckte sie. Elizabeth setzte sich auf und rieb sich die Augen. Dann stand sie vom Bett auf und ging zur Tür, öffnete sie leicht und sah, dass Jane davorstand und ihr mit einem Knicks mitteilte, dass in einer halben Stunde das Abendessen angerichtet sei. Elizabeth dankte ihr und schloss wieder die Tür. Nachdem sie sich frisch gemacht hatte, verließ sie das Zimmer, um hinunter ins Wohnzimmer zu gehen. Auf dem Weg dorthin überkam sie ein eigenartiges Gefühl, so als ob sie jemand auf Schritt und Tritt beobachtete. Elizabeth wusste zu diesem Zeitpunkt noch nicht, dass ihr Vater Schutzdämonen über sie wachen ließ. Woher auch? Schließlich hatte er ihr bei der Ankunft in der Villa jegliche Erinnerung an ihre Kindheit genommen und ihr stattdessen eine Erinnerung gegeben, die sich in diesem Haus und in dieser Stadt abspielte.

Zweites Kapitel

Die Wochen vergingen und der Schulstart in der Eliteschule rückte immer näher. Ihr Vater hatte Wort gehalten und sie waren jede Woche einen Nachmittag im Shoppingtempel und Elizabeths Schrankraum füllte sich mehr und mehr. Elizabeth genoss diese Nachmittage ganz besonders, denn da konnte sie mit ihrem Vater über alles reden und er hörte seiner Tochter immer aufmerksam zu. Und wenn sie eine Bitte hatte, so versprach er ihr, alles Mögliche zu tun, dass diese erfüllt würde. Und zu 90 Prozent geschah dies auch. Auch durfte keiner ein schlechtes Wort über seine Tochter fallen lassen, denn dann wurde ihr Vater sehr laut und böse und Elizabeth ging dann lieber in ihr Zimmer, denn es war dann auch irgendwie eine dunkle und düstere Atmosphäre, die ihr Angst machte. Nach einiger Zeit, wenn sie merkte, dass es ruhig geworden war, öffnete sie vorsichtig die Tür und schaute zitternd in den Gang. Aber es war sehr ruhig und so verließ Elizabeth dann das Zimmer ganz und ging zur Treppe, schaute hinunter und wenn sich nichts bewegte, dann huschte sie die Treppe hinunter und lief aus dem Haus. Draußen fühlte Elizabeth sich immer besser und dann ging sie um das Haus herum und in den angrenzenden Garten. Dort waren die schönsten Blumen und Pflanzen, sie blühten alle in einer anderen Farbe und es duftete sehr angenehm. Zwischen den Beeten gab es einen kleinen Weg, der aus Steinplatten bestand, die versetzt angebracht waren. Diesen Weg ging Elizabeth gerne, denn er führte zu einem kleinen See und in diesem See gab es viele Seerosen und an einem Ufer ein Schilf, in dem sich manchmal Enten versteckten. Es war diese Ruhe, die sie so faszinierte. Da war kein Lärm, nur das Zwitschern der Vögel. Ein- oder zweimal konnte man auch einen Frosch quaken hören, aber ansonsten nur Stille. Ein schöner idyllischer Ort zum Entspannen. Elizabeth setzte sich dann an das Ufer des Sees ins Gras und ließ ihre Gedanken schweifen. Sie saß gerne oft Stunden hier draußen, bis es ihr zu kalt wurde und sie dann aufstand und wieder zurück ins Haus ging. Dort fühlte sie sich wieder leichter und freier. Jetzt war schon bald die letzte Woche, die Elizabeth noch mit ihrem Vater gemeinsam verbringen konnte, bevor es endgültig in die neue Schule, die zugleich auch ein Internat war, ging. Dann würde sie ihren Vater nur noch in den Ferien sehen. Elizabeth hoffte, dass sie sich dort nicht zu einsam fühlen und viele Freunde finden würde, um das Heimweh zu unterdrücken. Am Sonntagabend sagte ihr Vater zu ihr, dass sie für die Schule alles herrichten solle, das heißt Kleidung, Schulsachen, Schreibwaren und noch viele andere Dinge. Auf jeden Fall sollte sie auf ein Blatt Papier fehlende Dinge aufschreiben und Jane geben, dass sie diese schnell besorgen konnte. Alles andere sollte Elizabeth auf der einen Seite auf ihrem Bett stapeln und James würde dann alles in die Koffer packen. Er ermahnte seine Tochter auch, dass sie alles ganz genau noch einmal durchgehen sollte, ob sich auch wirklich alles auf dem Bett befand. Elizabeth nickte und ging auf ihr Zimmer, setzte sich an den Schreibtisch und erstellte eine Liste von den Dingen, die sie mitnehmen wollte. Es war eine lange Liste, denn sie wollte auf keinen Fall etwas vergessen. Elizabeth ging die Liste noch einmal Punkt für Punkt durch und alles, was sie auf das Bett legte, hakte sie ab. Ihr Vater hatte seiner Tochter auch gesagt, dass sie vier Tage Zeit hatte, alles zusammenzustellen. Das gab ihr genug Spielraum, um einige Änderungen vorzunehmen, sollte sie andere Ideen haben. Elizabeth fragte sich nur, warum sie das nicht schon viel früher getan hatte, denn dann hätte sie mehr Zeit gehabt, alles zu überdenken. Aber nun war es eben so und sie fühlte sich mit ihren elf Jahren schon sehr erwachsen und war stolz auf sich, dass ihr Vater ihr diese Aufgabe und sein Vertrauen gegeben hatte. Elizabeth wollte ihn auf keinen Fall enttäuschen und ging in diesen vier Tagen die Liste des Öfteren durch. Als dann der Donnerstag als vierter Tag anbrach, stand sie zeitig auf und nachdem sie sich angezogen hatte, ging sie frühstücken. Als Elizabeth das Wohnzimmer betrat, staunte sie, dass ihr Vater schon bei Tisch saß und sie ging zu ihm, gab ihm einen Kuss und setzte sich auf ihren Platz. Ihr Vater legte die Zeitung, die er gerade gelesen hatte, zur Seite und fragte seine Tochter, ob sie alles fertig hergerichtet habe. Elizabeth schaute ihn stolz und strahlend an und nickte heftig ein paarmal hintereinander. Dann bejahte sie und er schaute zufrieden. James kam gerade zur Tür herein und ihr Vater sagte ihm, dass seine Tochter alle Sachen auf dem Bett hergerichtet hatte, die sie mitnehmen wollte und er doch so nett sein sollte, diese in den Koffern zu verstauen. Der Butler verneigte sich mit einem „Sehr wohl" und verließ sogleich, nachdem er Elizabeth den Tee eingeschenkt hatte, das Wohnzimmer, um die Order auszuführen. Beide beendeten das Frühstück und verließen das Wohnzimmer. In der Halle drehte sich Luzifer zu seiner Tochter um und erklärte ihr, dass er heute später nach Hause käme, da er einen wichtigen Kunden hätte. Außerdem müsse er jetzt schon gehen, da die Geschäfte auf ihn warteten. Dann sagte er noch, dass sie heute früh schlafen gehen sollte, da sie morgen zeitig aufbrechen musste. Elizabeth umarmte ihren Vater und er durchschritt die Halle bis zur Eingangstür, öffnete diese und ging hinaus, ohne sich noch einmal umzudrehen. Der Diener schloss sie wieder hinter ihm. Elizabeth blieb noch eine Weile stehen und schaute auf die Eingangstür und ging dann in ihr Zimmer. Dort angekommen, sah sie, dass der Butler und Jane mit dem Einräumen der Koffer beschäftigt waren, und Elizabeth drehte sich um, ging die Treppe wieder hinunter und durch die Halle hinaus in den Garten. Sie nahm den schmalen, steinernen Weg und ging zum See. Dort setzte sie sich an sein Ufer und schaute in die Ferne. Heute war es trüb und man konnte den kommenden Regen förmlich riechen. Aber das machte ihr nichts aus. Dann würde Elizabeth aufstehen und sich unter einen Baum setzen. Kaum hatte sie den Gedanken zu Ende gedacht, da fiel auch schon ein Regentropfen auf sie herab. Schnell stand sie auf und setzte sich unter eine große Linde, ganz dicht an den Stamm. Kaum hatte Elizabeth richtig Platz genommen, als der Regen immer heftiger wurde. Elizabeth konnte den Wind in ihrem Gesicht spüren und genoss die Kühle. Es dauerte nicht lange, vielleicht zehn Minuten, dann war das ganze Spektakel auch schon wieder vorbei und die Sonne verdrängte die Wolken. Elizabeth kroch aus ihrem Versteck hervor und sah hinauf zum Himmel. Es war wunderschön. Die Sonne strahlte und vor ihren Augen sah sie über dem See einen Regenbogen. Man konnte zwar nicht sehen, wo er begann und wo er endete, aber die Farben waren deutlich zu sehen. Es war bezaubernd. Doch nach einer Weile verschwand der Regenbogen und es strahlte nur noch die Sonne am Himmel, der jetzt wieder blau war. In das Gras vor dem See konnte Elizabeth sich nicht setzen, da es vom Regen komplett nass war. Deshalb beschloss sie, wieder ins Haus zu gehen. Dort angekommen, ging sie in ihr Zimmer und nahm sich ein Buch, um zu lesen. Die Dienstboten hatten die Koffer für die Reise schon fertig gepackt und so hatte sie wieder Platz auf dem Bett. Elizabeth streckte sich aus und legte sich auf den Bauch, schlug das Buch auf und begann zu lesen. Irgendwann musste sie dann über dem Buch eingeschlafen sein, denn als sie erwachte, lag sie auf einer aufgeschlagenen Seite. Elizabeth schlug das Buch zu und setzte sich im Bett auf. Sie schaute auf die Uhr und stellte fest, dass es schon Mittag war, und ihr Magen begann zu knurren. Also läutete sie nach Jane. Als diese erschien, bat Elizabeth sie, ihr eine Kleinigkeit zu essen und ein Wasser zum Trinken auf das Zimmer zu bringen. Das Dienstmädchen nickte und machte einen Knicks und verschwand wieder durch die Tür. Eine halbe Stunde später kam sie mit einem Tablett zurück und stellte es auf den kleinen Tisch. Auf dem Tablett befand sich ein Teller mit Sandwiches und eine Flasche Wasser und ein Glas. Als Jane die Flasche öffnen wollte, bedeutete Elizabeth ihr, dass sie das schon allein schaffe, und entließ Jane. Sie nickte, wünschte Elizabeth einen guten Appetit und ging. Elizabeth setzte sich zu Tisch und nahm eines der Sandwiches und biss hinein. Es war mit einem Käseaufstrich und Schinken belegt und schmeckte sehr gut. Elizabeth aß das Sandwich auf und trank das Wasser dazu. Dann stellte sie alles wieder auf das Tablett und blieb eine Weile sitzen und schaute gedankenversunken in die Ferne.

Den Nachmittag verbrachte sie damit, ihre Utensilien für die Schule in den dafür vorgesehenen Rucksack zu packen. Als allmählich der Abend heranbrach, erinnerte sie sich wieder an die Worte ihres Vaters. Elizabeth ging in den Schrankraum und holte sich frische Wäsche für morgen, legte diese auf den kleinen Tisch und ging dann ins Badezimmer. Dort duschte sie ausgiebig und machte sich für das Bett fertig. Als sie aus dem Badezimmer herauskam und sich ins Bett legte, sah sie auf die Uhr und stellte fest, dass es noch nicht spät genug war. Sie beschloss daher, noch ein wenig zu lesen, und nahm das Buch, das auf dem Nachttisch lag, und begann darin zu lesen. Elizabeth hatte gerade ein paar Seiten durch, als es an die Tür klopfte und sie „Herein" rief. Gleich darauf öffnete sich diese und ihr Vater betrat das Zimmer. Er kam zu ihr, setzte sich auf die Bettkante und strich seiner Tochter über das Haar. Dann wollte er wissen, ob sie für morgen alles erledigt habe und als Elizabeth bejahte und ihm zunickte, streifte er ihre Bettdecke glatt, stand auf, lächelte ihr zu und wünschte ihr eine „Gute Nacht". Dann verließ er das Zimmer und Elizabeth war wieder allein. Sie hätte im Moment so viele Fragen an ihren Vater gehabt, aber sie nahm sich vor, diese morgen während der Fahrt zu stellen. Elizabeth nahm das Buch wieder in die Hand und suchte kurz nach der Zeile, die sie zuletzt gelesen hatte, und als sie diese fand, setzte sie ihre Lektüre fort. Elizabeth las noch einige Seiten, als sie merkte, dass sie sehr müde wurde. Daraufhin klappte sie das Buch zu und legte es zurück auf den Nachttisch. Dann kuschelte sie sich wieder in die Bettdecke, drehte sich zur Seite und schlief sofort ein. Am nächsten Morgen weckte sie das Dienstmädchen Jane zeitig und Elizabeth machte sich bereit für die Reise. Als sie die Treppe hinunterging, um im Wohnzimmer zu frühstücken, traf sie in der Halle ihren Vater. Elizabeth begrüßte ihn und gemeinsam begaben sie sich zum Frühstück. Als sie damit fertig waren, rief Luzifer den Butler und fragte ihn, ob alles für die Reise fertig eingepackt und im Wagen verstaut wurde. Der Butler nickte und bejahte die Frage. Daraufhin erhoben sie sich und verließen das Wohnzimmer. In der Halle erklärte

Elizabeth ihrem Vater, dass sie noch den Schulrucksack und die Handtasche aus ihrem Zimmer holen musste. Luzifer nickte und sagte ihr, dass er im Wagen auf sie warten würde. Elizabeth drehte sich um und ging die Treppe hinauf in ihr Zimmer, holte die beiden Sachen und schaute sich noch einmal um, damit sie nichts vergaß. Dann verließ sie das Zimmer und schloss die Tür. Elizabeth ging die Treppe hinunter und durchquerte die Halle, öffnete die Eingangstür und schloss sie hinter sich. Dann eilte sie die Treppen hinunter zum Wagen und bestieg diesen durch die geöffnete Tür. Als sie neben ihrem Vater Platz genommen hatte, schloss der Butler die Wagentür und der Chauffeur startete den Wagen und fuhr los. Als sie schon eine Weile unterwegs waren, drehte Elizabeth sich zu ihrem Vater und schaute ihn an. Sie fragte ihn, wo denn diese Eliteschule sei und ob sie lange dorthin fahren mussten. Ihr Vater musste in Gedanken versunken gewesen sein, denn er schaute seine Tochter erst an, als sie ihn am Arm rüttelte. Elizabeth wiederholte ihre Frage und er antwortete ihr, dass sie außerhalb der Stadt lag und ein großer Campus wäre mit allerlei Möglichkeiten. Aber er wollte ihr nicht zu viel verraten und tätschelte ihre Hand, lehnte sich zurück und sah wieder aus dem Fenster. Elizabeth musste sich wohl oder übel mit dieser Antwort zufriedengeben und machte es sich auf ihrem Platz bequem und schloss die Augen. Sie waren etwa eine Stunde unterwegs, als der Chauffeur den Wagen an einer Kreuzung nach rechts in eine Seitenstraße lenkte und dann konnte man schon das große Schild der Eliteschule erkennen. Darunter befand sich ein Tor, das aber geschlossen war. Neben dem Tor stand ein kleines Wartehäuschen und aus diesem kam ein uniformierter Mann heraus und wollte die Papiere kontrollieren. Luzifer kurbelte das Fenster herunter und gab dem Mann, wonach er verlangte. Er schaute sie beide an, gab die Papiere zurück und bedeutete dem zweiten Mann, dass er das Tor öffnen solle. Der andere uniformierte Mann drückte einen Schalter und das Tor schwang langsam auf. Als es vollkommen offen stand, fuhr der Chauffeur durch und weiter die Straße entlang. Es dauerte ein bisschen, bis man die ersten Gebäude sah. Sie erinnerten alle an eine längst vergangene Epoche und das ganze Gelände kam Elizabeth riesig vor. Noch konnte sie sich nicht vorstellen, dass sie sich dort je zurechtfinden würde. Der Chauffeur lenkte den Wagen auf den Parkplatz und stieg aus, um uns die Türen zu öffnen. Als Elizabeth ausstieg, kam ihr eine dunstige Wolke entgegen und sie bekam kurzzeitig keine Luft. Elizabeth atmete tief ein und aus und dann ging es besser. Sie nahm den Koffer, den der Chauffeur neben sie gestellt hatte, und folgte ihrem Vater. Dieser ging einen Weg direkt zu einem großen Gebäude und Elizabeth stellte fest, dass es das Hauptgebäude und somit die Verwaltung des Campus war. Sie durchschritten die Tür und gingen zum nächsten freien Schalter. Dort begrüßte man sie herzlich und fragte nach ihrem Anliegen. Luzifer legte der Dame die Papiere vor und füllte eine Art Anmeldung aus, die er der Frau hinter dem Schalter ebenfalls gab. Diese verschwand kurz und kam dann mit einer Mappe und anderen Utensilien zurück. Sie erklärte ihnen, dass in dieser Mappe alles genau über diesen Campus und die Verhaltensregeln sowie die Lehrpläne aufgelistet war und diese genau zu lesen wäre. Elizabeth nickte ihr zu, dass sie verstand. Die Frau hinter dem Schalter war zufrieden und gab ihr einen Schlüssel mit einem Anhänger und auf diesem Anhänger stand die Zimmernummer. Als Elizabeth sie fragte, wo sie dieses Zimmer finden könnte, gab sie ihr einen Plan von den Gebäuden mit den Unterbringungen und kreiste ihr das Zimmer ein. Elizabeth nahm den Plan an sich. Die Frau fragte noch, ob sie irgendwelche Fragen haben und Elizabeth verneinte und sagte, dass sie sich erst orientieren musste. Die Frau lächelte und sagte Elizabeth zum Abschluss, dass sie jederzeit vorbeikommen könnte, sollte sie Fragen haben. Elizabeth dankte ihr und gemeinsam mit ihrem Vater verließ sie das Gebäude. Dann schaute sie auf den Plan und sah, dass sich das Gebäude mit den Unterbringungen auf der rechten Seite befand. Gemeinsam gingen sie dorthin und nachdem sie sich dort orientiert hatten, denn es gab insgesamt drei Gebäude, sah Elizabeth wieder auf den Plan und stellte fest, dass es das mittlere Gebäude war und ihr

Zimmer sich dort im obersten Stock befand. Bevor sie das Gebäude betreten konnten, musste man den Schlüssel in die Eingangstür stecken. Elizabeth tat dies und sie ließ sich problemlos öffnen. Gemeinsam betraten sie das Gebäude und gingen, da es keinen Aufzug gab, in das oberste Geschoss über die Treppe. Elizabeth war froh, dass das Gebäude nur drei Stockwerke hatte. Als sie im obersten ankamen, gab es links und rechts einen Gang. Zuerst nahmen sie den linken Gang und wurden sofort fündig. Elizabeth drehte den Schlüssel im Schloss und die Tür ließ sich sofort öffnen. Daraufhin betraten sie das Zimmer und schauten sich um. Elizabeth stellte fest, dass sie ein Einzelzimmer hatte, und war froh darüber. Das Zimmer war sehr hell und freundlich und hatte viel Platz. Da gab es ein Bett in der Ecke, daneben befand sich ein Fenster und vor dem Fenster ein geräumiger Schreibtisch. Links von der Zimmertür befand sich noch eine Tür und wenn man diese öffnete, stand man in einem Badezimmer. Neben der Badezimmertür befand sich ein großer Schrank, in dem man seine Kleidung unterbringen konnte. Rechts neben der Zimmertür gab es eine kleine Sitzecke und einige Regale. Elizabeth ging zum Bett und legte den Koffer darauf. Dann schaute sie ihren Vater an und er lächelte und meinte, dass das Zimmer in Ordnung wäre. Er legte ihre Mappe und die Utensilien auf den Schreibtisch und sie verließen gemeinsam das Zimmer. Elizabeth schloss ab und als sie das Gebäude hinter sich ließen, gingen sie zum Wagen zurück. Elizabeth war traurig, ihren Vater nun nicht mehr an ihrer Seite zu haben, und zeigte ihm das auch. Er nahm seine Tochter in den Arm und tröstete sie, indem er sagte, dass sie in den Ferien wieder bei ihm sei und dass sie hier sicher schnell Freunde finden werde. Elizabeth nickte ihm wehmütig zu, da sie sich dies noch nicht ganz vorstellen konnte. Er gab seiner Tochter einen Kuss auf die Stirn, löste sich aus der Umarmung und stieg in den Wagen. Der Wagen setzte sich in Bewegung, wendete noch einmal kurz und Luzifer winkte seiner Tochter aus dem geöffneten Fenster ein letztes Mal zu. Dann gab der Chauffeur Gas und der Wagen fuhr immer schneller, bis Elizabeth ihn nicht mehr sehen konnte.

Sie blieb noch eine Weile stehen und ging dann zurück in ihr Zimmer. Dort angekommen, stellte sie fest, dass das andere Gepäck auch schon auf dem Zimmer stand und sie machte sich an die Arbeit, alles aus den Koffern und Taschen auszuräumen. Dabei bemerkte sie in einer der Taschen eine kleine Schachtel und sie wusste, dass sie diese nicht eingepackt hatte. Auch hatte Elizabeth sie nicht auf das Bett zu Hause gelegt, damit man sie mit einpackt. Neugierig nahm sie die Schachtel in die Hände und setzte sich auf eine der Couch in der Sitzecke. Dann öffnete Elizabeth die Schachtel und nahm die Dinge, die sich darin befanden, heraus und legte sie verteilt auf den kleinen Tisch. Dann sah sie den Inhalt genauer an. Da war eine schwarze Kreditkarte, die mit einem kleinen Zettel umhüllt war, und dann waren da noch ein USB-Stick und ein kleines Bild in einem Rahmen, das ihren Vater darstellte. Elizabeth nahm das Bild und stellte es auf den Nachttisch neben dem Bett. Dann ging sie wieder zurück und nahm die Kreditkarte, wickelte sie aus dem Zettel aus und las die Zeilen, die darauf geschrieben waren. Elizabeth erkannte sofort die Schrift ihres Vaters. Darauf stand:

Meine liebe Elizabeth,

die Kreditkarte, die ich dir hiermit gebe, ist unlimitiert zu verwenden. Du brauchst dafür keinen Code, aber ich möchte dich bitten, sie weise zu verwenden. Ich weiß, dass du sie brauchen wirst, und wünsche dir damit viel Spaß. Solltest du Probleme mit der Karte haben, so rufe mich an und ich erledige dies für dich.

Alles Gute für deine Schulzeit!
Dein dich liebender Vater

Elizabeth nahm die Kreditkarte und verstaute sie in ihrer Geldbörse. Dann ging sie wieder zum Tisch und nahm den USB-Stick und steckte ihn in den Laptop. Als sie die Datei herunterlud und sich dann ansah, konnte sie es nicht glauben, denn es waren

Bilder von der Villa und den Zimmern darin. Elizabeth glaubte, dass ihr Vater diese Bilder für sie gemacht hatte, wenn das Heimweh sie überkam. Dann sollte sie sich diese Bilder anschauen. Elizabeth speicherte sie auf dem Desktop und schaltete den Laptop wieder aus. Danach ging sie wieder zu den Taschen und räumte sie weiter aus. Es war schon später Nachmittag geworden, als sie mit allem fertig war. Elizabeth nahm die Mappe vom Schreibtisch und setzte sich damit aufs Bett. Sie schlug sie auf und las das erste Blatt genau. Dort standen ein paar Willkommensfloskeln und ein paar Telefonnummern für einige Kontakte. Wenn man dann weiterblätterte, wurde man zu verschiedenen Informationsveranstaltungen eingeladen, um den Campus und die Unterrichtsmöglichkeiten kennenzulernen. Elizabeth hatte schon ein paar Seiten durch, als es an die Tür klopfte und sie die Mappe auf die Seite legte, aufstand und die Tür öffnete. Draußen stand ein junges Mädchen in ihrem Alter und stellte sich als Lilly vor. Elizabeth nannte ihren Namen und fragte sie, ob sie hereinkommen möchte. Sie nickte und Elizabeth öffnete die Tür weiter und Lilly trat ein. Sie setzten sich in der Sitzecke und als sie sich unterhielten, stellten sie fest, dass sie beide heute angekommen waren und so war Elizabeth froh, nicht allein zu sein, sondern jemanden zu haben, mit dem sie den Campus gemeinsam erkunden konnte. Auch Lilly war froh, jemanden gefunden zu haben und so beschlossen sie, morgen gemeinsam den Campus zu erkunden. Elizabeth fragte Lilly noch, wo ihr Zimmer war und sie sagte ihr, dass sie zwei Zimmer weiter wohnte. Das war fantastisch, so konnten sie sich öfter sehen. Lilly sagte ihr, dass sie noch fertig auspacken müsse und sie verabredeten sich für den nächsten Tag neun Uhr unten vor dem Gebäudeeingang. Damit verabschiedete sich Lilly und verließ das Zimmer. Elizabeth ging wieder zum Bett und nahm die Mappe in die Hand, um sie weiter zu studieren. Allmählich wurde es dunkler im Zimmer und sie knipste die Nachttischlampe an. Elizabeth gähnte und als sie auf die Uhr sah, stellte sie fest, dass es schon spät war. Sie klappte die Mappe zu, ging zum Schreibtisch, legte sie darauf und begab sich dann ins Badezimmer. Dort duschte sie und zog sich ein Nachthemd an und kam wieder heraus. Nun war es im Zimmer noch dunkler geworden und Elizabeth ging zur Zimmertür, um den Lichtschalter daneben zu betätigen. Sogleich erhellte sich der Raum und sie schloss die Zimmertür ab. Dann ging sie zum Fenster und zog die Vorhänge zu. Erst jetzt bemerkte sie, dass sich noch ein Lichtschalter in der Nähe des Bettes befand und als sie diesen betätigte, schaltete sich das Zimmerlicht wieder aus. Elizabeth legte sich ins Bett und knipste die Nachttischlampe aus und machte es sich im Bett bequem. Es dauerte nicht lange und sie schlief ein.

Drittes Kapitel

Am nächsten Morgen erwachte Elizabeth ausgeruht und schaute auf den Wecker. Es war gerade sieben Uhr und damit noch genügend Zeit, bis sie sich mit Lilly traf. Elizabeth streckte sich und schob die Bettdecke von sich. Dann stand sie auf und ging langsam ins Bad, wusch sich und als sie wieder herauskam, nahm sie frische Sachen aus dem Schrank und zog sich an. Dann öffnete sie die Vorhänge und die Sonne schien ins Zimmer. Elizabeth setzte sich an den Schreibtisch und nahm die Mappe in die Hand, öffnete sie und las die verschiedenen Infoveranstaltungen. Als sie den Blick auf den Schreibtisch lenkte, sah sie auch den Flyer mit der Karte von dem Campus und sie breitete ihn vor sich aus. Elizabeth suchte das Gebäude, in dem sie untergebracht war, und als sie es gefunden hatte, zeichnete sie ein großes X darauf. Das sollte ihr Startpunkt sein. Dann sah sie sich die Karte genauer an und zeichnete einige Linien ein, die z. B. zum Schulgebäude, zur Verwaltung, zu der Sporthalle und den Restaurants und Geschäften führten. Als sie damit fertig war, faltete sie die Karte zusammen und schaute auf den Wecker. Es war nun bereits 8:30 und Elizabeth beschloss, sich fertig zu machen, für das Treffen mit Lilly. Elizabeth holte eine leichte Jacke aus dem Schrank und eine kleine Umhängetasche. In diese Tasche steckte sie ihre Geldbörse mit den Ausweisen und noch andere Dinge. Die größere Tasche stellte sie in den Schrank und schloss die Schranktür. Elizabeth zog die Jacke an und hängte sich die Umhängetasche quer über die Schulter. Dann schloss sie die Zimmertür auf und verließ das Zimmer. Als sie dann von draußen abgesperrt hatte, steckte sie den Schlüssel in eines der Fächer der Tasche. Elizabeth ging die Treppen hinunter und verließ das Gebäude. Ein frischer Wind empfing sie. Elizabeth setzte sich auf die unterste Stufe der Treppe und wartete. Es war angenehm und ruhig und die Luft roch sauber. Man konnte die

Vögel in den Bäumen zwitschern hören. Elizabeth genoss diese Stille und merkte gar nicht, dass sich Lilly neben sie gesetzt hatte. Erst als Lilly zu sprechen begann, drehte Elizabeth sich zu ihr um und lächelte sie an. Sie unterhielten sich noch eine Weile und Elizabeth zeigte Lilly dann die Karte von der Umgebung und erklärte ihr die Einzeichnungen. Lilly war begeistert und stimmte zu, dass sie in der vorgeschlagenen Reihenfolge den Campus erkundeten. Aber sie wollte zuerst etwas frühstücken gehen und so beschlossen sie, ein Frühstücksrestaurant zu suchen. Elizabeth und Lilly schauten sich auf der Karte an, welcher wohl der schnellste Weg wäre. Als sie fündig wurden, standen sie auf und machten sich auf den Weg. In dem Areal, wo sich die Restaurants und Cafés befinden, fanden sie nach einiger Suche ein geeignetes Frühstücksrestaurant, zu dem sich die beiden begaben. Elizabeth und Lilly betraten es und wurden sogleich von einem Kellner zu einem Platz geführt. Der Tisch war perfekt, man saß in einer Ecke und es gab ein Fenster, aus dem man die Natur beobachten konnte. Sie bestellten ihr Frühstück und während sie darauf warteten, stellten Lilly und Elizabeth sich gegenseitig vor. Sie stellten beide fest, dass sie einige Gemeinsamkeiten hatten und sich dadurch sofort auf Anhieb sympathisch waren. Nachdem sie mit dem Frühstück fertig waren, beschlossen sie den Campus zu erkunden. Sie bezahlten, verließen das Restaurant und Elizabeth holte wieder die Karte aus der Tasche und breitete sie aus. Als sie beide die Karte studierten, schlug Elizabeth vor, dass sie zuerst das Gebäude mit den Klassenräumen anschauen sollten. Lilly stimmte ihr zu und so setzten sie ihren Weg zu diesen Gebäuden fort. Es war schon erstaunlich, wie groß dieses Gelände war und wie lange es eigentlich dauerte, bis man von einem Punkt zum anderen kam. So stellten Elizabeth und Lilly auch fest, dass ihre Unterkünfte ein sehr weites Stück von den Klassenräumen entfernt waren und dies bedeutete, dass sie zu den Unterrichtseinheiten wahrscheinlich eine halbe Stunde einplanen müssten, um pünktlich zu sein. Die Regeln, die man auf dem Campus einzuhalten hatte, waren auch in dieser Mappe vermerkt. Aber sie hatten am Nachmittag noch genügend

Zeit, in der Mappe zu schmökern. Jetzt wollten sich die beiden einmal die Klassenräume anschauen. Als sie endlich bei den Gebäuden ankamen, es waren zwei große, vierstöckige Häuser, schauten sie sich diese von außen an und stellten fest, dass ein Verbindungsgang im zweiten Stockwerk vorhanden war. Diesen Verbindungsgang fand Elizabeth gut, denn so musste man nicht immer das eine Gebäude verlassen, um in das andere zu gelangen. Sie gingen zu dem linken Gebäude und wollten es betreten, als ihnen ein uniformierter Mann entgegenkam und nach ihren Ausweisen verlangte. Im ersten Moment wussten Elizabeth und Lilly nicht, welche Ausweise er meinte und sie fragten ihn. Er erklärte ihnen, dass, wenn sie hier auf dem Campus gemeldet sind, einen Ausweis zur Identifizierung bekommen haben. Jetzt wussten sie beide, was er wollte, und sie nahmen die Ausweise aus ihren Taschen heraus und zeigten sie ihm. Er schaute sie akribisch an und riet ihnen, diese immer gut sichtbar an der Kleidung tragen, sodass man sofort sah, dass sie hier gemeldet waren. Elizabeth und Lilly nickten, und als er ihnen die Ausweise zurückgab, brachte Elizabeth ihren sofort gut sichtbar an der Jacke an. Er nickte zufrieden und machte ihnen Platz, sodass sie das Gebäude erkunden konnten. Elizabeth und Lilly gingen zu den Liften, die sich in der Mitte des Eingangsbereiches befanden, und fuhren hinauf in den letzten Stock. Oben angekommen konnten sie sich entscheiden, ob sie links oder rechts gehen. Sie nahmen zuerst den linken Gang und sahen, dass sich hier oben nur die Büros der Angestellten befanden. Als wir dann den rechten Gang entlanggingen, kamen wir zu einer Glastür, vor der sich ein Lesegerät und ein Scanner befanden. Bei dem Scanner musste man die Handfläche der rechten Hand hinhalten, um die Glastür zu durchqueren. Lilly und Elizabeth schauten sich an und kamen zu dem Entschluss, wieder zu den Aufzügen zu gehen und dann die Treppe, die sich gleich daneben befand, ein Stockwerk weiter hinunterzugehen. Als sie dies getan hatten, waren sie nun im dritten Stock und da sah man schon an den Beschriftungen, dass es jeweils zu den Klassenräumen ging. Auch sahen sie am Ende des rechten Gangs, dass sich dort ein Labor befand. Danach gingen Elizabeth und Lilly ein Stockwerk weiter hinunter und standen nun in diesem Stockwerk, von dem sie außen den Verbindungsgang zum anderen Gebäude gesehen hatten. Gemeinsam gingen sie den Gang entlang bis zum Verbindungsgang und sahen, dass dieser wieder durch eine Glastür zu betreten war. Dieses Mal sahen sie aber, dass es ein Kartenlesegerät war, das die Glastür öffnete, und so probierten beide nacheinander ihre Karten aus. Lilly war zuerst dran und hielt die Karte mit dem Strichcode darauf auf das Gerät. Auf einmal hörte man ein lautes Klicken und die Tür öffnete sich einen Spalt. Sie schauten sich lächelnd an und Elizabeth beschloss, dass sie auch ihre Karte benutzen wollte. So schloss Lilly die Tür wieder, woraufhin Elizabeth ihre Karte erneut an das Gerät hielt und die Tür auch diesmal mit einem lauten Klicken aufsprang. Damit waren beide zufrieden und gingen durch die Glastür auf den Gang. Kaum hatte Elizabeth die Tür losgelassen, als sie auch schon wieder von allein zufiel. Aber zu ihrer Beruhigung sahen sie, dass sich auch auf dieser Seite ein Kartenlesegerät befand, und so gingen sie den Gang entlang und blieben etwa in der Mitte stehen, um die Aussicht zu genießen. Man konnte von der einen Seite aus über die Bäume bis zur Straße blicken, die auf den Campus führte und auf der anderen Seite sah man einen großen Wald mit den verschiedensten Bäumen und Sträuchern. Elizabeth und Lilly gingen nach einer Weile den Gang weiter und schlossen die Glastür wieder mit ihren Karten auf. Als sie in dem anderen Gebäude standen, sahen beide, dass es genauso aufgeteilt war wie das erste und so stiegen sie die Treppen bis zum Eingangsbereich hinunter und verließen es durch das Haupttor. Als Elizabeth und Lilly wieder im Freien waren, sah Elizabeth auf die Uhr und stellte fest, dass es schon Mittag war und sie fragte Lilly, ob sie auch Hunger hätte. Lilly drehte sich zu ihr und nickte heftig. So beschlossen sie, eine Kleinigkeit essen zu gehen, und wählten ein Restaurant aus. Sie bestellten und aßen in Ruhe. Als beide fertig waren und gezahlt hatten, gingen sie wieder zurück zu ihren Unterkünften und verabschiedeten sich voneinander. Bevor Lilly ging, fragte sie Elizabeth noch, ob sie nicht mit ihr gemeinsam morgen in der Früh zur ersten Infoveranstaltung gehen möchte. Elizabeth fragte sie daraufhin, wann das wäre und Lilly sagte, um acht Uhr. Elizabeth lächelte sie an und nickte und sagte ihr, dass sie um sieben vor dem Gebäude auf sie warten würde. Lilly freute sich riesig und ging zu ihrem Zimmer. Elizabeth schaute ihr nach und ging dann in ihr Zimmer. Sie hatte nun noch den ganzen Nachmittag vor sich. Sie nahm ihre Umhängetasche und setzte sich an den Schreibtisch. Sie schlug die Mappe auf und las sich die Punkte der Infoveranstaltung durch. Sie las, dass es bei dieser Veranstaltung noch nicht notwendig war, die Schuluniform anzuziehen. Man sollte aber, wenn möglich, einen Notizblock und Stifte mitnehmen. Elizabeth packte sogleich die Sachen in den Rucksack. Als sie damit fertig war, schloss sie die Mappe. Dann ging sie zum Telefon und rief ihren Vater an. Sie wollte ihm unbedingt von Lilly und ihren neuen Entdeckungen von heute erzählen. Das Telefon läutete und nach dem dritten Klingelton hob ihr Vater ab und meldete sich. Elizabeth freute sich, dass er Zeit fand, mit ihr zu reden, und erzählte ihm sofort alles. Nachdem sie geendet hatte, sagte ihr Vater, dass er froh war, dass sie schon eine Freundin gefunden hatte. Außerdem war er erleichtert, dass seine Tochter sich schon etwas eingelebt hatte. Er versprach ihr, sie am Wochenende zu besuchen. Elizabeth freute sich. Sie sprachen noch über einige Dinge und dann verabschiedeten sie sich voneinander. Jetzt konnte sie es nicht mehr erwarten, dass diese Woche schnell verging. Außerdem wollte sie unbedingt wissen, wie ihr Vater Lilly fand. Seine Meinung war ihr immer wichtig. Elizabeth war so aufgeregt, dass sie beschloss, noch etwas spazieren zu gehen. Sie verließ das Gebäude und ging in den angrenzenden Wald. Die Stille und die frische Luft taten ihr gut und sie hatte sich schnell wieder beruhigt. Sie war so glücklich, gleich eine Freundin gefunden zu haben. Elizabeth dachte nach und stellte fest, dass sie hier eine schöne Zeit verbringen konnte. Sie hoffte, noch mehr Freunde zu finden und viel Spaß zu haben. Nachdem sie eine Weile durch den Wald gegangen war, ging sie wieder zurück in ihre Unterkunft. Die frische Luft hatte sie müde gemacht und sie sah, als sie den Wecker betrachtete, dass viel Zeit vergangen war. Es war inzwischen Abend geworden und Elizabeth richtete sich für die Nacht her. Als sie damit fertig war, legte sie sich ins Bett und schlief sofort ein. Am nächsten Tag ging Elizabeth mit Lilly zur ersten Infoveranstaltung und sie sahen, dass es viele Schüler gab, die dieser beiwohnten und sie schlossen auch schnell neue Bekanntschaften. Nun war Elizabeth schon einen Monat auf diesem Campus und ihr Freundeskreis hatte sich stetig erweitert und sie waren mittlerweile schon eine Gruppe von sechs Leuten, die alle eine andere Fachrichtung in Aussicht hatten. Sie verbrachten viel Zeit miteinander und diskutierten auch über sehr viele Themen. Es war schön, so viele Freunde zu haben, denn man konnte sich, da sie alle verschiedene Charaktere waren, jedem anvertrauen. Egal welches Problem man hatte. Und auch in der Gruppe sprachen sie viel über ihre Probleme. So verging das erste Jahr und die Sommerferien rückten immer näher. Als es so weit war, gingen sie alle noch einmal gemeinsam essen und gaben sich gegenseitig das Versprechen, dass sie sich in den Ferien schreiben oder anrufen würden. Damit verabschiedeten sie sich voneinander und Elizabeth ging in ihr Zimmer und packte den Koffer. Sie war gerade damit fertig geworden, als auch schon ihr Vater anrief und ihr mitteilte, dass er auf dem Parkplatz im Wagen auf sie wartete. Elizabeth beeilte sich und ihre Freude war riesig, dass ihr Vater sie persönlich abholte, denn er hatte ihr immer gesagt, dass er wenig Zeit hätte. Elizabeth zog die Jacke an, nahm Koffer und Handtasche und verließ das Zimmer, schloss es ab und steckte den Schlüssel in die Handtasche. Bevor sie die Treppe hinunterging, wollte sie sich noch einmal von Lilly verabschieden. Elizabeth ließ den Koffer vor der Tür stehen und ging zu Lillys Zimmertür, die sich zwei Türen weiter befand, und klopfte. Nach einer Weile wurde diese geöffnet und Lilly stand da und fragte sie, was los sei. Elizabeth sagte ihr, dass sie sich nur noch einmal von ihr verabschieden wollte. Die beiden umarmten sich und gaben sich gegenseitig das Versprechen, sich in den Ferien zu verabreden. Dann verließ Elizabeth das Gebäude. Es war ein warmer und sonniger Tag. Elizabeth stieg die

Stufen vor dem Gebäude hinunter und ging geradeaus den Weg zum Parkplatz. Schon von Weitem konnte sie die Limousine erkennen. Als sie näher kam, stieg der Chauffeur aus, nahm ihr den Koffer ab und verstaute ihn im Kofferraum. Elizabeth stieg in den Wagen, als sie sah, dass Lilly ebenfalls zum Parkplatz kam. Elizabeth winkte ihr zu und schloss die Wagentür. In der Ferne konnte sie Lillys Eltern sehen und sie winkte ihnen zu. Sie winkten zurück. Elizabeth winkte Lilly noch einmal zum Abschied aus dem Wagenfenster zu und dann startete der Chauffeur den Wagen und sie verließen den Campus. Als sie schon ein Stück den Campus hinter sich gelassen hatten, drehte Elizabeth sich zu ihrem Vater und umarmte ihn herzlich und sagte ihm, dass sie sich sehr freue, dass er sich die Zeit genommen hatte, um sie abzuholen. Er lächelte und sagte, dass er sie unbedingt zu ihren ersten Ferien abholen wollte. Aber er erwiderte auch, dass er, nachdem sie zu Hause angekommen wären, noch einen Termin hätte, aber dann den Rest der Woche für sie da wäre. Elizabeth schaute ihn zuerst enttäuscht an, aber als er sagte, dass er den Rest der Woche mit ihr verbringen wollte, fiel sie ihm freudestrahlend in die Arme. Er lachte auf und Elizabeth erzählte ihm die ganze Autofahrt von ihren neuen Freunden und ihren Erlebnissen, zumindest einen Teil davon, denn sie waren schneller zu Hause, als Elizabeth dachte. Zu Hause angekommen, ging sie in ihr Zimmer und schaute sich um. Es roch nach frischer Luft und alles war noch so, wie sie es verlassen hatte. Das Bett war frisch bezogen worden und auf der Bettdecke lag eine Pralinenschachtel. Elizabeth nahm sie in die Hand und lächelte, als sie den kleinen Zettel auf der Packung las. Darauf stand:

Viel Spaß in den Ferien!
Dein dich liebender Vater

Elizabeth öffnete sofort die Pralinenschachtel und steckte sich ein Stück davon in den Mund. Es schmeckte nach Schokolade und Erdbeere und war köstlich. Elizabeth nahm sich vor, jeden Tag ein Stück zu kosten, und schloss damit wieder die Verpackung und legte sie auf den Nachttisch. Dann ging sie ins Badezimmer, um sich frisch zu machen und umzuziehen. Als sie nach einer geraumen Zeit wieder herauskam, verließ sie das Zimmer und ging die Treppe hinunter ins Wohnzimmer. Dort sah sie auf dem Esstisch einige Snacks und Wasser. Elizabeth setzte sich auf einen der Stühle und aß und trank etwas. Als sie fertig war, nahm sie die halb volle Wasserflasche mit und begab sich zur Couch. Dort stellte sie die Flasche auf den Couchtisch und ging zum Bücherregal, um sich etwas zu lesen auszusuchen. Neben dem Bücherregal befand sich das Regal mit den Videos und Elizabeth schaute sich kurz die Titel an. Auf einmal fiel ihr Blick auf ein Video mit dem Namen „DRACULA" und sie nahm es interessiert aus dem Regal und schaute sich das Cover an. Der Mann auf dem Cover sah für sie sehr attraktiv aus und Elizabeth beschloss, da sie nicht wusste, wann ihr Vater wieder da sein würde, sich diesen Film kurzerhand anzusehen. Altersgerecht war er nicht, aber sie wollte ihn unbedingt sehen. Elizabeth ging also zum Videorecorder und legte die Kassette ein und setzte sich auf die Couch. Die Fernbedienung lag auf einem kleinen Tisch neben der Couch und sie schaltete den Fernseher ein und startete den Film. Schon die ersten Minuten waren spannend und als sie dann den Mann, den sie auf dem Cover gesehen hatte, in Action sah, hatte sie ein eigenartiges Gefühl. Ohne zu wissen warum, fühlte sie sich zu diesem Mann hingezogen und merkte, dass sie unbedingt diesen Mann oder diese Art von Mann kennenlernen wollte. Als der Film zu Ende war, ging sie wieder zum Regal und wurde fündig. Es gab noch drei weitere Filme von ihm. Elizabeth schaute sich sogleich den nächsten an und das Gefühl wurde immer stärker, dass sie nur diesen Mann in ihr Leben lassen wollte. Natürlich war das nicht möglich, denn dies war ein Schauspieler, aber wenn es den Mann, den er verkörperte, wirklich gab, dann wollte sie ihn auf jeden Fall kennenlernen. Elizabeth war zwar noch sehr jung, aber sie wusste schon ganz genau, was sie wollte. Als sie alle Filme angeschaut hatte, stellte Elizabeth sie wieder zurück ins Regal und stand auf. Gerade als sie aufgestanden war, hörte sie die Stimme ihres Vaters und sie rannte aus dem Wohnzimmer in die Halle, um ihn zu begrüßen. Sie warf sich ihm freudig in die Arme. Er lächelte und fragte, was passiert wäre und warum sie ihn so stürmisch umarme. Elizabeth antwortete, dass sie ihm sofort etwas zeigen müsse und sie gingen gemeinsam ins Wohnzimmer und setzten sich auf die Couch. Elizabeth stand wieder auf und holte die Filme, die sie sich vorhin angeschaut hatte, aus dem Regal und legte sie auf den Couchtisch. Sofort begann sie aufgeregt ihrem Vater zu erzählen, dass sie sich diese vier Filme mit dem Titel „DRACULA" vorhin angesehen hatte. Luzifer stoppte die Euphorie seiner Tochter und schaute sie ernst an. Dann sagte er, dass er es nicht schätzte, wenn sie sich Filme einer anderen Alterskategorie ansähe. Aber Elizabeth wollte ihren Vater beschwichtigen und sagte, dass sie den Mann, besser gesagt den Schauspieler, auf dem Cover sehr attraktiv findet und sich deshalb die Filme angesehen hatte. Und mit jedem weiteren Film wollte sie immer mehr diesen Mann, oder besser gesagt, den, den er im Film darstellt, kennenlernen. Denn sie fühle sich zu ihm hingezogen und könne sich keinen anderen Mann an ihrer Seite vorstellen. Jetzt wurde Luzifer ungehalten und lachte laut auf und meinte, dass sie noch zu jung wäre, um schon zu wissen, welcher Mann für sie der Richtige wäre. Elizabeth schaute ihn traurig an und versuchte noch einmal, ihrem Vater zu erklären, was sie an diesem Mann so faszinierte. Elizabeth sagte ihm, dass er attraktiv beschützend, zärtlich und stark wirke. Luzifer schaute seine Tochter lange an, gab ihr dann einen Kuss auf die Wange und stand auf. Mit den Worten „*Wir reden in ein paar Jahren weiter darüber, wenn du alt genug bist*", verließ er das Wohnzimmer und ließ seine Tochter allein zurück. Elizabeth blieb für einige Minuten enttäuscht und traurig auf der Couch sitzen. Dann erhob auch sie sich und verließ das Wohnzimmer und ging durch die Eingangstür hinaus in den Garten und den schmalen Weg zum See hinunter und setzte sich unter den Baum. Dort dachte sie noch einmal an die Filme und an die Worte ihres Vaters. Er hatte ja recht, sie war noch jung und hatte ihr ganzes Leben vor sich und wer weiß, wie viele Männer sie noch kennenlernen würde. Aber tief in ihr drinnen wusste sie, dass dieser Mann an erster Stelle stehen würde, sollte sie sich entscheiden müssen. Elizabeth beschloss, in den Ferien zu recherchieren, ob es diesen Mann, der sich Dracula nennt, wirklich gäbe. Mit diesem letzten Gedanken schloss sie die Augen und schlief sofort ein. Elizabeth wusste nicht, wie lange sie geschlafen hatte, aber sie spürte auf einmal eine Hand auf ihrer Schulter, die sie rüttelte und als sie die Augen öffnete, stand ihr Vater da und lächelte sie an. Er sagte ihr, dass er sie schon überall gesucht hätte, da es schon spät wäre. Er war froh, sie gefunden zu haben, da er sich schon Sorgen gemacht hatte. Elizabeth lächelte ihn an, stand auf und umarmte ihn. Dann schaute Luzifer seine Tochter eine Weile an und fragte, ob alles in Ordnung sei und sie bejahte. Elizabeth gab ihm zu verstehen, dass sie noch einmal über ihr Gespräch nachgedacht hatte. Trotzdem würde sie bei ihrer Meinung bleiben, dass dieser Mann, egal wen sie alles noch kennenlernen würde, immer an erster Stelle stehen würde. Luzifer schaute seine Tochter verschmitzt an und hob resignierend die Schultern, da er merkte, dass sie nicht umzustimmen war. Er legte den Arm um ihre Schultern und sie gingen gemeinsam zum Haus zurück. Dort angekommen verabschiedete Elizabeth sich von ihm und ging in ihr Zimmer hinauf. Als sie sich umgezogen und gewaschen hatte, setzte Elizabeth sich an den Schreibtisch und schaltete den Computer ein. Sie begann mit den Recherchen. Als sie das Wort DRACULA eingab, bekam sie gleich mehrere Vorschläge an Internetseiten, die sie besuchen konnte. Aber eine davon fiel ihr direkt ins Auge und Elizabeth öffnete sie sofort. Es war die Seite über den Schauspieler, den sie in diesen Filmen gesehen hatte. Doch als sie sich die Seite genauer durchlas und immer klarer wurde, dass alles nur Fiktion war und es in Wirklichkeit keine Vampire gab, sank ihre Hoffnung immer mehr und sie war enttäuscht. Auch auf den anderen Internetseiten wurde Elizabeth nicht fündig und letztendlich gab sie auf und schaltete den Computer wieder aus. Elizabeth stand müde auf und legte sich ins Bett. Sie hatte es sich gerade unter der Bettdecke bequem gemacht, als sie auch schon einschlief.

Viertes Kapitel

Am nächsten Morgen wurde Elizabeth mit den Sonnenstrahlen geweckt, die durch das Fenster hereinschienen. Schnell stand sie auf und ging zum Fenster. Als sie hinausblickte, sah sie, dass ihr Vater gerade in die Limousine einsteigen wollte. Elizabeth öffnete schnell das Fenster und rief ihm einen *„Guten Morgen"* zu, in der Hoffnung, dass er sie noch rechtzeitig bemerkte. Und tatsächlich, ihr Vater hielt in seiner Bewegung inne, drehte sich um und schaute zu ihr empor. Er winkte seiner Tochter und lächelte sie an, dann sagte er, dass er ihr auch einen *„Guten Morgen"* wünsche. Elizabeth winkte zurück und Mr. Baker drehte sich wieder um und stieg in die Limousine ein. Im nächsten Moment setzte der Wagen sich auch schon in Bewegung und fuhr langsam die Auffahrt hinunter und verschwand hinter einer Rechtskurve. Elizabeth schloss das Fenster und legte sich noch etwas ins Bett. Doch als sie merkte, dass sie nicht mehr einschlafen konnte, verließ sie es wieder und zog sich an. Nach einer Weile verließ sie das Zimmer und ging die Treppe hinunter in die Halle. Elizabeth war gerade dabei, ins Wohnzimmer zu gehen, um zu frühstücken, als das Telefon klingelte. Als sie sich meldete, war zuerst nichts zu hören, aber dann erkannte sie Lilly, die sie fragte, ob sie Lust hätte, sich mit ihr im Einkaufszentrum zu treffen. Elizabeth freute sich riesig und stimmte zu und sie verabredeten sich in einer Stunde vor dem Eingang. Elizabeth legte den Hörer wieder auf und rief den Chauffeur, den ihr Vater für sie ausgesucht hatte, und erklärte ihm, dass sie in einer halben Stunde zum Einkaufszentrum gefahren werden möchte. Er nickte und versicherte ihr, dass der Wagen vor der Eingangstür in der Auffahrt in einer halben Stunde bereitstünde. Elizabeth dankte ihm und er drehte sich um und ging. Als sie mit dem Frühstück fertig war, sah sie, dass sie noch etwas Zeit hatte, und ging zum Regal mit den Videos. Dort suchte sie die Filme, die sie sich gestern angesehen hatte, aber Elizabeth konnte sie nirgends finden. Da sie sich aber sicher war, dass sie alle wieder ins Regal zurückgestellt hatte, war sie verwundert. Hatte etwa ihr Vater alle entfernt, oder waren sie nur woanders eingereiht? Elizabeth hatte momentan leider nicht die Zeit, um intensiver nachzuschauen, da sie mit einem Blick auf die Uhr merkte, dass es Zeit war, zum Einkaufszentrum zu fahren. Elizabeth verließ daher das Wohnzimmer, durchquerte die Halle und öffnete die Eingangstür. Wenn sie sich umgedreht hätte, dann hätte sie bemerkt, dass sich ein älterer Mann gerade aus dem Arbeitszimmer ihres Vaters in Richtung Halle bewegte. Nachdem Elizabeth nach draußen getreten war, schloss sie hinter sich die Tür und ging die Stufen hinunter zum Wagen. Dort stieg sie ein und der Chauffeur startete den Wagen und fuhr zum Einkaufszentrum. Auf einmal kam Elizabeth eine Idee und sie beschloss Lilly zu fragen, ob sie etwas dagegen hätte, wenn sie beide heute in die Filmstudios fahren und dort ein klein wenig Sightseeing betreiben würden. Elizabeth konnte es gar nicht erwarten, bis sie beim Shoppingcenter ankamen und als der Chauffeur davor stehen blieb, sagte sie ihm, dass er warten solle. Elizabeth verließ eilig den Wagen und begab sich zu ihrer Freundin, die schon ungeduldig auf sie wartete. Elizabeth und Lilly umarmten sich zur Begrüßung und Elizabeth fragte Lilly sogleich, ob sie mit ihr die Filmstudios besuchen möchte. Lilly schaute Elizabeth verwirrt an und nachdem sie kurz nachgedacht hatte, lächelte sie und meinte, dass das eine gute Idee wäre. Elizabeth freute sich riesig und gemeinsam gingen sie zum Wagen zurück und stiegen ein. Elizabeth erklärte dem Chauffeur, wo er hinfahren sollte, und lehnte sich bequem in ihrem Sitz zurück. Nachdem sie ihr Ziel erreicht hatten, stiegen Elizabeth und Lilly aus. Der Fahrer verließ ebenfalls das Fahrzeug und fragte Elizabeth, wann sie wieder abgeholt werden wollten. Elizabeth nannte ihm eine Zeit am späteren Nachmittag, da sie beide sich nicht stressen wollten. Außerdem hatte sie vor, die Zeit mit ihrer Freundin hier zu genießen. Er nickte, stieg in den Wagen und fuhr davon. Lilly und Elizabeth begaben sich sogleich, nachdem sie in der Nähe des Haupteingangs ausgestiegen waren, zum Ticketschalter und nahmen sich beide je ein Ticket mit einer Rundfahrt. Die Dame am Schalter erklärte ihnen, wo sie zur Rundfahrt zusteigen konnten und gab ihnen ein Prospekt mit einem Lageplan und den Abfahrtszeiten. Elizabeth und Lilly bedankten sich und gingen direkt zur Haltestelle. Dort warteten schon einige Leute auf den Zug und sie stellten sich dazu. Nach einer kurzen Wartezeit fuhr auch schon ein Bummelzug, so wie man sie aus den Freizeitparks kannte, in die Haltestelle ein. Elizabeth und Lilly ließen zuerst die Passagiere aussteigen und beschlossen, dass sie sich in den hinteren Teil setzen wollten. Als alle ihre Plätze eingenommen hatten, setzte sich der Bummelzug in Bewegung. Sogleich öffnete Elizabeth den Plan und gemeinsam schauten sie sich die einzelnen Haltestellen an, die der Zug anfuhr. Die beiden beschlossen, erst einmal eine komplette Rundfahrt zu machen und dann zu entscheiden, was sie sich im Einzelnen ansehen wollten. Elizabeth war froh, dass Lilly und sie so ziemlich den gleichen Geschmack hatten und es nur wenige Abweichungen gab. So interessierte sich Lilly nicht wirklich für Horror, Elizabeth aber umso mehr. Lilly wollte eher die Museen und Souvenirshops besuchen. Die Rundfahrt dauerte etwa zwei Stunden und es wurde immer wieder über einen Lautsprecher erklärt, welche Filme in den Studios, die sie passierten, gedreht wurden. Am Ende bedankte sich die Sprecherin für ihre Aufmerksamkeit und wünschte ihnen allen noch einen schönen Aufenthalt. Alle klatschten und stiegen an der Station, an der sie zugestiegen waren, wieder aus. Elizabeth merkte, dass sie großen Hunger bekommen hatte, und fragte Lilly, ob sie auch etwas essen wollte. Lilly nickte und Elizabeth entfaltete wieder die Karte und schaute nach, wo sich die Restaurants befanden. Sie wurde sofort fündig und zeigte mit dem Finger nicht weit von ihnen in die Richtung, in die sie gehen mussten. Nach ein paar Metern hatten sie auch schon das Viertel mit den Restaurants erreicht und setzten sich an einen Tisch mit zwei Stühlen und warteten auf den Kellner. Dieser kam sogleich mit der Speisekarte und fragte die beiden nach den Getränken. Elizabeth und Lilly bestellten diese und als der Kellner sich entfernt hatte, studierten sie die Speisekarte und entschieden sich beide für einen Salat. Die Getränke wurden gebracht und sie bestellten ihre Speisen. Als sie auf diese warteten, fragte Lilly Elizabeth, warum sie heute unbedingt hierher wollte. Elizabeth schaute sie eine Weile an, weil sie nicht wusste, wie sie reagieren würde, wenn sie ihr den wahren Grund erzählen würde. Elizabeth kannte Lilly nun schon ein Jahr, aber trotzdem gab es immer noch Dinge, die sie nicht jedem erzählen konnte oder wollte. Daher schaute sie ihre Freundin weiterhin an und erwiderte nach einer Weile, dass sie sich letztens einen Film angesehen und sie sich jedes Mal bei gewissen Szenen gefragt hatte, wie diese aufgenommen wurden. Lilly nickte nur, aber Elizabeth wusste, dass sie ihr nicht glaubte, und so hielt Elizabeth lieber den Mund und wechselte das Thema. Sie begann über das neue Schuljahr zu sprechen. Während sie darüber redeten, wurden die Salate gebracht und sie aßen schweigend. Als sie fertig waren, zahlten sie und verließen das Restaurant. Jetzt wollten sie die angekreuzten Studios in einem Rundgang besichtigen. Außerdem stellten sie fest, dass sich das Museum in der Mitte des Platzes befand, und sie wollten es als Letztes besuchen. Auf den Wegen zu den einzelnen Studios hielten sie Small Talk und Lilly fragte Elizabeth kein einziges Mal mehr, warum sie hierher wollte. Als sie alles besucht hatten und nur noch das Museum übrig war, schaute Elizabeth auf die Uhr und war erstaunt, wie schnell die Zeit vergangen war. Elizabeth fragte Lilly, wie lange sie noch ausbleiben durfte und diese hob nur die Schultern und meinte, dass sie sich das Museum und den Shop auf jeden Fall noch anschauen wollte. Damit gingen sie zum Museumseingang und schauten sich in den Räumen dort um. Das Museum war in die verschiedenen Filmrubriken, wie Romantik, Science-Fiction, Horror, Action usw., unterteilt. Die Freundinnen schauten sich in jedem Raum genau um und als sie den Raum mit dem Namen HORROR betraten, blieb Elizabeth erstaunt stehen. Denn als sie in eine der Ecken sah, sah sie den Mann, den sie in den Filmen gesehen hatte. Er stand da, hatte eine blonde Frau in seinen Armen und biss ihr gerade in den Hals. Man konnte um die Figur herumgehen und so konnte Elizabeth ihn von allen Seiten in aller Ruhe ganz genau betrachten. Auf einmal spürte sie ein eigenartiges Gefühl in sich und war auf die Frau, die er in den Armen hielt, eifersüchtig. Elizabeth stellte sich vor, wie er sie hielt. Plötzlich spürte sie eine Hand auf ihrer Schulter und erschrak. Lilly schaute ihre Freundin an und fragte, ob sie nun genug geträumt hätte. Elizabeth schämte sich und blickte zu Boden und entschuldigte sich für ihr Verhalten. Lilly winkte nur ab und gemeinsam verließen sie diesen Raum, ohne dass Elizabeth noch einmal zurückblickte. Sie besuchten noch den Shop und dann gingen sie gemeinsam in Richtung Ausgang. Elizabeth fragte Lilly, ob sie noch etwas mit ihr trinken würde und Lilly bejahte. Also begaben sich wieder zum Restaurantviertel und setzten sich in eine Bar und bestellten dort kühle Getränke. Als sie die Getränke genossen, unterhielten sie sich über den heutigen Tag und waren sich einig, dass sie vieles gesehen und gelernt hatten. Die beiden tranken aus, zahlten und standen auf. Als sie Richtung Parkplatz gingen, sah Elizabeth schon von Weitem den Wagen mit dem Chauffeur. Sie stiegen ein und der Chauffeur fuhr los. Während der Fahrt unterhielten Lilly und Elizabeth sich angeregt und beschlossen, sich im neuen Schuljahr umzuhören, ob es die Möglichkeit für einen Schauspielkurs gab. Und im nächsten Moment waren sie auch schon vor Lillys Haus angekommen. Elizabeth wollte sich noch weiter mit ihrer Freundin unterhalten und fragte sie daher spontan, ob sie nicht noch kurz mit zu ihr kommen wolle. Lilly schaute Elizabeth eine Weile an und sagte ihr, dass sie hier warten solle und sie gleich zurück wäre. Damit stieg Lilly aus und verschwand im Haus. Nach einiger Zeit kam sie wieder heraus und stieg zu Elizabeth in den Wagen. Sie erzählte ihr, dass ihre Eltern nichts dagegen hätten, sie aber bei Anbruch der Dunkelheit wieder zu Hause sein sollte. Elizabeth freute sich und sagte dem Chauffeur, dass er nach Hause fahren solle. Dieser startete den Wagen und fuhr los. Kaum hatten Lilly und Elizabeth die Halle betreten, als ihnen auch schon Luzifer entgegenkam. Er schaute erstaunt, wen seine Tochter da mitgebracht hatte. Elizabeth begrüßte ihn und stellte ihm dann ihre Freundin Lilly vor. Luzifer kam auf Lilly zu und gab ihr die Hand. Diese schaute ihn etwas schüchtern an und zögerte, bevor sie ihm die Hand gab. Elizabeth erlöste sie von dieser Szene und nahm ihre Hand und zog sie mit sich hinauf in ihr Zimmer. Dort setzten sich die beiden aufs Bett und unterhielten sich angeregt über ihre Zukunft. Plötzlich merkte Elizabeth, als sie aus dem Fenster sah, dass es schon dunkel wurde. Sie verließen das Zimmer und gingen hinunter in die Halle. Dort rief Elizabeth nach dem Chauffeur. Als dieser erschien, sagte sie ihm, dass er den Wagen vorfahren und dann ihre Freundin nach Hause fahren solle. Er nickte und ging, um den Wagen zu holen. Elizabeth sagte ihrer Freundin, dass sie sich schon freue, wenn sie sich wieder auf dem Campus treffen. Zum Abschied umarmte sie Lilly und gemeinsam gingen sie hinaus zum Wagen. Dort stieg Lilly ein und winkte Elizabeth zum Abschied, nachdem sich der Wagen in Bewegung gesetzt hatte. Elizabeth war gerade auf dem Weg zurück in ihr Zimmer, als ihr Luzifer, der gerade sein Arbeitszimmer verließ, entgegenkam. Als er merkte, dass seine Tochter abwesend wirkte, fragte er sie, ob alles in Ordnung sei und sie einen schönen Tag gehabt hätte. Elizabeth hätte ihrem Vater gerne von dem tollen Tag erzählt, aber sie war zu müde dazu. Deshalb schaute sie ihn nur an und fragte ihn, ob er morgen für sie Zeit hätte, sodass sie gemeinsam essen gehen könnten. Er überlegte eine Weile und erwiderte, dass er zwar einige Termine hätte, aber diese auch verschieben könnte. Elizabeth strahlte ihn an und sagte ihm, dass sie sich nun hinlegen würde, weil sie total ausgelaugt wäre. Er umarmte seine Tochter und Elizabeth ging die Treppe nach oben in ihr Zimmer. Dort zog sie sich aus, duschte und legte sich ins Bett. Elizabeth schlief sofort ein. Am nächsten Morgen, als sie aufwachte, dachte sie als Erstes an den gestrigen Tag. Sie musste an die Figur im Museum denken, die genauso wie im Film ausgesehen hatte. Und wie er diese Frau im Arm gehalten hatte. Elizabeth wollte auch von so einem Mann im Arm gehalten werden. Mit diesen Gedanken stand sie auf und ging ins Badezimmer. Als sie wieder herauskam, holte sie sich frische Wäsche aus dem Schrank und zog sich an. Elizabeth freute sich schon riesig, wenn sie heute mit ihrem Vater essen ging. Obwohl er es ihr versprochen hatte, kam es doch immer seltener vor, dass sie etwas gemeinsam unternahmen. Elizabeth hatte auch das Gefühl, dass ihr Vater unnahbarer geworden war und irgendwie immer zwischen zwei Welten herumreiste. Denn manchmal sah sie ihn nachdenklich aus seinem Arbeitszimmer kommen, sodass er sie nicht einmal wahrnahm, wenn sie ganz dicht an ihm vorbeiging. Was war nur los mit ihm? Hatte er so viel Arbeit, dass seine Tochter vollkommen vergessen hatte? Elizabeth wollte ihn das heute beim Essen unbedingt fragen. Manchmal wünschte sie sich, dass ihre Mutter noch leben würde, denn dann hätte sie wenigstens jemanden, mit dem sie über alles reden könnte. Denn immer, wenn sie Redebedarf hatte, traute sie sich dann doch nicht, zu ihrem Vater zu gehen, obwohl ihr dieser gesagt hatte, dass sie jederzeit mit jedem Problem zu ihm kommen könnte. Aber es gab nun mal Probleme, die Elizabeth nicht mit ihm besprechen konnte. Mit diesen Gedanken ging sie hinunter ins Wohnzimmer und staunte nicht schlecht, denn da saß ihr Vater am Frühstückstisch und stand auf, als sie den Raum betrat. Er kam auf seine Tochter zu, umarmte sie und gab ihr einen Kuss auf die Wange. Elizabeth freute sich so sehr, dass sie seine Umarmung erwiderte. Am liebsten hätte sie ihn gar nicht mehr losgelassen. Dann erzählte ihr Luzifer, dass er sich heute den ganzen Tag freigehalten hatte, um mit ihr etwas zu unternehmen. Elizabeth schaute ihn glücklich an und sogleich besprachen sie, wie sie den Tag gestalten wollten. Nachdem alles geklärt war, beendeten die beiden ihr Frühstück. Luzifer stand auf und teilte seiner Tochter mit, dass er sie in zehn Minuten vor der Eingangstür erwartete. Elizabeth nickte, stand auf und eilte in ihr Zimmer. Dort holte sie ihre Handtasche und eine Weste aus dem Schrankraum. Dann schaute sie sich noch einmal um und verließ das Zimmer. Elizabeth ging die Treppe hinunter und durchquerte die Halle, öffnete die Eingangstür und verließ die Villa. Als sie die Stufen hinunterging, sah sie, dass der Wagen schon fahrbereit dastand. Ihr Vater kam gerade aus dem Haus und bedeutete ihr, dass sie einsteigen solle. Als sie im Wagen saß, schaute sie ihren Vater, der auf der anderen Seite zugestiegen war, lächelnd an und der Wagen fuhr los. Diesmal merkte Elizabeth, als sie aus dem Wagen sah, dass sie eine andere Route nahmen, und zwar in die City. Der Wagen hielt dann auf einem Parkplatz in der Nähe der Einkaufsmeile und sie stiegen aus. Luzifer erklärte seiner Tochter, dass er ihr eine Freude machen und mit ihr ausgiebig shoppen gehen wollte. Elizabeth hakte sich bei ihm unter und gemeinsam betraten sie die Einkaufsmeile und bummelten von einem Geschäft zum anderen. Manche betraten sie und an anderen schauten sie sich nur die Schaufenster an und gingen dann weiter. Die Zeit verging wie im Flug und als Elizabeth auf die Uhr sah, waren schon zwei Stunden vergangen. Als sie mit ihrem Vater gerade ein Modegeschäft verließ, sagte sie zu ihm, dass sie durstig sei und er ging zum nächstgelegenen Café. Das Café hatte einen wunderschönen angrenzenden Garten, in dem die beiden sich einen Tisch im Schatten suchten. Elizabeth war froh, endlich ein bisschen sitzen zu können. Aber das Schönste war, dass sie mit ihrem Vater hier saß, und sie hatte auch die ganze Zeit bemerkt, dass sein Telefon kein einziges Mal geklingelt hatte, was sie sehr glücklich machte. Endlich ein ganzer Tag ohne Stress für ihren Vater. Elizabeth gönnte es ihm. Als sie etwas getrunken hatten, erkundigte sich Luzifer über den gestrigen Tag seiner Tochter. Elizabeth antwortete ihm, dass sie ihm davon gerne beim Mittagessen erzählen würde. Er nickte zufrieden und wies sie an, es nicht zu vergessen. Dabei schaute er seine Tochter eindringlich an. Elizabeth schaute ihn zwar auch an, konnte aber seinem Blick nicht lange standhalten und senkte ihre Lider, um ihn nicht länger ansehen zu müssen. Elizabeth wusste nicht, was es war, aber der Blick ihres Vaters war so durchdringend, als würde er ihr bis in die Seele schauen, nur um zu erfahren, wie es darin aussah. Sie hatte schon einmal von solchen Dingen gelesen, dass es Wesen gab, die einem bis ins Unterbewusstsein schauen konnten und dabei alle Ängste erfahren. Hatte ihr Vater auch diese Gabe? Elizabeth dachte nicht länger darüber nach, stand auf und bedeutete ihrem Vater damit, dass sie bereit war für die nächste Runde. Mr. Baker schaute seine Tochter nachdenklich an und erhob sich dann ebenfalls. Er zahlte und dann beschlossen sie, noch einige Geschäfte zu besuchen. Danach wollten die beiden sich ein schickes Restaurant suchen. Nach weiteren zwei Stunden hatte Elizabeth nun Schuhe, Kleidung, Schulsachen und ein paar Handtaschen. Ihr Vater hatte sich einen neuen Anzug bestellt und Elizabeth wartete geduldig, bis sie bei ihm Maß genommen hatten. Jetzt war es an der Zeit, dass sie essen gingen, und Elizabeth wurde etwas mulmig bei dem Gedanken, ihrem Vater von gestern zu erzählen. Sie hatten nach einiger Suche ein Restaurant gefunden und der Kellner gab ihnen einen Tisch in einer Nische, was Elizabeth sehr gefiel. So waren sie ungestört, wenn sie ihrem Vater berichtete. Der Kellner brachte die Karte und fragte nach den Getränken. Sie teilten ihm diese mit und er verschwand. Während Mr. Baker die Speisekarte studierte, sah er seine Tochter immer wieder fragend an und forderte sie letztendlich auf, endlich mit der Erzählung zu beginnen. Elizabeth wollte gerade anfangen, da kam der Kellner mit den Getränken und stellte sie vor ihnen auf den Tisch. Er fragte sie nach den Speisen, nahm diese auf und ging wieder. So, jetzt war niemand mehr, der sie stören konnte, und Elizabeth begann in allen Einzelheiten ihrem Vater von gestern zu berichten. Sie war gerade bei der Hälfte, als die Speisen gebracht wurden und sie aßen schweigend. Danach, als die Teller weggeräumt waren und Mr. Baker noch einen Kaffee bestellte, erzählte Elizabeth weiter von gestern. Der Kaffee kam und ihr Vater trank ihn genüsslich und hörte seiner Tochter dabei aufmerksam zu. Als Elizabeth zu der Stelle mit dem Museum kam, überlegte sie eine Weile, ob sie ihrem Vater von der Statue berichten sollte. Aber er wusste bereits, was sie dachte. Er ermunterte sie, dass sie ihre Gedanken ruhig aussprechen solle. Da erzählte sie ihm alles bis zum Schluss und dann beobachtete Elizabeth ihn und seine Reaktion. Mr. Baker schaute seine Tochter lange an und ihr wurde klar, dass sie den Part im Museum besser nicht erzählt hätte. Dann sagte er, dass er sich freue, dass sie diesen Tag mit ihrer Freundin so toll genutzt hatte. Mehr hatte er ihr nicht zu sagen? Auch über das Erlebte im Museum hatte er nichts zu sagen? Elizabeth war einerseits froh, aber sie wusste auch, dass ihr Vater ihre Gefühle in Bezug auf diesen Mann kannte. Elizabeth schaute ihren Vater noch eine Weile zu, wie er seinen Kaffee zu Ende trank und zahlte. Dann verließen sie gemeinsam das Restaurant. Sie gingen noch eine Weile auf der Einkaufsmeile entlang und entdeckten am Ende einen wunderschön angelegten Park. Darin befanden sich verschiedene Bäume und Blumenbeete, soweit das Auge reichte. Es duftete herrlich, wenn man an den Beeten vorbeiging und wenn man genauer hinsah, konnte man einige Bienen entdecken, die sich an den Blüten labten. Als sie weiter in den Park hineingingen, herrschte eine wundervolle Stille, sodass sie ganz tief einatmen und die Natur genießen konnten. Mr. Baker und seine Tochter fanden zwischen zwei Beeten eine Holzbank, auf die sie sich setzten. Mr. Baker schaute sich um und schloss dann seine Augen. Elizabeth tat es ihm gleich und wenn man genau hinhörte, konnte man auch den einen oder anderen Vogel im Baum zwitschern hören. Elizabeth und ihr Vater blieben noch eine Weile auf der Bank sitzen. Mittlerweile war es schon später Nachmittag geworden und Mr. Baker meinte, dass sie nun langsam zurückfahren sollten, da er noch einige Telefonate führen musste. Elizabeth seufzte, da sie gerade die Atmosphäre genoss, und stand auf. Luzifer legte seinen Arm um die Schultern seiner Tochter und gemeinsam gingen sie zum Wagen zurück. Der Chauffeur öffnete die Türen und sie stiegen ein. Bevor beide das Haus betraten, berührte Elizabeth den Arm ihres Vaters und er drehte sich zu ihr. Elizabeth sagte ihm, dass ihr dieser Tag sehr gefallen hatte und sie das gerne wiederholen würde. Damit gab sie ihm einen Kuss auf die Wange und umarmte ihn. Er küsste ihre Stirn und versprach ihr, dass sie das gerne in den nächsten Ferien wiederholen könnten. Denn er glaube nicht, dass er nächste Woche Zeit für sie hätte. Jetzt fiel es ihr wieder ein, es war nur noch eine Woche bis Schulbeginn. Wie doch die Zeit verflogen war. Sie betraten das Haus und Mr. Baker ging sofort in sein Arbeitszimmer. Der Butler gab noch Anweisungen, die Einkäufe aus dem Wagen hereinzubringen und ging dann ebenfalls ins Arbeitszimmer. Elizabeth ging ins Wohnzimmer und wollte sich noch ein Buch zum Lesen aussuchen. Als sie vor dem Bücherregal stand, konnte sie sich nicht entscheiden und nahm einen Roman über Vampire heraus. Damit verließ sie das Wohnzimmer und ging die Treppe hinauf in ihr Zimmer. Dort angekommen, zog sie sich aus und ging unter die Dusche. Danach nahm sie das Buch, legte sich quer über das Bett und begann darin zu lesen. So verging die letzte Ferienwoche wie im Flug und einen Tag bevor Elizabeth wieder in den Campus musste, packte sie ihre Sachen. Der nächste Tag war ein Sonntag und Elizabeth wusste nicht, ob ihr Vater wieder mitfahren würde. Sie hatte ihn die ganze Woche nicht mehr gesehen und es machte sie traurig, denn sie wollte nicht fahren, ohne sich von ihm verabschiedet zu haben. Da klopfte es auf einmal an ihre Tür und Elizabeth sagte „Herein". Sie öffnete sich und da stand ihr Vater und lächelte sie an. Elizabeth fiel ihm freudig um den Hals und sagte ihm, dass sie froh war, ihn noch einmal zu sehen. Denn sie hätte nicht fahren können, wenn sie sich nicht hätte verabschieden können. Er löste sich aus ihrer Umarmung und meinte, dass er sie auf jeden Fall aufgesucht hätte. Er fragte seine Tochter, ob sie noch etwas für das Schuljahr bräuchte und Elizabeth verneinte und sagte ihm, dass sie schon alles gepackt hätte. Er nickte zufrieden und meinte, dass sie auf dem Campus ja auch noch fehlende Dinge besorgen könnte. Dann griff er in die Tasche seines Jacketts und holte einen Gegenstand heraus. Er gab ihn ihr und Elizabeth betrachtete ihn stirnrunzelnd. Der Gegenstand stellte eine Statue dar, die eigenartig aussah und sie schaute ihren Vater an und fragte ihn, was sie damit machen solle und wofür sie gut sei. Mr. Baker erklärte ihr, dass diese Statue zu ihrem Schutz diente und sie diese in ihrem Apartment aufstellen sollte. Die Statue sollte sie vor schlechten Träumen beschützen. Elizabeth schaute die Statue noch einmal genauer an.

Sie sah aus wie ein Engel, aber hatte Krallen an den Füßen und der Kopf hatte zwei Hörner. Die Flügel hingen links und rechts herunter und das Gesicht war das eines Engels. Es hatte weiche Konturen und sah im Vergleich zum Rest der Statue lieblich aus. Elizabeth ging damit vorsichtig zum Rucksack und legte sie obenauf. Dann ging sie wieder zu ihrem Vater, umarmte ihn ein letztes Mal und dankte ihm für die Statue. Nun wollte Elizabeth aber noch wissen, ob er morgen mit ihr zum Campus führe und er schaute sie traurig an, da es ihm leider nicht möglich war. Elizabeths ganzes Flehen, das sie nach seinen Worten einsetzte, half nichts, ihr Vater blieb bei seiner Aussage und so verabschiedeten sie sich endgültig. Als er gegangen war, schloss Elizabeth die Tür und setzte sich aufs Bett. Da klopfte es erneut an die Tür und sie öffnete rasch, da sie annahm, dass ihr Vater vielleicht noch etwas vergessen oder seine Meinung doch noch geändert hatte. Aber es war nicht ihr Vater, sondern Jane, die sie fragte, ob sie das Gepäck schon hinuntertragen könnte. Elizabeth nickte ihr zu und gab ihr die Anweisung, mit dem Rucksack besonders vorsichtig zu sein. Das Dienstmädchen nickte und nahm die Gepäckstücke und verließ das Zimmer. Elizabeth schloss die Tür hinter ihr und legte sich aufs Bett, um das Buch zu Ende zu lesen. Dieser Roman las sich wie die Filme, die sie sich angesehen hatte. Obwohl die Namen und Handlungen voneinander abwichen, war es immer wieder dieses gleiche Schema. Und man konnte nicht aufhören, da sie fühlte, ein Teil dieser Geschichte zu sein. Elizabeth hatte das Buch ziemlich schnell durchgelesen und an manchen Stellen ist ihr sogar ein angenehmer Schauer durch den Körper gelaufen. Schon wieder kam dieses Gefühl in ihr auf, so einen Mann kennenzulernen und mit ihm verbunden zu sein. Elizabeth seufzte, legte das Buch zur Seite, streckte sich auf dem Bett aus und schloss die Augen.

Fünftes Kapitel

Am nächsten Tag stand sie schon zeitig in der Früh auf und nachdem sie sich angezogen hatte, ging sie hinunter ins Wohnzimmer. Dort stand schon das Frühstück auf dem Tisch und sie setzte sich. Elizabeth schenkte sich einen Tee ein und aß eine Kleinigkeit dazu. Nach dem Frühstück stand sie auf und verließ das Wohnzimmer. In der Halle fiel ihr ein, dass sie vergessen hatte, das Buch, das sie sich aus der Bücherecke geholt hatte, wieder zurückzustellen. Elizabeth ging also noch einmal in ihr Zimmer und holte es. Als sie das Wohnzimmer erneut betrat, saß ihr Vater am Frühstückstisch und sie begrüßte ihn herzlich. Elizabeth wunderte sich, dass er hier war. Denn er hatte ihr doch gestern erklärt, dass er keine Zeit hätte. Dann ging sie zum Bücherregal und stellte das Buch wieder in die freie Lücke. Danach verabschiedete sie sich von ihrem Vater und verließ das Haus und der Chauffeur brachte sie zum Campus. Nachdem sie dort nach einer längeren Fahrt ankamen, stellte Elizabeth fest, dass sich auch schon viele andere Schüler dort eingefunden hatten, und sie stieg aus. Sofort kam ihr Lilly entgegen und begrüßte sie stürmisch. Der Chauffeur hatte inzwischen das Gepäck aus dem Kofferraum geholt und neben dem Wagen auf den Asphalt gestellt. Elizabeth nahm den Rucksack und setzte ihn auf. Dann nahm sie den Koffer, verabschiedete sich von dem Chauffeur und ging gemeinsam mit Lilly zu den Unterkünften. In ihrem Zimmer angekommen, packte sie die Sachen aus und legte den Rucksack aufs Bett. Elizabeth öffnete ihn vorsichtig und entnahm die Statue, die sich noch immer obenauf befand. Nachdem sie sich im Zimmer umgesehen hatte, wo ein geeigneter Platz wäre, fiel ihr eine Nische neben dem Schreibtisch auf und sie stellte die Statue dorthin. Sie passte dort perfekt. Elizabeth betrachtete die Statue und mit jedem Mal, die Elizabeth sie länger betrachtete, konnte sie spüren, dass ein wohliges und beruhigendes Gefühl sich in ihr ausbreitete. Nun hatte sie alles verstaut und konnte sich auf das neue Schuljahr konzentrieren. Elizabeth verließ das Zimmer, um in das Verwaltungsgebäude zu gehen und sich dort die Informationsmappe und den Stundenplan für dieses Schuljahr zu holen. Auf dem Weg dorthin begegnete sie einigen Schülern, die sie schon vom letzten Schuljahr kannte, aber es waren auch viele neue Schüler hinzugekommen. Diese drängten sich zum Verwaltungsgebäude, um sich registrieren zu lassen. Elizabeth nahm den Nebeneingang, für den sie ihre Karte benutzen konnte, und ging hinein. Dort gab es auf einer Seite einen Schrank mit vielen Fächern und unter den Fächern standen Namen. Elizabeth hatte im Vorjahr in der Mappe gelesen, dass man ab dem zweiten Schuljahr ein solches Fach besitzt. Sie begab sich zu den Fächern und entdeckte Lilly, die vor einem Fach stand und dieses entleerte. Elizabeth ging zu ihr, begrüßte sie und als sie auf die Namen sah, merkte sie, dass diese alphabetisch geordnet waren. Elizabeth ging also zurück zum Anfang und schaute unter jedes Fach, bis sie ihren Namen fand. Es befanden sich eine Mappe und ein paar Briefe darin. Sie nahm alles heraus und ging zu Lilly. Diese hatte inzwischen auch schon ihr Fach geleert und die Sachen in ihrer Tasche verstaut. Das war sehr schlau von ihr, denn Elizabeth hatte nichts mitgenommen, worin sie die Utensilien verstauen konnte und so musste sie diese in der Hand tragen. Gemeinsam gingen die beiden zurück zum Ausgang und da sah Elizabeth in einer Ecke Stofftaschen und nahm sich sofort eine. Sie packte die Sachen hinein. Als sie das Gebäude verlassen hatten, gesellten sich noch andere Schüler zu ihnen und nun waren wieder alle vereint und beschlossen, da sie noch genug Zeit hatten, etwas trinken zu gehen. Dazu begaben sie sich zum Restaurantviertel und setzten sich an einen Tisch im Schatten. Nachdem sie eine Weile schweigend ihre Getränke genossen hatten, sahen sie sich alle gegenseitig an. Elizabeth schaute in die Runde und sah jeden Einzelnen genauer an. Da war Lilly, die sie auch in den Ferien gesehen hatte. Sie wollte einmal Anwältin werden, so wie ihr Vater. Dann war da

Robert, den sie alle Rob nannten, der einmal Chemiker werden wollte. Sarah, die noch nicht genau wusste, ob sie Ärztin oder Designerin werden wollte. Aber Elizabeth glaubte, dass sie eher Designerin werden wollte, denn ihre Eltern hatten ein bekanntes Modegeschäft mit exklusiven Kleidungsstücken. Und dann war da noch Matthew, zu dem sie alle Matt sagten, und er wollte definitiv Arzt werden. Er schwankte nur noch zwischen Internist oder Orthopäde. Sie selbst wollte auf jeden Fall Ärztin werden, das Fach Chirurgie war ihr Favorit. Sie alle kannten sich zwar erst seit letztem Jahr, aber sie waren schon die besten Freunde. Sie halfen sich gegenseitig und unternahmen viel an den Wochenenden, da sie den Campus nicht verlassen durften. Sie holten alle ihre Stundenpläne heraus und diskutierten, welche Unterrichtseinheiten sie gemeinsam besuchen wollten. So verging der Vormittag ziemlich schnell und als es schon Mittag war, bestellten sie sich etwas zu essen und danach gingen sie noch etwas spazieren. Als sie an eine Waldlichtung kamen, machten sie eine Rast und erzählten sich gegenseitig, was sie im Sommer erlebt hatten. Es war so friedlich auf dieser Waldlichtung, dass sie ganz die Zeit vergaßen und als die Sonne schon fast unterging, erhoben sie sich und gingen zurück zum Campus. Dort war es inzwischen auch schon ruhiger geworden und es waren nur noch wenige Leute unterwegs. Die Freunde verabschiedeten sich voneinander und gingen auf ihre Zimmer. Dort angekommen, duschte Elizabeth, zog sich ein Nachthemd an und setzte sich an den Schreibtisch, um sich die Unterlagen noch einmal genauer anzusehen. Auch war Elizabeth neugierig, welche Briefe in ihrem Fach gelegen hatten. Sie nahm alles aus der Stofftasche und legte es vor sich auf den Schreibtisch. Elizabeth nahm die Briefe und las die Absender. Da bemerkte sie, dass ein Brief an ihren Vater adressiert war und sie legte ihn beiseite. Elizabeth wollte ihn dann später anrufen und ihm dies mitteilen. Die anderen Briefe waren nur Werbung für den Campus und auch der eine oder andere Gutschein befand sich darunter. Elizabeth öffnete die Mappe und legte den Stundenplan, den sie zuvor herausgenommen hatte, wieder hinein und beschloss, dass sie sich morgen intensiver mit der Mappe befassen würde. Elizabeth streckte die Glieder und gähnte. Auf jeden Fall wollte sie noch ihren Vater anrufen wegen des Briefes. Elizabeth nahm deshalb das Telefon und wählte seine Nummer. Nach ein paar Klingeltönen hob er ab und meldete sich. Elizabeth begrüßte ihn ebenfalls und erzählte ihm sofort von dem Brief. Er erklärte ihr, dass er morgen den Chauffeur vorbeischicken werde, um den Brief abzuholen. Elizabeth war enttäuscht, dass ihr Vater nicht selber kam, und teilte ihm dies auch mit. Nach einer kleinen Pause antwortete er ihr, dass sein Terminkalender leider voll sei, aber er versprach ihr, dass er sie persönlich am Freitag abholen und mit ihr das Wochenende gemeinsam verbringen würde. Elizabeth freute sich riesig und dankte ihm dafür. Dann legte sie auf und strahlte über das ganze Gesicht. Jetzt wollte sie nur noch, dass die Woche schnell vergeht. Mit diesem freudigen Gefühl ging sie ins Bett und schlief sofort ein. Am nächsten Morgen, sie hatte sich gerade angezogen, klopfte es an der Tür. Elizabeth öffnete sie einen Spalt. Lilly stand davor und fragte, ob sie fertig wäre. Elizabeth holte noch schnell die Tasche und die Mappe vom Schreibtisch und verließ das Zimmer. Gemeinsam gingen die Freundinnen aus dem Gebäude. Sie beschlossen, da noch etwas Zeit war, einen Kaffee trinken zu gehen. Sie fanden in einem Frühstückrestaurant einen Tisch in der Ecke und setzten sich. Als sie die Bestellungen aufgegeben hatten, schaute Elizabeth Lilly an und fragte sie, welche Unterrichtseinheiten sie für diese Woche hätte. Lilly nahm die Mappe aus ihrem Rucksack und legte sie auf den Tisch. Elizabeth tat es ihr gleich und gemeinsam verglichen sie die Pläne. Leider mussten sie schnell feststellen, dass sie sehr wenige Einheiten gemeinsam hatten. In diesem Jahr konnte man auch ein Nebenfach anstreben. Es standen Fremdsprachen und Schauspielerei zur Auswahl. Elizabeth wollte auf jeden Fall die Schauspielerei nehmen. Sie teilte dies Lilly mit und die Freundin nickte. Als Elizabeth sie fragte, ob sie auch ein Nebenfach anstrebe, meinte Lilly, dass sie noch nicht darüber nachgedacht hätte. Die beiden räumten ihre Mappen weg, leerten schweigend ihre Tassen und machten sich dann auf den Weg zum Unterricht. Die Freundinnen sahen auf dem Weg zu den Lehrräumen, dass es einige neue Schüler und Schülerinnen gab, die mit Plänen in der Hand von Stockwerk zu Stockwerk rannten. Lilly und Elizabeth schauten sich an und schmunzelten. Dabei mussten sie an ihre ersten Tage auf dem Campus denken. So gingen die beiden in den für sie vorgesehenen Unterrichtsraum. Als sie sich voneinander verabschiedeten, vereinbarten sie einen Treffpunkt, um gemeinsam zum Mittagessen zu gehen. Elizabeth hatte am Nachmittag die erste Stunde für ihren Schauspielunterricht. Sie freute sich schon darauf. Außerdem war sie gespannt, ob sie auch Theateraufführungen inszenieren. Der Vormittag verging ziemlich schnell und als die Mittagspause eingeläutet wurde, verließ Elizabeth das Gebäude und wartete auf Lilly. Diese kam nach kurzer Zeit ebenfalls aus dem Gebäude und gemeinsam gingen sie zu den Restaurants. Als die Freundinnen ihr Essen bestellt hatten, fragte Elizabeth Lilly, wofür sie sich nun entschieden hätte. Lilly erklärte ihr, dass sie eine Fremdsprache genommen hatte, da sie diese besser für ihren weiteren Werdegang verwenden konnte. Elizabeth nickte und wollte wissen, welche Fremdsprache ihre Freundin gewählt hatte. Lilly schaute sie an und sagte ihr, dass sie sich für Wirtschaftsenglisch entschieden hatte. Elizabeth war beeindruckt. Die Speisen kamen und sie aßen wie immer schweigend. Nachdem sie fertig waren, zahlten sie und verließen das Restaurant wieder. Ein Blick auf die Uhr zeigte ihnen, dass sie nicht mehr viel Zeit hatten. Die beiden gingen zum Unterrichtsgebäude zurück und dabei erzählte Elizabeth ihrer Freundin, dass sie heute schon die erste Schauspielstunde am Nachmittag hätte. Lilly wünschte ihr viel Spaß und die beiden verabschiedeten sich voneinander. Elizabeth nahm ihre Mappe heraus und schaute nach, in welchem Stockwerk sich der Raum für den Schauspielunterricht befand. Sie sah, dass er im Erdgeschoss war und begab sich dorthin. Als sie den Gang entlang zum Raum ging, sah sie, dass sich schon einige Schüler davor aufgestellt hatten. Elizabeth stellte sich dazu. Schon bald ging die Tür zum Raum auf und alle strömten hinein. Elizabeth legte ihren Rucksack und die Tasche auf die Seite. Der Lehrer sagte ihnen, dass sie einen Kreis bilden sollten, und stellte sich dann selbst in diesen Kreis. Er stellte sich als Mr. Stevens vor. Mr. Stevens war ein Mann von etwa 50 Jahren und hatte eine mittelgroße Statur, schwarze Haare und eine Brille. Da er seine Schüler näher kennenlernen wollte, verlangte er von ihnen, dass sie sich kurz vorstellten. Bei der Kennenlernrunde fiel Elizabeth auf, dass sie eine der wenigen war, die unter 15 Jahren alt waren. Sie sah in die Runde und zählte an die 30 Schüler, die sich für diesen Unterricht gemeldet hatten. Leider war niemand von ihren Freunden dabei. Der Lehrer nickte zufrieden, als der Letzte sich vorgestellt hatte. Er erklärte sofort die Regeln und betonte, dass diese sehr genau einzuhalten seien. Dabei schaute er in die Runde und alle nickten ihm zu. Mr. Stevens ging zu einem Tisch, der am Fenster stand, und holte einen Stapel Mappen. Er ging von einem zum anderen und gab jedem eine davon. Elizabeth nahm ihre und öffnete sie. Gleich auf der ersten Seite standen die Regeln. Elizabeth nahm sich vor, diese noch heute zu lernen. Dann waren auf der nächsten Seite die Unterrichtszeiten. Der Lehrer betonte, dass sie diese mit ihrem tatsächlichen Unterricht abgleichen sollten. Sollte es Unstimmigkeiten geben, dann sollte man zu ihm kommen und er würde versuchen, dies zu klären. Ansonsten wäre es sehr wichtig, dass jeder immer zu den Unterrichtseinheiten erschiene. Nach diesen Erklärungen legten die Schüler die Mappen beiseite und der Unterricht begann. Nach zwei Stunden, mit einer Pause, ging Elizabeth in ihre Unterkunft. Die ersten Stunden waren anstrengend gewesen. Sie nahm die Mappen aus dem Rucksack und legte sie auf den Schreibtisch. Dann verglich sie die Unterrichtszeiten und stellte mit Freude fest, dass sich keine kreuzten. Der Schauspielunterricht fand einmal die Woche für zwei Stunden statt. Als Elizabeth die Regeln in der Mappe durchlas, war sie erstaunt, wie schnell sie diese lernte. Sie sah sich dann auch noch den Rest der Mappe an. Sie fand heraus, dass sie später eine Fotomappe von sich in verschiedenen Posen machen sollte. Auch die Mimik stand dabei sehr im Vordergrund. Elizabeth wollte sich aber noch nicht genauer damit beschäftigen. Aber eines wollte sie auf jeden Fall tun: die Mappe ihrem Vater zeigen. Sie war schon neugierig, wie er darauf reagieren würde. Hoffentlich glaubte er nicht, dass sie dieses Fach gewählt hatte, um auch in diesem Horrorfilm mitspielen zu können. Der Tag war sehr anstrengend und aufregend für Elizabeth gewesen und so beschloss sie, sich heute zeitiger ins Bett zu legen. Sie war gerade dabei, ins Badezimmer zu gehen, als es an der Tür klopfte. Müde öffnete sie diese und sah in Lillys Gesicht. Diese strahlte sie an, merkte aber auch, wie müde ihre Freundin war. Lilly fragte vorsichtig, ob alles in Ordnung sei. Sie sagte Elizabeth, dass sie eigentlich nur vorbeischaute, weil sie neugierig war, wie ihr der Schauspielunterricht gefallen hätte. Elizabeth antwortete, dass alles noch neu und gewöhnungsbedürftig und sie sehr müde davon war. Die Freundin sah sie an und fragte sie trotzdem, ob sie nicht mitkommen wollte. Denn Lilly erzählte Elizabeth, dass sie sich mit ihren Freunden treffen und sie noch etwas trinken gehen wollten. Elizabeth war zwar nicht in der Stimmung dazu, aber sie wollte auch kein Spielverderber sein. Also holte sie ihre Tasche und gemeinsam mit Lilly verließ sie das Gebäude. Die beiden Freundinnen waren gerade auf dem Weg zur Bar, als ihnen schon die anderen entgegenkamen. Sie setzten sich alle an einen Tisch und bestellten die Getränke. Es wurde ein netter Abend und die Freunde unterhielten sich prächtig. Elizabeth vergaß ihre Müdigkeit und war froh mitgegangen zu sein. Als es dann schon später Abend wurde, verabschiedeten sich alle voneinander und jeder ging auf sein Zimmer. Elizabeth duschte und legte sich sofort ins Bett. Die Woche verging wie im Flug und schon war es Freitag und Elizabeth freute sich schon, ihren Vater zu sehen. Der Unterricht endete am Mittag. Elizabeth hatte noch eine Stunde Zeit, bis ihr Vater sie abholte. Sie beschloss, in ihr Zimmer zu gehen und die Mappe vom Schauspielunterricht zu holen. Sie packte die Mappe in den Rucksack und verließ das Zimmer. Da heute ein schöner Tag war, wollte sie bis zur Ankunft ihres Vaters noch etwas im Wald spazieren gehen. Als sie den Waldweg entlangging und dem Zwitschern der Vögel zuhörte, vergaß sie fast die Zeit. Ein Blick auf die Uhr sagte ihr, dass sie besser umdrehen und gemütlich zum Parkplatz schlendern sollte. Als der Parkplatz in Sichtweite kam, sah sie schon den Wagen. Elizabeth beschleunigte ihre Schritte und stieg in den Wagen ein. Dort schaute sie erstaunt, dass ihr Vater nicht im Wagen saß. Sie fragte den Chauffeur nach ihm und er antwortete, dass Mr. Baker es leider nicht geschafft hatte mitzufahren, da er einen wichtigen Termin hatte. Enttäuscht lehnte sich Elizabeth zurück und sah während der ganzen Fahrt traurig aus dem Fenster. Zu Hause angekommen, ging sie sofort in ihr Zimmer. Plötzlich fiel ihr ein, dass sie vergessen hatte, das Formular für das Wegbleiben am Wochenende auszufüllen. Elizabeth nahm hastig ihre Mappe heraus und fand zum Glück einige Formulare, darunter auch jenes das sie brauchte und füllte es sogleich an ihrem Schreibtisch aus. Nun musste ihr Vater es nur noch unterschreiben. Dann konnte sie es am Montag im Verwaltungsgebäude abgeben. Als sie ihr Zimmer wieder verließ, nahm sie das Formular mit. Sie hatte gerade die letzte Stufe der Treppe hinter sich, als ihr Vater mit einem älteren Mann aus dem Arbeitszimmer kam. Stürmisch lief sie zu ihm und umarmte ihn. Jetzt erst schaute Elizabeth den älteren Mann genauer an und erinnerte sich, dass sie ihn schon einmal hier gesehen und begrüßt hatte. Sie gab ihm die Hand und er lächelte ihr zu. Danach verabschiedete er sich von Mr. Baker und verließ die Villa. Luzifer sah seine Tochter an und fragte sie, was sie denn da in der Hand hielte. Elizabeth gab ihm das Blatt Papier und er nickte. Gemeinsam gingen sie ins Wohnzimmer und setzten sich an den Tisch. Mr. Baker fragte Elizabeth, ob sie hungrig sei und sie nickte heftig. Daraufhin rief er nach dem Butler und sagte ihm, dass er ein paar Sandwiches und Wasser bringen solle. James nickte und verschwand wieder. Nach einer halben Stunde wurde das Gewünschte serviert und Elizabeth und ihr Vater aßen wie immer schweigend. Als sie fertig waren, standen sie auf und gingen zur Couch, um es sich gemütlich zu machen. Dort fiel Elizabeth auf, dass sie nur das Formular mitgenommen hatte. Sie erklärte ihrem Vater, dass sie noch etwas aus ihrem Zimmer holen musste. Damit verschwand sie und kam nach kurzer Zeit wieder mit einer Mappe in den Händen. Elizabeth setzte sich aufgeregt hin und hielt ihrem Vater die Mappe vors Gesicht. Er nahm sie ihr ab und las die Überschrift. Er war so erstaunt, dass er sie öfter las und dabei seine Tochter jedes Mal ansah. Elizabeth konnte seine Reaktion nicht genau einschätzen und fragte ihren Vater daher, was er davon hielt. Mr. Baker fand seine Sprache wieder und teilte seiner Tochter mit, dass sie eine gute Wahl für das Zusatzmodul getroffen hatte. Elizabeth war erleichtert und erzählte ihm alles über die ersten zwei Stunden. Die Zeit verging dabei sehr schnell und als alles gesagt war, musste Mr. Baker wieder in sein Arbeitszimmer und ließ seine Tochter allein im Wohnzimmer zurück. Das Formular hatte er mitgenommen. Er wollte es sogleich unterschreiben und seiner Tochter wieder zurückgeben. Elizabeth nahm die Mappe und ging damit in ihr Zimmer. Dort angekommen, dachte sie noch einmal über die Situation nach, als sie ihrem Vater vom Schauspielunterricht erzählt hatte. Beim Erzählen hatte sie ihren Vater sehr genau beobachtet. Aber wieder einmal konnte sie nicht in seiner Miene lesen. Hatte er den Gedanken gehabt, dass sie diesen Unterricht nur wegen der Filme machte oder doch nicht? Elizabeth war verunsichert, hatte aber auch nicht den Mut, ihren Vater danach zu fragen. Wenn es so gewesen wäre, dann hätte er sicher etwas gesagt. So gut kannte sie ihren Vater schon. Sie wollte auf jeden Fall weitermachen. Egal, was andere davon hielten. Mit diesem Gedanken räumte sie die Mappe in den Rucksack und legte sich aufs Bett. Das Wochenende verlief ruhig und Elizabeth war am Samstag mit ihrem Vater einkaufen. Er wunderte sich, dass seine Tochter keine Ausgaben, außer Essen und Trinken, auf dem Campus hatte. Mr. Baker sprach Elizabeth beim Shopping darauf an. Sie erklärte ihm, dass sie noch keine Zeit dafür gefunden hatte. Er nickte nachdenklich und fragte sich, ob sie vielleicht doch mit dem Schauspielunterricht überfordert sein könnte. Aber was er gelesen hatte, war dieser nur einmal für zwei Stunden in der Woche. Laut ihrem Notendurchschnitt, den er jede Woche von der Schule zugeschickt bekam, war alles in Ordnung. Auch hatte seine Tochter keine Fehlstunden oder kam zu spät. Sie bemühte sich wirklich sehr. Darauf war er stolz. Schon am nächsten Tag musste Elizabeth wieder zurück auf den Campus. Obwohl sie ihren Vater wieder verlassen musste, freute sie sich auch auf ihre Freunde. Kaum hatte der Wagen auf dem Parkplatz vor dem Campus geparkt, stieg Elizabeth aus. Sogleich rannte ihr Lilly entgegen und sie begrüßten sich herzlich. Elizabeth hatte ihr vor der Fahrt geschrieben, wann sie etwa ankommen würde. Der Chauffeur überreichte Elizabeth den Koffer und verabschiedete sich. Elizabeth dankte ihm und ging mit ihrer Freundin zu den Unterkünften. Dort teilten sie sich auf und verabredeten sich für in einer Stunde vor dem Gebäude. Als Elizabeth ihr Zimmer betrat, herrschte eine eigenartige Atmosphäre darin. Es war so beruhigend und still, dass man das Gefühl hatte, als ob man in eine andere Welt eintauchen würde. Elizabeth stellte den Koffer vor das Bett und legte die Tasche und den Rucksack auf den Schreibtisch. Dann ging sie ins Badezimmer, um sich frisch zu machen. Danach öffnete sie den Koffer und legte die Kleidung in den dafür vorgesehenen Schrankraum. Sie nahm die Mappe für den Schauspielunterricht heraus und legte sie auf dem Schreibtisch auf die Seite. Die andere Mappe behielt sie im Rucksack. Als sie mit allem fertig war, stellte sie fest, dass noch genug Zeit war, und legte sich zur Entspannung aufs Bett. Sie dachte daran, wie es wohl mit dem Schauspielunterricht weitergehen würde. Elizabeth war nun schon das zweite Jahr auf dieser Schule und hatte in dieser Zeit schon viele Freunde gewonnen. Wenn sie darüber nachdachte, so hatte sie das Gefühl, dass sie und ihre Freunde sich gut ergänzten. Elizabeth ging gerne mit ihnen in den Wald. Wenn sie dann alle auf der Lichtung ankamen und jeder seinen Sitzplatz gefunden hatte, redeten und diskutierten sie oft Stunden. Manchmal vergaßen sie sogar die Zeit und es war dann schon dunkel. Am Anfang gingen dann alle im Dunkeln zu ihren Unterkünften. Wobei man aber sagen musste, sobald man den Wald verließ, leuchteten einem die Laternen den Weg. Jetzt hatten sie alle Taschenlampen und es war nicht mehr so gruselig. Elizabeth war auch etwas enttäuscht, denn niemand von ihren Freunden hatte sich für den Schauspielunterricht eingetragen. Sie wäre gerne mit dem einen oder anderen gemeinsam dorthin gegangen. Elizabeth merkte, dass sie müde wurde, und kroch unter die Bettdecke.

Sechstes Kapitel

So vergingen die Jahre auf dem Campus und nun befanden sich Elizabeth und ihre Freunde schon im letzten Jahr und waren gespannt, was sie noch alles erwartete. Sie hatten damals von älteren Schülern gehört, dass das letzte Jahr, wenn man es mit einem guten Notendurchschnitt bis hierher geschafft hatte, leichter sein sollte. Man hatte zwar nicht mehr so viele Unterrichtseinheiten, aber dafür musste man sich für viele Projekte eintragen und diese auch durchführen. Hatte man ein geeignetes Projekt gefunden, so meldete man sich an und bekam dann eine Zeit und einen Raum, in dem dieses Projekt ausgearbeitet werden musste. In diesem Raum befanden sich dann meist fünf bis zehn Schüler beiderlei Geschlechts. Man konnte sich nicht aussuchen, mit wem man zusammenarbeiten wollte. Ein System loste das aus und so war Elizabeth mit Schülern zusammen, die sie nur vom Sehen kannte. Elizabeth hatte sich für ein Projekt entschieden, bei dem es um die Erhaltung der Natur ging. Sie waren fünf Personen (drei Jungs, zwei Mädchen) und verstanden sich von Anhieb an. Sie teilten das Projekt in Bäume und andere Pflanzen. Das Mädchen, es hieß Jane, und Elizabeth bildeten eine Gruppe und nahmen die Pflanzen. Die Jungs (George, Harry und Walter) die Bäume. Schreibmaterial und Plakate wurden ihnen von der Schule zur Verfügung gestellt. Jane und Elizabeth beschlossen fürs Erste, sich in der Bibliothek schlauzumachen. Sie nahmen ihre Notizblöcke und Stifte und verließen die Jungs. In der Bibliothek angekommen, gingen sie gemeinsam zur Rubrik Biologie und durchforsteten die Regale nach entsprechenden Pflanzen. Elizabeth sagte zu Jane, bevor sie starteten, dass es vielleicht besser wäre, wenn sie nach Büchern mit seltenen Pflanzen Ausschau hielten. Jane nickte ihr zu und verschwand hinter den Regalen. Nach einer Weile kam sie mit drei Büchern zurück und setzte sich zu Elizabeth.

Elizabeth hatte inzwischen auch zwei Bücher entdeckt, die über Pflanzen in der Wüste und seltene Heilpflanzen berichteten. Sie brauchten zusammen zwei Tage, um die Bücher durchzuarbeiten und als sie fertig waren, stellten sie diese wieder zurück ins Regal. Dann gingen sie gemeinsam zurück zu den anderen. Dort tauschten alle ihre Ergebnisse aus und diskutierten darüber, welche Bäume und Pflanzen auf das Plakat kamen. Da sie das Thema Erhalt der Natur hatten, waren sie sich alle einig, dass es Bäume und Pflanzen sein sollten, die gefährdet waren und kurz vorm Aussterben standen. Da sie auch einige Exemplare in natura zeigen wollten, beschlossen sie, am nächsten Tag gemeinsam in die ansässige Gärtnerei zu gehen und dort zu fragen, ob sie einige Pflanzen vorrätig hätten. Die Gruppe hatte beim Gestalten des Projektes viel Spaß und freute sich schon auf die Reaktion der anderen Schüler, wenn sie es präsentierten. Auch hatten sie einige Pflanzen und Blätter der Bäume in der Gärtnerei ausfindig machen können, aber leider war das Kontingent nicht so groß, wie sie es sich erhofft hatten. Aber wie sagt man so schön *„weniger ist oft mehr"*. Es war schon Abend geworden und die Gruppe beschloss, noch etwas gemeinsam trinken zu gehen. Das Material des Projektes verstauten sie in einem Schrank und verließen den Raum. Sie gingen zu den Lokalitäten und entschieden sich für eine Bar. Dort fanden sie einen Ecktisch und setzten sich. Die Kellnerin kam und nahm ihre Bestellung auf. Nachdem die Getränke serviert waren, unterhielten sie sich angeregt über einige Themen und gingen noch einmal das Projekt durch. Die Gruppe merkte gar nicht, wie spät es inzwischen schon geworden war und als George auf seine Uhr schaute und verkündete, dass es schon 22:00 war, tranken sie alle aus und verabschiedeten sich voneinander. Am nächsten Morgen stand Elizabeth sehr früh auf, da sie wegen des Projektes sehr nervös war. Sie duschte, zog sich an und ging hinaus in die frische Morgenluft. Man konnte schon die ersten Sonnenstrahlen wieder richtig genießen. Elizabeth setzte sich auf die Stufen, die zum Gebäude führten, und schloss die Augen. Es war herrlich, denn die Vögel zwitscherten und die Blätter rauschten, da eine leichte Brise sie streifte. Es war so ruhig und idyllisch, wie es selten vorkam auf dem Campus. Plötzlich spürte Elizabeth, dass sich jemand neben sie setzte. Es war Lilly und Elizabeth schaute sie strahlend an. Auch sie wirkte wegen des Projektes nervös. Die Freundinnen blieben noch eine Weile auf der Treppe sitzen und unterhielten sich. Dann beschlossen sie, in eines der Frühstücksrestaurants zu gehen. Dort bestellten sie sich einen Kaffee und ein Sandwich. Als Elizabeth später auf die Uhr sah, bemerkte sie, dass es Zeit war, sich auf den Weg zu machen. Als Elizabeth und Lilly zum Gebäude mit den Projekträumen kamen, hatten sich dort schon einige Schüler eingefunden. Elizabeth verabschiedete sich von Lilly und wünschte ihr viel Erfolg. Lilly gab ihr dasselbe zurück und Elizabeth ging dann zu ihrer Gruppe, die etwas abseitsstand. Elizabeth begrüßte alle und als sich die Eingangstür öffnete, gingen sie gemeinsam zu ihrem Raum. Dort angekommen holten sie die vorbereiteten Sachen aus dem Schrank und drapierten sie so im Raum, dass alles gut sichtbar und geordnet war. Dann gingen sie noch schnell die einzelnen Passagen der Texte durch. Kaum hatte die Gruppe diese beendet, als auch schon das Lehrerkomitee und die Schüler der anderen Projekte den Raum betraten. Die Gruppe stellte sich auf und begann damit, sich und ihr Projekt vorzustellen. Dann teilten sie sich auf. Jane und Elizabeth stellten sich zu den Pflanzen. Die Jungs hatten sich zu den Bäumen gestellt. Nach einer halben Stunde hatten sie alles gesagt und gezeigt und stellten sich wieder gemeinsam vor das Publikum. Es wurde geklatscht und die Lehrer waren zufrieden und meinten, dass das Projekt gut durchdacht und aufgebaut war. Die Gruppe bedankte sich und atmete erleichtert auf. Dann verabschiedeten sich alle und sie waren wieder allein. Sie fielen sich gegenseitig in die Arme und waren begeistert, dass es so viel Anerkennung dafür gegeben hatte. Zuletzt räumten alle noch den Raum auf und gingen dann zu den anderen, um sich auch die anderen Projekte anzusehen. Manche Projekte waren toll ausgearbeitet und bei manchen war noch Nachholbedarf und bei einigen fehlte es an der Kommunikation. Als die Gruppe mit den anderen in dem Raum stand, in dem Lilly und einige andere ihr Projekt, es ging um die Tierwelt, präsentierten, war Elizabeth begeistert. Sie hatten das einfach super aufbereitet und auch noch nach Tiergruppen sortiert. Die Lehrer waren auch sehr begeistert und alle klatschten, als die Präsentation beendet war. Da es das letzte Projekt war, ging Elizabeth zu Lilly und umarmte sie und sagte ihr, dass sie super war. Lilly lächelte Elizabeth an und dankte ihr. Auch sie fand, dass das Projekt, das Elizabeth mit ihrer Gruppe präsentiert hatte, sehr interessant war. Elizabeth vereinbarte mit Lilly, da sie den Nachmittag frei hatten, dass sie sich später zum Mittagessen sahen. Lilly nickte und sagte, dass sie Elizabeth anrufen würde. Damit ließ Elizabeth ihre Freundin allein und ging zurück in den Raum, in dem sie die Präsentation hatten. Elizabeth merkte, dass es nichts mehr gab, das weggeräumt werden musste. Auch bemerkte sie, dass sich keiner der Gruppe mehr dort aufhielt. Elizabeth beschloss daher, das Gebäude zu verlassen und in ihr Zimmer zu gehen. Alle Schüler hatten sowieso von den Lehrern erfahren, dass morgen die Noten für die Projekte bekannt gegeben werden sollten. Als Elizabeth in ihrem Zimmer ankam, legte sie sich auf das Bett und starrte an die Decke. Sie war schon sehr gespannt, welche Note es wohl geben würde. Sie schloss die Augen und schlief ein. Vielleicht hatte sie eine Weile geschlafen, aber Elizabeth wurde von dem Klingeln ihres Handys geweckt. Lilly war dran. Elizabeth musste ziemlich verschlafen geklungen haben, denn die Freundin fragte sie, ob alles in Ordnung wäre. Außerdem wollte sie wissen, ob Elizabeth Zeit hätte, mit ihr etwas essen zu gehen. Elizabeth schaute auf die Uhr und stellte fest, dass sie mindestens zwei Stunden geschlafen haben musste, denn es war schon 12:30. Schnell machte sie sich im Badezimmer frisch, nahm ihre Tasche und ging hinunter. Elizabeth schaute sich um und entdeckte Lilly auf einer Bank sitzend und telefonieren. Langsam ging sie zu ihr und setzte sich neben sie. Lilly beendete sofort das Gespräch und lächelte ihre Freundin an. Lilly fragte, ob sie Hunger hätte, und erhob sich. Elizabeth nickte heftig und gemeinsam gingen sie zu den Restaurants. Dort angekommen konnten sich die beiden nicht entscheiden, was sie essen wollten. Dann beschlossen sie, in das Steakhouse zu gehen, und suchten sich einen Platz am Fenster. Das Restaurant war gut besucht und sie mussten eine Weile warten, bis ihre Bestellung aufgenommen wurde. Als dies dann erledigt war und die Getränke kamen, prosteten sie sich zu. Dann sprachen sie über die Projekte und gaben ihre Meinungen dazu ab. Elizabeth erzählte Lilly, dass sie schon gespannt war, welche Note es wohl werden würde. Lilly meinte, dass sie nicht vergessen dürften, dass die Gruppe benotet würde und nicht jeder Einzelne. Ja, da hatte die Freundin recht, solche Arbeiten wurden immer gruppenmäßig beurteilt. Nach dem Essen beschlossen sie, noch einen kleinen Spaziergang zu unternehmen, und gingen in den Wald. Sie merkten gar nicht, dass sie den gleichen Weg gingen, den sie immer mit ihren Freunden gegangen waren, und standen dann auf der Waldlichtung mit den abgesägten Baumstämmen. Die Freundinnen setzten sich und genossen die Stille. Dann begann Lilly Elizabeth zu fragen, ob sie auch am Abschlussball teilnehmen wird. Elizabeth schaute sie an und nickte ihr zu. Im Moment hatte Elizabeth noch keine Ahnung, mit wem sie dorthin gehen sollte. Aber es war noch das ganze Schuljahr Zeit dazu und sie teilte dies auch Lilly mit. Sie gab ihr recht. Dann unterhielten sie sich noch eine Weile über die Jungs in ihrem Semester und konnten sich nicht entscheiden. Auf einmal kam ein kalter Wind auf und die beiden gingen zurück auf den Campus und in ihre Unterkünfte. Dort angekommen rief Elizabeth ihren Vater an und teilte ihm mit, dass sie morgen das Ergebnis von ihrem Projekt erfahren würde. Er fragte seine Tochter nach deren Gefühl und sie teilte ihm mit, dass sie ein gutes Gefühl hätte. Er wollte auf jeden Fall morgen Bescheid bekommen und Elizabeth versprach ihm, sich bei ihm zu melden. Damit beendeten die beiden das Telefonat. Elizabeth setzte sich an den Schreibtisch und erledigte noch einige Hausaufgaben, die sie für den Schauspielkurs bekommen hatte. Der Schauspielkurs machte ihr viel Freude und war eine abwechslungsreiche Aufgabe. Man lernte Mimik, Stimme und Ausdruck. Von den

30 Personen, die sie am Anfang des Unterrichts waren, waren nur noch 20 im Kurs. Alle hatten immer viel Spaß. Es fiel manches Mal schwer, etwas so darzustellen, wie es sich der Kursleiter vorstellte, aber gerade bei so einer Ausbildung, fand Elizabeth, konnte man die verschiedenen Charaktere besser verstehen. Auch kam man an seine Grenzen und merkte schnell, welche Rolle einem lag und welche nicht. Natürlich erklärte ihnen der Kursleiter, dass man sich am Anfang seiner Karriere nicht aussuchen konnte, welche Rolle man spielen wollte und welche nicht. Zuerst bekäme man unscheinbare Nebenrollen und wenn man Glück hätte, dann würde man entdeckt und von einem Studio unter Vertrag genommen. Aber das Showbusiness war hart und die Konkurrenz unerbittlich. Schon die kleinste negative Schlagzeile konnte einen ruinieren. Um sich in der Schauspielerei einen Namen zu machen, musste man hart arbeiten und konsequent sein. Trotzdem war Elizabeth davon überzeugt, das Richtige zu tun. Und sie wollte auf jeden Fall dabeibleiben. Leider erfuhren die Teilnehmer, dass sie auf diesem Campus keine Möglichkeit hatten, sich weiterzuentwickeln. Sie mussten sich an einer richtigen Schauspielschule anmelden, um ihr Stipendium zu bekommen. Aber Elizabeth wusste nicht, ob sie das wirklich wollte. Denn sie hatte vor, Ärztin zu werden und zwei Studien parallel laufen zu lassen, musste genau bedacht werden. Elizabeth war nun 15 Jahre und stand nach diesem Jahr, wenn sie es mit guten Noten abschließen würde, vor einer großen Entscheidung. Denn um ihr Studium als Ärztin antreten zu können, musste sie noch einmal ein Jahr in einer anderen Schule absolvieren, die sie auf das Stipendium für Medizin vorbereitete. Diese Schule befand sich auf der anderen Seite der Stadt und Elizabeth war traurig, ihre Freunde nicht mehr zu sehen. Aber sie hatten alle, bis auf Matthew, von dem sie wusste, dass er auch Arzt werden wollte, andere Interessen. Elizabeth wollte ihn auf jeden Fall fragen, ob er die gleiche Schule besuchen würde wie sie, um Medizin studieren zu können. Elizabeth sah aus dem Fenster und merkte, dass es schon dunkel geworden war und dachte, wie schnell doch so ein Tag verging.

Auch das Schuljahr war sehr schnell vergangen und schon in zwei Monaten sollte der Abschlussball sein. Elizabeth hatte noch immer keinen Partner gefunden, der mit ihr auf den Ball gehen würde. Sie war schon gespannt, wie dieses Fest werden würde. In dem Gebäude mit den Klassenzimmern gab es im Untergeschoss einen riesigen Raum, in dem im Tanzunterricht die Standardtänze gelehrt wurden. Dort würde aller Wahrscheinlichkeit nach auch dem Abschlussball stattfinden. Es war Freitag und Mr. Baker hatte seiner Tochter gestern telefonisch mitgeteilt, dass er morgen in der Früh seinen Chauffeur vorbeischicken wollte. Dieser würde sie dann zur Einkaufsmeile bringen, damit sie mit ihm, ihrem Vater, dort ein schickes Ballkleid aussuchen konnte. Elizabeth freute sich schon darauf, denn sie konnte endlich wieder etwas mit ihrem Vater unternehmen. In letzter Zeit war er immer abwesend gewesen und hatte ihre Telefonate sehr kurz gehalten. Auch kam es ihr so vor, dass er eher andere Gedanken im Kopf hatte, wenn sie ihm etwas erzählte. Seine Antworten waren dann immer ziemlich knapp und bestimmt. Elizabeth machte sich Sorgen, da sie annahm, dass ihr Vater vielleicht überarbeitet war. Elizabeth legte sich zeitig ins Bett, damit sie für den nächsten Tag fit war. Mit einem Lächeln im Gesicht schlief sie ein.

Der nächste Morgen war trüb und es hingen dicke Wolken am Himmel. Elizabeth hoffte nur, dass das Wetter hielt. Sie ging ins Badezimmer und zog sich an. Als sie gerade in ihre Jacke schlüpfte, klingelte das Telefon. Elizabeth hob ab und der Chauffeur meldete sich. Er sagte, dass er schon am Parkplatz wartete. Elizabeth dankte ihm, legte auf, nahm die Handtasche und verließ nach einem kurzen Rundblick das Zimmer. Als sie das Gebäude verließ, fielen die ersten Regentropfen und sie setzte sich die Kapuze auf. Elizabeth rannte schnell zum Wagen und stieg sofort ein. Der Chauffeur sagte ihr, dass es durch das schlechte Wetter eine Planänderung gab und er sie vor dem Shoppingcenter absetzen wird. Elizabeth nickte ihm zu und fragte, wo sich ihr Vater befand und er meinte, dass er vor dem Eingang wartete. Damit lehnte sie sich zurück und schaute die ganze Fahrt aus dem Fenster. Endlich kamen sie am Shoppingcenter an und Elizabeth sah ihren Vater schon von Weitem am Eingang stehen. Als der Wagen hielt, sprang sie heraus und eilte zu ihm. Stürmisch umarmte sie ihren Vater. Gemeinsam betraten die beiden dann das Center. Mr. Baker ging zum Informationsschalter, um nach einem Geschäft für Ballkleider zu fragen. Die Dame, sie war ungefähr 45 Jahre und hatte eine Brille, sagte mit freundlicher Stimme, dass sich im 2. Stockwerk ein Geschäft dafür befindet. Mr. Baker dankte ihr und zusammen mit seiner Tochter nahm er den Lift in das besagte Stockwerk. Als sie aus dem Lift stiegen, schauten sie sich um und Elizabeth entdeckte das Geschäft am Ende des Ganges. Gemeinsam gingen sie dorthin und schauten zuerst in die Schaufenster. Dort sah Elizabeth aber nichts Interessantes und so beschlossen sie, das Geschäft zu betreten. Sofort kam ihnen eine Verkäuferin entgegen und fragte die beiden, was sie suchten. Elizabeth schaute ihren Vater an und er erwiderte, dass er ein Ballkleid für seine Tochter sucht. Die Verkäuferin deutete an, ihr zu folgen, und gemeinsam gingen sie in den hinteren Teil des Geschäftes. Sie schaute Elizabeth kurz an und fragte sie, welche Farbe sie sich für ihr Ballkleid vorgestellt hatte. Elizabeth überlegte kurz und antwortete ihr, dass sie gern ein schwarzes Kleid hätte. Die Verkäuferin nickte und ging mit ihr zur gewünschten Farbe. Als Elizabeth sich die Kleider ansah, war sie erstaunt, wie viele verschiedene Arten es gab. Einige waren mit Rüschen, andere kurz oder lang, andere wiederum waren oben geschlossen und andere schulterfrei. Die Entscheidung fiel ihr nicht leicht. Aber Elizabeth wollte auf jeden Fall ein langes Kleid, das bis zu den Knöcheln ging und schulterfrei war. Sie hatte sofort so ein Kleid ins Auge gefasst und zeigte es ihrem Vater. Er schaute es an und schüttelte den Kopf. Elizabeth blickte ihn fragend an und er sagte, dass er es nicht gern sah, wenn seine Tochter etwas Schulterfreies trug. Elizabeth war enttäuscht, dass sie es nicht einmal anprobieren durfte, und hängte es wieder zurück. Die Verkäuferin hatte inzwischen ein anderes Kleid vom Ständer genommen und es entsprach dem, was sich Mr. Baker für seine Tochter vorgestellt hatte. Elizabeth nahm das Kleid und ging damit zur Umkleidekabine, um es anzuprobieren. Als sie wieder herauskam und vor ihren Vater trat, schaute sie dieser mit großen Augen an und meinte, dass sie wunderschön darin aussähe. Elizabeth lächelte ihn an, obwohl sie eigentlich auch das andere Kleid gerne anprobiert hätte. Aber sie wollte ihren Vater nicht erzürnen und so gab sie klein bei und verschwand wieder in der Umkleidekabine, um sich umzuziehen. Gemeinsam gingen sie zur Kasse und Mr. Baker bezahlte das Kleid. Die Verkäuferin lächelte ihn an und wünschte ihnen beiden noch einen schönen Tag. Da sie bis zur Mittagszeit noch Zeit hatten, wollte Elizabeth auf jeden Fall auch neue Schuhe und eine kleine Handtasche. Die beiden suchten also die besagten Geschäfte auf und kauften die Sachen. Mr. Baker sagte, dass er gerne einen Kaffee trinken möchte, und gemeinsam fuhren sie in den obersten Stock, um ein kleines Café aufzusuchen. Sofort kam ein Kellner und nahm die Bestellung auf. Mr. Baker schaute seine Tochter eine Weile an und meinte, dass sie viel zu schnell groß geworden wäre. „Hast du jemanden, der dich auf den Ball begleitet?", fragte er neugierig. Elizabeth verneinte traurig und zog am Strohhalm des Getränkes, das der Kellner vor einigen Minuten gebracht hatte. Mr. Baker tröstete seine Tochter und meinte, dass es noch zwei Monate bis zum Abschlussball wären. Außerdem, betonte er, auch wenn sie niemanden finden sollte, so könnte sie trotzdem Spaß haben. Elizabeth nickte und schaute weiterhin auf das Glas vor sich. Sie dachte gerade an die Filme, die sie zu Hause geschaut hatte, und hätte sich gewünscht, dass so ein Mann mit ihr auf den Ball ginge. Aber das blieb natürlich nur ein unerfüllbarer Wunsch. Nach einer Weile setzten die beiden ihren Einkaufsbummel fort und gingen von Shop zu Shop und schauten sich die Schaufenster an. Als sie dann wieder im Eingangsbereich standen, meinte Mr. Baker, nachdem er nach draußen auf den Parkplatz gesehen hatte, dass sie nun nach Hause fahren sollten. Elizabeth folgte seinem Blick, draußen sah es sehr stürmisch und regnerisch aus. Der Regen klopfte ordentlich an die Scheiben. Mr. Baker hatte den Chauffeur angerufen und in der nächsten Stunde waren sie auch schon zu Hause. Mr.

Baker beauftragte den Butler, die Einkäufe in das Zimmer seiner Tochter zu bringen. Der Butler nickte und verschwand nach draußen. Elizabeth sagte ihrem Vater, dass sie sich noch umziehen wollte und ihn dann später im Wohnzimmer treffe. Er nickte und die beiden trennten sich. Elizabeth ging hinauf und als sie das Zimmer betrat, war das Hausmädchen gerade damit beschäftigt, die Einkäufe zu verstauen. Jane hielt inne, als sie Elizabeth sah und schaute sie fragend an. Elizabeth sagte ihr, dass sie ruhig weitermachen könne und ging zum Schreibtisch, um sich vor den Laptop zu setzen. Nach etwa zehn Minuten teilte ihr das Hausmädchen mit, dass sie fertig war, und verabschiedete sich von ihr. Sie schloss die Tür und Elizabeth stand auf und ging ins Badezimmer. Sie zog die nasse Kleidung aus und neue an. Sie entschied sich für einen Jogger, da sie bei diesem Wetter heute nicht mehr vorhatte, hinauszugehen. Es sah, wenn man aus dem Fenster blickte, sehr ungemütlich aus. Die Bäume wiegten sich im Wind heftig hin und her. Elizabeth riss sich von diesem Naturschauspiel los und setzte sich wieder an ihren Laptop. Ihre Gedanken kreisten um den Abschiedsball und wer sie wohl begleiten könnte. Sie hatte heute im Café schon einmal diesen Gedanken. Elizabeth hätte jemanden, aber dieser Mann kam nur in Filmen vor und war nicht Realität. Er wurde von einem irischen Schriftsteller mit dem Namen Bram Stoker erfunden und über die Jahre immer populärer. Da fühlte man sich als junge Frau oder Mädchen zu so einem Mann hingezogen und dann musste man feststellen, dass er nicht real war. Aber Elizabeth spürte im Innersten, dass es ihn doch geben musste. Sie wusste ganz fest, dass sie ihn eines Tages finden würde. Dass dies bald der Fall sein sollte, wusste Elizabeth zu diesem Zeitpunkt allerdings noch nicht. Sie schaltete den Laptop aus und verließ das Zimmer. Langsam ging sie die Treppe hinunter, da sie die Stimme ihres Vaters und die eines anderen Mannes hören konnte. Als sie auf dem letzten Treppenabsatz stand, bemerkten die beiden sie und verstummten. Der Mann, mit dem ihr Vater sprach, drehte sich zu ihr um und lächelte ihr zu. Dabei schritt er langsam auf sie zu und Elizabeth streckte ihm ihre Hand zum Gruß entgegen. Er nahm diese und gab ihr einen Kuss auf den Handrücken. Elizabeth schaute ihn erstaunt an. Sie fragte sich, wer er war und woher er kam. Aber auch als sie ihm direkt in die Augen sah, spürte sie sofort eine Vertrautheit darin, die sie verwirrte. Sein Gesicht war kantig geschnitten und die dunklen Augen starr auf sie gerichtet. Ein wohliger Schauer durchfuhr ihren Körper und es kam ihr vor, als würde sie diesen Mann schon ewig kennen. Mr. Baker trat zu seiner Tochter und erklärte ihr, dass dies ein Geschäftspartner war und Vlad hieß. Elizabeth schaute, nachdem sie dem fremden Mann ihre Hand entzogen hatte, ihren Vater an und nickte. Elizabeth nickte auch dem Mann zu und setzte den Weg zum Wohnzimmer weiter fort. Doch sie konnte nicht anders, da der Drang zu groß war. Bevor sie durch die geöffnete Tür in den Raum trat, drehte sie sich noch einmal um und erstarrte. Denn der Mann, den ihr Vater als Vlad vorgestellt hatte, schaute sie direkt an. Hatte er mir die ganze Zeit hinterhergeschaut? Elizabeth nickte ihm mit einem Lächeln noch einmal zu und verschwand in den Raum. Als sie die Tür geschlossen hatte, musste sie sich erst einmal sammeln. Denn ihre Gefühle spielten momentan verrückt. Sofort hatte Elizabeth gemerkt, dass sich in ihrem Körper eine Wärme ausgebreitet hatte, die sie zuvor nicht gekannt hatte. Elizabeth setzte sich an den Tisch. Je länger sie über diese Begegnung nachdachte, umso mehr kamen ihr die wildesten Gedanken in den Kopf. Sie wollte unbedingt mehr über diesen Mann erfahren. Sie hätte auch gerne diesen Mann gefragt, ob er mit ihr auf den Ball gehen würde, aber dafür war sie zu schüchtern. Auch wusste sie, dass ihr Vater nicht gerade positiv reagieren würde. Denn sie sollte mit einem Jungen ihrer Schule den Ball besuchen. Elizabeth stand auf und ging zu dem Regal mit den Videokassetten. Sie wollte sich noch einmal genauer das Cover von den Filmen „DRACULA" ansehen. Als sie vor dem Regal stand und gerade anfangen wollte, die Filme zu suchen, wurde sie dabei unterbrochen. Ihr Vater kam ins Wohnzimmer und geradewegs auf sie zu. Er fragte seine Tochter, welchen Film sie suchte. Elizabeth schaute ihren Vater kurz an und suchte dann weiter im Regal nach den Filmen.

Es war eigenartig, aber sie konnte die Filme nach mehrmaligem Durchsuchen der Regale nicht mehr finden. Mr. Baker hatte seine Tochter beobachtet und nun wusste er, wonach sie so fieberhaft suchte. Er nahm sie beim Arm und ging mit ihr zur Couch. Elizabeth war so überrascht, dass sie versuchte sich, aus seiner Umklammerung zu befreien. Es gelang ihr nicht im Geringsten und so ging sie ohne Widerstand mit ihrem Vater mit. Als sie gemeinsam auf der Couch saßen, erklärte Mr. Baker seiner Tochter, dass sie endlich diese Filme und den Mann auf diesem Cover vergessen solle. Er hatte aus gutem Grund die Filme wegbringen lassen. Elizabeth schaute ihn trotzig an und meinte, dass sein Geschäftspartner, den er ihr vorhin vorgestellt hatte, eine gewisse Ähnlichkeit mit dem Schauspieler habe. Mr. Baker wollte sich das nicht mehr länger anhören und befahl daher seiner Tochter, diese ganze Sache zu vergessen. Außerdem sollte sie bloß nicht auf die Idee kommen, darüber auch noch zu recherchieren. Elizabeth konnte ihrem Vater anmerken, dass er sehr verstimmt war. Um die Situation nicht eskalieren zu lassen, nickte sie ihrem Vater nur zu und stand auf. Elizabeth ging auf ihr Zimmer und warf sich wütend aufs Bett.

Siebtes Kapitel

Der Tag des Abschlussballs rückte immer näher und Elizabeth hatte endlich einen Partner gefunden. Matthew hatte sie gefragt, ob sie mit ihm auf den Ball gehen würde. Elizabeth hatte sich sehr gefreut und konnte nun zuversichtlicher auf den Abschlussball blicken. Sie war so aufgeregt, dass sie sich kaum noch auf den Unterricht oder das letzte Projekt konzentrieren konnte. Matthew war genau die Vorstellung von Mann, den Elizabeth an ihrer Seite haben wollte. Er war groß, hatte dunkle Augen und Haare, ein freundliches Wesen und man konnte wahnsinnig gut mit ihm plaudern und diskutieren. Lilly und Elizabeth hatten beschlossen, dass sie sich auf dem Ball wiedersahen.

Heute war es so weit und Matthew würde Elizabeth in einer Stunde für den Abschlussball abholen. Jane half ihr beim Ankleiden und der Frisur. Elizabeth strahlte, als sie sich im Spiegel betrachtete. Obwohl sie damals im Geschäft auch gerne das schulterlose Kleid anprobiert hätte, fand sie, dass ihr das Kleid mit den langen Ärmeln genauso gut stand. Aufgeregt ging sie, nachdem sie ihre Schuhe angezogen hatte, in die Halle hinunter. Dort wartete schon ihr Vater und lächelte, als er seine Tochter sah. Da kam es wie ein Blitz in seine Gedanken und er sah seine verstorbene Frau, die auch zugleich Elizabeths Mutter war, Sarah. Immer wenn seine Tochter ihn anlächelte und er dann in ihre Augen sah, war es der gleiche Blick. Fast standen ihm die Tränen in den Augen. Er war froh, als es im nächsten Moment an der Tür klingelte und er den Blick auf die Eingangstür warf. Diese öffnete sich und Matthew stand in einem dunklen Anzug mit weißem Hemd und schwarzen Schuhen davor und fragte, ob er eintreten dürfe. Elizabeths Vater setzte sich in Bewegung und begrüßte den jungen Mann. Elizabeth kam auf die Männer zu und Matthew strahlte sie an.

Er verbeugte sich vor ihr und nahm ein kleines Sträußchen aus Wiesenblumen aus seinem Jackett und heftete es vorsichtig an ihr Kleid. Elizabeth dankte ihm und zog ein kurzes Samtjäckchen um ihre Schultern. Dann nahm sie die kleine Handtasche und verabschiedete sich mit einem Kuss von ihrem Vater. Mr. Baker wünschte den beiden einen schönen Abend und sagte zu Matthew, dass er seine Tochter wieder gut nach Hause bringen solle. Matthew nickte und versprach, auf sie aufzupassen. Damit gab sich Mr. Baker zufrieden und die beiden jungen Leute verließen das Haus, um zum Ball zu fahren.

Dort angekommen, fanden die beiden eine festliche Anlage vor. Alles war wunderschön mit Bändern geschmückt und die Wege mit Fackeln ausgeleuchtet. Matthew nahm Elizabeths Hand und gemeinsam gingen sie in Richtung Eingang. Auf dem Weg dorthin trafen sie gleich einige ihrer Freunde. Auch Lilly war schon mit ihrer Begleitung da und umarmte Elizabeth. Es war eine tolle Stimmung, jeder war gut gelaunt und das Wetter spielte auch mit. Es war ein schöner lauer Sommerabend. Als sie alle gemeinsam am Eingang ankamen, mussten sie, um passieren zu können, ihre Campuskarten vorweisen. Als dies geschehen war und sie das Gebäude betraten, wurden sie durch Wegweiser zum Ballsaal geführt. Vor dem Ballsaal standen einige Kellner mit Sektgläsern auf Tabletts und boten jedem von ihnen eines an. Die Gruppe prostete sich zu. Als die Gläser geleert waren, betraten sie gemeinsam den Ballsaal und blieben erstaunt stehen. Da war eine große Bühne am anderen Ende des Raumes und die Tanzfläche war groß genug, damit jeder Platz hatte zu tanzen. Auf der linken Seite war das Buffet und auf der rechten Seite die Getränkebar. Auch gab es an den Wänden des Raumes einige Sitzgelegenheiten. Es hatten sich schon viele Schüler eingefunden und die Gruppe gesellte sich zu den anderen. Eine Band spielte bereits auf der Bühne. Auf der Tanzfläche wurde schon getanzt. Elizabeth und Matthew beschlossen, sich erst einmal einen Sitzplatz zu suchen. Denn sie wollten erst später, wenn der Direktor der Schule gesprochen hatte, tanzen. Plötzlich wurde es still im Saal und der Direktor trat auf die Bühne und stellte sich vor das Mikrofon. Dann sagte er:

„Liebe Schülerinnen und Schüler der Abschlussklasse, ich möchte euch sehr herzlich zu diesem Abschlussball begrüßen. Es waren für manch einen schöne und für manch andere harte Jahre hier auf diesem Campus. Manche von euch haben viele Freundschaften geschlossen und werden sich vielleicht auf dem nächsten Lebensweg treffen.

Ich möchte mich natürlich so kurz wie möglich halten und euch diesen Abend genießen lassen.

Feiert schön, aber nicht zu ausschweifend!"

Damit verließ der Direktor wieder die Bühne und sofort stellte sich eine Band mit ihren Instrumenten auf und begann zu spielen. Matthew und Elizabeth tanzten einige Zeit miteinander. Dann holten sie sich von der Bar etwas zu trinken. Elizabeth fiel nicht auf, dass sie die ganze Zeit aus der Menge beobachtet wurde. Erst als ihr Begleiter die zweite Runde Getränke holte. Sie stand etwas abseits von der Tanzfläche und schaute geradeaus, als sie jemand von der Seite ansprach. Elizabeth erschrak derart, dass sie fast aufgeschrien hätte. Sie drehte sich zu jener Seite, von der die Stimme gekommen war. Als sie dem Mann in die Augen sah, bemerkte sie, dass sie diese Augen kannte. Es war der Geschäftspartner ihres Vaters. Er hatte ihn ihr letztens zu Hause vorgestellt. Wieder konnte sie den Blick nicht von seinen Augen lassen. Da war diese Vertrautheit in ihnen, die sie schon damals gespürt hatte. Elizabeth gab dem Mann ihre Hand und er küsste sie wie beim letzten Mal. Sie dachte die ganze Zeit daran, wie er geheißen hat. Und dann fiel es ihr schlagartig wieder ein. Vlad. Ja, so hatte ihr Vater ihn vorgestellt. Um sicherzugehen, dass es der richtige Name war, fragte sie den Mann, ob er Vlad hieße. Er lächelte sie an und bejahte ihre Frage. Dann fragte er Elizabeth, ob sie gerne mit ihm tanzen möchte. Es wurde gerade ein Walzer gespielt und Elizabeth hakte sich bei ihm ein und ging mit ihm auf die Tanzfläche. Schon bald fiel ihr auf, dass er ein sehr guter Tänzer war.

Auch fühlte sie sich in seinen Armen wohl. Leider war der Walzer viel zu schnell vorbei und Vlad führte sie wieder zu ihrem Platz zurück. Dort wartete Matthew mit den Getränken und Elizabeth stellte die beiden einander vor. Matthew schaute den älteren Mann etwas fragend an, da er ihn noch nie hier gesehen hatte. Dieser gab ihm die Hand und lächelte. Matthew schlug ein. Elizabeth schaute dem Mann hinterher. Sie sollte ihn aber nie wiedersehen. Oder doch?

Die Stimmung auf dem Ball war fantastisch und alle verstanden sich gut. Es gab keine Auseinandersetzungen. Auch die Speisen und Getränke waren ausreichend. Nur die Sitzgelegenheiten hätten etwas mehr sein können. Die paar Stühle reichten nicht aus, um sich einmal gemeinsam hinzusetzen. So beschlossen die Freunde, als sie sich alle beim Büfett trafen, in den Park hinauszugehen. Dort angekommen meinte Lilly, dass es sicher noch ruhiger wäre, wenn sie zur Waldlichtung gingen. Keiner wusste so recht, ob sie das in der Dunkelheit finden würden. Aber Lilly ließ nicht locker und ging los. Den anderen blieb nichts anderes übrig, als ihr zu folgen. Elizabeth blieb noch eine Weile stehen und dachte nach, ob sie ihre Taschenlampe vom Zimmer holen sollte. Aber sie beschloss, sich doch anzuschließen, und eilte ihren Freunden hinterher. Als Elizabeth die Gruppe eingeholt hatte, hatten diese gerade den Waldrand erreicht. Langsam und geschlossen gingen sie durch den dunklen Wald bis zur Lichtung. Auf dem Weg dorthin war es schon unheimlich gewesen. Man hörte nachts die seltsamsten Geräusche und manchmal war da auch ein Rascheln, als würde plötzlich ein Tier hinter einem Busch hervorkommen. Alle waren erleichtert, als die Waldlichtung mit ihren abgesägten Bäumen in Sichtweite kam. Jeder suchte sich einen Platz. Dann begann einer nach dem anderen zu schildern, welche Schule er weiter besuchen würde. Als Elizabeth an der Reihe war, erzählte sie, dass sie mit dem Vorbereitungsjahr für das Medizinstudium beginnen wird. Die Schule dafür befände sich auf der anderen Seite. Außerdem sagte sie noch, dass sie sehr traurig sei, niemanden mehr von ihren hier gewonnen Freunden später noch einmal zu sehen. Dann, als Matthew zu erzählen begann, er wollte auch Medizin studieren, fragte ihn Elizabeth, wo er sein Vorbereitungsjahr absolvieren würde. Matthew schaute sie an und antwortete, dass seine Eltern in einen anderen Bundesstaat ziehen wollten. Das bedeutete, dass er nicht mit ihr gemeinsam das Vorbereitungsjahr machen konnte. Matthew bedauerte es ebenfalls. Lilly fragte Elizabeth, ob sie die Schauspielerei noch vertiefen wollte. Dazu meinte Elizabeth, dass sie noch darüber nachdenke, denn sie wollte sich wirklich auf die Medizin konzentrieren. Allmählich wurde den jungen Leuten kalt und sie gingen wieder zurück zum Gebäude. Die Gruppe wusste nicht, wie lange sie sich im Wald aufgehalten hatten, aber als sie gemeinsam das Gebäude betraten, kamen ihnen schon einige Schüler entgegen und winkten ihnen zum Abschied. Als sie dann den Ballsaal betraten, war dieser nicht mehr so überfüllt wie am Anfang. Elizabeth schaute sich neugierig nach dem älteren Mann um. Sie wollte unbedingt noch einmal mit ihm tanzen. Aber so gewissenhaft sie auch den Raum absuchte, sie konnte ihn nirgends mehr finden. Das Büfett hatte auch nicht mehr viel zu bieten. Lilly fragte Elizabeth, ob sie noch bleiben wollte und sie antwortete ihr, dass sie gerne noch eine Weile hierbleiben möchte. Matthew, der Mr. Baker versprochen hatte, seine Tochter wieder heil nach Hause zu bringen, wich nicht von ihrer Seite. Es wurden mittlerweile schon flottere Lieder gespielt und die beiden Freundinnen gingen auf die Tanzfläche. Dort tanzten sie ausgiebig und nach ein paar Liedern waren sie so müde, dass sie beschlossen nach Hause zu gehen. Elizabeth bedeutete Matthew, dass sie gehen möchte, und die beiden verabschiedeten sich von Lilly. Elizabeth standen die Tränen in den Augen, denn sie hatte in Lilly eine sehr gute Freundin und Verbündete gefunden. Die Freundinnen versprachen sich, mindestens einmal in der Woche zu telefonieren. Sie wollten unbedingt alle Neuigkeiten miteinander austauschen. Endlich konnten sie sich voneinander trennen. Matthew umarmte Lilly zum Abschied und wünschte ihr alles Gute. So verließen Matthew und Elizabeth den Raum und Lilly schaute ihnen noch lange nach. Als sie beide aus dem

Gebäude gingen, rief Elizabeth den Chauffeur an. Er teilte ihr mit, dass er in zehn Minuten da war. Langsam gingen sie zusammen den Weg zum Parkplatz entlang. Es lag schon irgendwie eine Romantik in der Luft. Die Fackeln brannten noch immer und leuchteten die Wege gut aus. Da es eine leichte Brise gab, rauschten die Blätter der Bäume. Wenn man richtig hinhörte, konnte man ein Flüstern hören. Sie waren gerade am Parkplatz angekommen, als auch schon die Limousine vorfuhr. Matthew öffnete Elizabeth die Wagentür und sie stieg ein. Matthew schloss die Tür und stieg auf der anderen Seite ein. Dann lenkte der Chauffeur den Wagen aus dem Parkplatz. Nach einer geraumen Zeit kamen sie beim Anwesen der Bakers an und Matthew half Elizabeth aus dem Wagen. Sie gingen gemeinsam die Treppe zur Eingangstür hinauf und Matthew läutete. Sofort wurde die Tür geöffnet und Mr. Baker strahlte seine Tochter an. Er dankte Matthew, dass er Elizabeth gut nach Hause gebracht hatte. Matthew lächelte ihn an. Mr. Baker sprach mit dem Chauffeur und dieser nickte. Dann teilte er dem jungen Mann mit, dass der Chauffeur ihn nach Hause bringen würde. Matthew dankte ihm. Er gab Elizabeth zum Abschied einen Handkuss und verschwand durch die Eingangstür.

Wie gerne hätte sich Elizabeth noch mit ihrem Freund unterhalten, aber ihr Vater war in solchen Dingen streng und unnachgiebig. Er wollte nicht, dass seine Tochter mit einem jungen Mann allein war. Als Elizabeth mit ihrem Vater im Wohnzimmer saß, fragte dieser ganz neugierig, wie es ihr gefallen habe. Elizabeth schaute ihren Vater lange an und erzählte ihm von dem Abend. Er war sehr erfreut, dass ihr nichts passiert war. Er wollte sie zwar noch nach einigen Dingen intensiver fragen, aber er sah, dass Elizabeth sehr müde war. Damit wünschte er ihr eine „Gute Nacht" und sie gingen beide auf ihre Zimmer. Es war schon sehr spät. Elizabeth wollte keine Fragen mehr von ihrem Vater beantworten. Sie war froh, dass er gesehen hatte, wie müde sie war. Sie zog Kleid und Schuhe aus, ging ins Bad und danach ins Bett.

Achtes Kapitel

Elizabeth schlief am nächsten Tag bis in den späten Vormittag hinein. Sie hatte keine Lust aufzustehen. Da klopfte es an der Tür. Sie rief müde „Herein" und die Tür öffnete sich. Es war ihr Vater, der eine große Schachtel in der Hand hatte. Elizabeth setzte sich auf und war neugierig, was sich darin befand. Mr. Baker sagte seiner Tochter, dass sie sich anziehen sollte, stellte die Schachtel auf ihrem Schreibtisch ab und setzte sich in den Bürostuhl. Elizabeth stand auf und ging ins Badezimmer. Als sie fertig angezogen war, stellte sie sich vor den Schreibtisch und schaute mit großen Augen auf die Schachtel. Ihr Vater spannte sie nicht länger auf die Folter und öffnete diese. Er nahm Kleidung, eine größere Umhängetasche und noch andere Utensilien aus der Schachtel heraus. Alles legte er auf ihr Bett. Elizabeth schaute sich die Sachen an. Sie erkannte sofort, dass sie für die neue Schule waren. Eine Schuluniform, ein weißer Arztkittel und Kunststoffschuhe, weiße Socken. Dann gab es noch eine große, schwarze Umhängetasche, in die ihr Laptop und noch andere Schulsachen passten. Sie probierte die Kleidung an und sie passte perfekt. Elizabeth ging zu ihrem Vater. Sie dankte ihm für die Sachen und umarmte ihn herzlich. Dann packte sie sogleich die Sachen wieder in den Karton und verstaute ihn unter dem Schreibtisch. Mr. Baker war zufrieden, dass seiner Tochter alles gefallen hatte, und sagte ihr, dass er sie in einer Stunde unten im Wohnzimmer sprechen wollte. Elizabeth nickte und ihr Vater verließ wieder das Zimmer. Elizabeth setzte sich an den Schreibtisch und schaute in ihren E-Mails, ob es etwas Neues gab.

Sie hatte eine E-Mail von ihrer neuen Schule. Sie öffnete sie und sah darin eine Willkommens-Mail und eine Datei. Als sie die Datei anklickte, sah sie, dass es ein Formular und eine Checkliste war. Elizabeth druckte beides aus und legte es beiseite. Sie wollte es dann später ausfüllen und ihren Vater unterschreiben lassen. Es waren noch die ganzen Ferien dafür Zeit. Jetzt wollte sie erst mal hinuntergehen. Denn ihr Vater wartete sicher schon im Wohnzimmer auf sie. Sie schaltete den Laptop und den Drucker wieder aus und verließ das Zimmer. Unten in der Halle angekommen, sah sie, dass ihr Vater gerade das Wohnzimmer betrat, und sie rief ihm hinterher, auf sie zu warten. Mr. Baker drehte sich um und blieb in der offenen Tür stehen, bis seine Tochter ihn erreicht hatte. Gemeinsam betraten sie dann das besagte Zimmer. Dort war der Tisch für das Mittagessen gedeckt und sie nahmen ihre Plätze ein. Nachdem die Speisen serviert waren, aßen sie schweigend. Danach räumte das Personal den Tisch ab und Elizabeth schaute ihren Vater an. Sie wollte ihm von dem gestrigen Abend noch mehr erzählen und so begaben sie sich zum hinteren Teil des Zimmers, in dem die Couch stand. Auf dem Weg dorthin blieb Mr. Baker noch bei der Bar stehen und nahm sich einen Drink mit. Als sie beide Platz genommen hatten, begann Elizabeth sofort zu erzählen. Ihr Vater hob die Hand und sagte ihr, dass er diese Geschichte schon gestern gehört hatte. Dann fragte er nach Einzelheiten, die Elizabeth staunen ließen, da sie sich an diese nicht erinnern konnte. Mr. Baker wollte unter anderem von seiner Tochter wissen, ob sie einen älteren Mann getroffen und dieser mit ihr getanzt hätte. Elizabeth wusste nicht, was sie darauf erwidern sollte, denn sie konnte sich nur an ihre Freunde erinnern. Auch wusste sie ganz genau, dass sie nur ein paarmal mit Matthew getanzt hatte. Aber ein älterer Mann, der sie zum Tanz aufgefordert hatte, das konnte sie ihrem Vater nicht beantworten. Sie sagte ihm das und er war zufrieden. Er war sogar sehr zufrieden, denn er wusste nun, dass er sich auf diesen Mann verlassen konnte. Mr. Baker stellte seiner Tochter noch einige formelle Fragen und sagte dann, dass er heute Nachmittag Termine hätte und sie erst am Abend wiedersehen werde. Elizabeth nickte ihm zu und ihr Vater stand auf und ließ sie allein zurück. Kaum hatten die Ferien begonnen und schon musste sie sich wieder allein beschäftigen. Plötzlich fiel ihr ein, dass sie ganz vergessen hatte ihren Vater zu fragen, ob er wie früher in den Ferien immer einmal in der Woche für einen gemeinsamen Tag Zeit hätte. Sie rannte aus dem Wohnzimmer hinaus in die Halle, in der Hoffnung ihren Vater noch zu sehen. Als sie aber in der Halle stand, war weit und breit nichts von ihm zu sehen. Enttäuscht ging sie in Richtung Eingangstür und verließ das Haus. Draußen im Garten ging sie auf der Wiese auf und ab und überlegte, wie es wohl in der neuen Schule sein würde. Ob sie wieder so viele Freunde finden würde wie auf dem Campus? In solchen Dingen konnte man sich nur überraschen lassen. Elizabeth hatte durch ihre Grübeleien gar nicht gemerkt, dass sie nicht mehr auf der Wiese war, sondern auf dem Weg zum See. Erst als sie aufsah und das Wasser vor ihren Augen erschien, blieb sie stehen und zog ihre Schuhe aus. Langsam ging sie am Ufer hinein ins Wasser. Es war am Anfang sehr kalt, sodass sie ihre Füße sofort wieder zurückzog. Aber nach ein paar Versuchen wurde es angenehmer und sie ging weiter hinein bis zu den Knöcheln. Es tat gut, wie das Wasser ihre Füße umspielte und die Zehen den Sand aufwühlten. Nach einiger Zeit ging sie wieder raus und zu dem Baum, unter dem sie immer saß. Sie setzte sich und schloss die Augen. Elizabeth liebte diese Stille, die sie umgab. So konnte sie sich erholen und wieder neue Energie tanken. Wenn man genau hinhörte, konnte man die verschiedensten Vögel zwitschern hören, auch quakte ein Frosch auf einem der Seerosenblätter. Elizabeth öffnete die Augen und sah eine Libelle, die sich gerade am Ufer niederließ. Der Baum spendete genug Schatten und es war schön kühl darunter. Leider hatte sie vergessen, sich etwas zu trinken mitzunehmen und so stand sie auf und ging zurück zum Haus. Dort traf sie Jane und bat sie, ihr eine Wasserflasche aufs Zimmer zu bringen. Elizabeth ging die Treppe hinauf und in ihr Zimmer. Dort angekommen setzte sie sich an den Schreibtisch und recherchierte über ihre neue Schule. Jane brachte ihr in der Zwischenzeit eine Flasche Wasser und stellte sie Elizabeth auf den Schreibtisch. Elizabeth bedankte sich bei ihr und schaute weiter in den Laptop hinein. Die Schule war kein Campus und man musste jeden Tag dorthin fahren. Man konnte sich verschiedene Sparten der Medizin anschauen und sich auch dafür eintragen. Tat man dies, so musste man das für ein Jahr beibehalten. Elizabeth hatte sich schon immer für die Chirurgie begeistert und wollte sich gleich dafür eintragen, als sie sah, dass dies erst einen Monat davor ging. Latein musste jeder nehmen, der dies nicht schon in früheren Schulen gelernt hatte. Auch war die Schule sehr offen und hell und es gab eigentlich keine wirklichen Klassenräume, sondern Studienzimmer. Elizabeth beschloss, die Seite zu speichern und sich auf jeden Fall sofort einen Monat vor Beginn einzutragen. Denn in den Foren konnte man lesen, dass der Andrang sehr groß und vieles schnell ausgebucht war. Sie machte sich eine Erinnerung auf dem Handy und fuhr den Laptop herunter. Es war schade, dass Matthew mit seinen Eltern weggezogen war und nicht mit ihr gemeinsam diese Schule besuchte. So hätte sie wenigstens jemanden gehabt, mit dem sie sich in der Mittagspause hätte treffen können. Aber sicher würde sie auch bald neue Freunde finden.

So verging die Zeit wie im Flug und das Abendessen wurde bald serviert. Elizabeth stand auf und zog sich um. Dann ging sie hinunter und durchquerte die Halle zum Wohnzimmer. Dort angekommen, war von ihrem Vater noch nichts zu sehen und sie setzte sich an den Tisch. James, der Butler, erschien und ließ ihr ausrichten, dass sie heute allein essen musste, da Mr. Baker geschäftlich außer Haus war. Elizabeth dankte dem Butler für die Nachricht und seufzte traurig. Als das Essen serviert wurde, wollte der Appetit nicht so recht kommen und sie löffelte lustlos in der Suppe. Als dann der Hauptgang serviert wurde, musste sie bei jedem Bissen schwer schlucken. Aber sie aß den Teller leer. Als sie fertig war, stand sie auf und ging zur Couch. Dort setzte sie sich und schaute auf die Regale. Sie war lustlos und stand nach einer Weile wieder auf und begab sich in ihr Zimmer. Als sie durch die Halle in Richtung Treppe ging, sah sie eine dunkle Gestalt von rechts auf sie zukommen. Elizabeth wurde panisch und rannte förmlich die Treppe hinauf und in ihr Zimmer. Sie hatte kein einziges Mal zurückgeschaut und wusste daher nicht, ob sie die Gestalt verfolgt hatte. Sie schloss die Tür ab und versteckte sich unter der Bettdecke. Sie hatte vielleicht 20 Minuten unter der Decke verharrt, als sie kein Geräusch hörte und sich auch nicht die Tür öffnete. Vorsichtig kam sie aus der Deckung hervor und schaute sich im Raum um. Sie war erleichtert, da sie niemanden sah. Die dunkle Gestalt hatte sie nicht verfolgt. Langsam stieg sie aus dem Bett und ging ins Badezimmer. Danach legte sich ins Bett. Da sie noch immer Angst hatte, ließ sie die Nachttischlampe an und schlief sofort ein. Mitten in der Nacht erwachte sie, da sie vor der Tür ein Geräusch hörte. Elizabeth blieb wie erstarrt liegen und lauschte in die Dunkelheit hinein. Moment! Dunkelheit? Sie konnte sich ganz genau erinnern, dass sie die Lampe angelassen hatte. Sie wollte noch weiter darüber nachdenken, aber ihr fielen schon wieder die Augen zu. Traumlos schlief sie bis zum nächsten Morgen.

Die Sonne lachte durch das Fenster und Elizabeth wachte von ihren Strahlen auf. Sie streckte die Glieder und stieg mit Schwung aus dem Bett. Heute war ein wunderbarer Tag und sie wollte unbedingt mit ihrem Vater reden. Sie zog sich schnell an und ging hinunter ins Wohnzimmer. Elizabeth fühlte sich heute sehr gut. Als sie das Wohnzimmer betrat, staunte sie, dass ihr Vater schon beim Frühstück saß. Voller Elan lief sie auf ihn zu und umarmte ihn stürmisch. Sie sagte ihm, dass sie ihn gestern beim Abendessen vermisst hatte. Er entschuldigte sich bei seiner Tochter. Elizabeth nahm diese an und fragte ihn, ob er heute Nachmittag mit ihr shoppen gehen würde. Mr. Baker antwortete, dass er erst seinen Terminkalender studieren müsste und ihr dann beim Mittagessen Bescheid geben würde. Elizabeth schaute ihn an und gab ihm zu verstehen, dass sie damit einverstanden war. Sie setzte sich auf ihren Platz und frühstückte. Als sie beide fertig waren, sagte Elizabeth zu ihrem Vater, dass er sie nicht vergessen sollte. Mr. Baker lachte auf und nickte. Damit stand er auf und verschwand aus dem Zimmer. Elizabeth erhob sich ebenfalls und ging in den Garten. Dort angekommen wusste sie nicht so recht, welchen Weg sie einschlagen sollte. Von der Ferne sah sie den Gärtner bei den Rosen und sie ging zu ihm. Dieser begrüßte sie und setzte seine Arbeit fort. Elizabeth schaute ihm eine Weile zu. Jedes Mal wenn er eine verwelkte Blume sah, schnitt er sie ab. Er gab sie in einen Gartensack, den er neben sich stehen hatte. Der Gärtner hatte Handschuhe an, damit er sich nicht an den langen Dornen stach. Es war faszinierend, aber auch langweilig, ihm zuzusehen. Elizabeth ging daher ein Stück weiter und schaute sich die verschiedenen Blumenbeete an. Es waren viele verschiedene Arten und jede hatte ihre eigenen Farben. Manche schimmerten im Sonnenlicht und andere brauchten den Schatten. Der Duft der Blumenbeete war ein Genuss. Und wenn man genauer hinsah, sah man auf manch einer Blume eine Biene sitzen, die den Nektar aus dem Blütenstaub holte. Hatte man die Beete hinter sich gelassen, kam man zum anderen Ende des Sees. Dort befanden sich zwei Statuen, es waren Delfine, die aus ihren Mündern Wasser laufen ließen. Elizabeth ging vorsichtig zu einem der Delfine und hielt die Hand in den Wasserstrahl. Er war angenehm kühl und erfrischend. Sie wusch sich das Gesicht damit und ließ es dann in der Sonne trocknen. Als sie weiter den See entlangsah, konnte sie ein dunkles Dickicht ausmachen und darauf stand eine kleine Hütte. Sie hatte gar nicht gemerkt, dass der Gärtner neben sie getreten war und erschrak, als er zu sprechen begann. Er meinte, dass die Hütte nur Gartengeräte aufbewahrt und sie sich besser von dort fernhält. Elizabeth schaute den Gärtner an und dann wieder zur Hütte. Sie zuckte mit den Schultern und ging die entgegengesetzte Richtung den See entlang. Dort setzte sie sich unter den Baum und schaute noch einmal auf die andere Seite. Es war komisch, dass ihr diese Hütte nie aufgefallen war, und jetzt wusste sie auch warum. Denn von dieser Stelle aus konnte man sie nicht sehen, da das Dickicht zu dicht war. Irgendwie hatte sie schon das Bedürfnis, diese Hütte aufzusuchen, aber es hatte auch etwas Unheimliches. Nach einigem Überlegen ließ sie das Vorhaben fallen, da sie der Gärtner auch irgendwie eigenartig angesehen hatte. Sie schloss ihre Augen und lauschte der Natur.

Neuntes Kapitel

Jetzt waren es nur noch zwei Wochen, bis Elizabeth die neue Schule kennenlernen würde. Sie freute sich schon darauf. Schnell holte sie die Schachtel unter dem Schreibtisch hervor und stellte sie auf das Bett. Dann ging sie in den Schrankraum und holte eine kleine Reisetasche hervor. Elizabeth öffnete diese und auch die Schachtel und legte die Kleidung sowie die Schuhe in die Reisetasche. Dann schloss sie diese wieder und stellte sie in den Schrankraum zurück. Anschließend holte sie die Umhängetasche aus der Schachtel und gab die beigelegten Utensilien hinein. Die Tasche legte sie auf den Schreibtisch. Den leeren Karton verstaute sie wieder unter dem Schreibtisch und wollte ihn später Jane mitgeben. Sie setzte sich an den Schreibtisch, schaltete ihren Laptop ein und druckte das Formular und die Checkliste aus. Elizabeth füllte das Formular aus und ging damit hinunter in die Halle. Sie sah den Butler gerade in die Bibliothek gehen, als sie nach ihm rief. Der Butler hielt in seiner Bewegung inne und drehte sich zu ihr um. Elizabeth fragte ihn, ob Mr. Baker anwesend sei und James bejahte. Sie ging zu ihm und gab ihm das Formular in die Hand. Elizabeth bat den Butler, es ihrem Vater zur Unterzeichnung zu geben. Der Butler nahm es entgegen und nickte. Elizabeth dankte ihm und ging ins Wohnzimmer. Dort traf sie auf Jane und teilte ihr mit, dass sie einen leeren Karton in ihrem Zimmer unter dem Schreibtisch stehen hat. Sie bat das Dienstmädchen, diesen zu entsorgen. Jane nickte ihr zu und ging. Eine der Bediensteten war gerade dabei den Tisch zu decken und Elizabeth fiel auf, dass sie nur ein Gedeck auflegte. Sie ahnte schon, dass sie wieder allein essen musste.

Auch diese zwei Wochen vergingen sehr schnell und schon war der Vorabend vor dem Schulbeginn da. Elizabeths Nervosität stieg und sie checkte noch einmal genau ihre Sachen. Sie hatte alles eingepackt. Mr. Baker hatte seiner Tochter das Formular noch am selben Abend unterschrieben zurückgegeben. Ihren Vater hatte Elizabeth nicht oft in diesen zwei Wochen gesehen. Umso mehr freute sie sich, dass er beschlossen hatte, seine Tochter am ersten Schultag zu begleiten. Elizabeth war zwar schon fast erwachsen, aber es störte sie nicht im Geringsten, wenn ihr Vater sie begleitete. Irgendwie fühlte sie sich dadurch sicherer.

Am nächsten Morgen war es endlich so weit und Elizabeth stand zeitig auf. Sie machte sich für ihren ersten Schultag zurecht. Als sie damit fertig war, nahm sie die Umhängetasche, öffnete sie und kontrollierte deren Inhalt. Es war alles drin, was auf der Checkliste stand. Die kleine Reisetasche hatte Jane schon gestern mit hinuntergenommen. Sie hängte sich die Umhängetasche um und ging hinunter in die Halle. Dort legte Elizabeth die Tasche zur Reisetasche und ging ins Wohnzimmer. Als sie den Raum betrat, erschien auf ihrem Gesicht ein Lächeln. Ihr Vater saß schon da und begrüßte sie. Elizabeth setzte sich und begann mit dem Frühstück. Nachdem beide fertig waren, standen sie auf und verließen den Raum. In der Halle sagte Mr. Baker zu seiner Tochter, dass sie im Wagen auf ihn warten solle und er gleich käme. Elizabeth nickte und ging zu ihren Sachen, um diese im Wagen zu verstauen. Sie blickte noch einmal zurück und sah, dass ihr Vater im Arbeitszimmer verschwand. Sie hoffte, dass er rechtzeitig wieder herauskäme, denn sie wollte nicht schon am ersten Tag zu spät kommen. Elizabeth setzte mit diesem Gedanken ihren Weg zum Wagen fort. Dort wartete schon der Chauffeur und nahm ihr die Reisetasche ab. Elizabeth hatte sich gerade ins Innere des Wagens begeben, als auch schon ihr Vater vor die Eingangstür trat. Erleichtert lächelte sie und als Mr. Baker Platz genommen hatte, fuhren sie los. Es war eine sehr lange Fahrt, denn die Schule befand sich am anderen Ende der Stadt. Nach einer endlos langen Zeit sah man das Schulgebäude. Vor diesem parkten schon viele andere Autos. Es herrschte ein Durcheinander und die Atmosphäre war von dem Gerede und Gelächter der anderen erfüllt. Der Chauffeur musste den Wagen etwas abseits parken und Elizabeth und ihr

Vater stiegen aus. Gemeinsam gingen sie, nachdem der Chauffeur Mr. Baker die Reisetasche überreicht hatte, zum Schulgebäude. Dort angekommen war das Chaos perfekt. Eine lange Schlange bildete sich und man musste viel Geduld aufbringen. Endlich, nach einer halben Stunde Wartezeit, standen Mr. Baker und seine Tochter vor dem Schalter. Elizabeth holte die notwendigen Papiere aus ihrer Umhängetasche und gab sie der Dame hinter dem Schalter. Diese studierte sie sehr genau und machte sich Kopien. Dann händigte sie Elizabeth eine Mappe, einen Ausweis und die Originale ihre Papiere aus. Sie gab ihr auch noch einen Plan von dem Schulgebäude, wo sämtliche Räume eingezeichnet waren und einen Spind-Schlüssel. Die Dame erklärte ihr, dass sich die Spinde im Untergeschoss befanden. Zuletzt legte sie noch einen Zettel vor, auf dem Elizabeth für die Dinge, die sie entgegengenommen hatte, unterschreiben sollte. Elizabeth tat dies und nahm die Sachen und gemeinsam mit ihrem Vater betrat sie das Gebäude. Sie gingen sofort ins Untergeschoss und suchten den Spind mit der Nummer, die auf dem Schlüssel stand. Da die Spinde gut durchnummeriert waren, wurden die beiden bald fündig und Elizabeth öffnete ihn mit dem Schlüssel und ihr Vater gab die Reisetasche hinein. Dann verließen sie das Untergeschoss und Elizabeth verabschiedete sich am Eingang von ihrem Vater. Sie umarmten sich und Mr. Baker versprach seiner Tochter, sie nach dem Unterricht wieder abzuholen. Sie nickte freudig und nahm den Plan heraus und entfaltete ihn. Dann ging sie zur Anzeigetafel, um zu sehen, in welchen Klassenraum sie gehen musste. Sie wurde sofort fündig und schaute auf dem Plan nach, wo sich der Klassenraum befand. Sie musste in das zweite Stockwerk und dann nach links. In diesem Schulgebäude gab es nicht den Komfort, den sie vom Campus gewöhnt war und so musste Elizabeth die Treppen in den zweiten Stock zu Fuß gehen. Dort angekommen ging sie nach links und als sie das dritte Klassenzimmer betrat, waren schon einige Schüler dort anwesend. Elizabeth suchte sich einen Platz in der Reihe am Fenster. Sie schaute sich im Raum um und musste feststellen, dass sich auch dieser Raum sehr von denen

186

in der Eliteschule unterschied. Aber sie war hier zum Lernen und sie würde sich schon daran gewöhnen. Ob sie auch gleich Freunde und Anschluss finden würde, würde sich mit der Zeit zeigen. Der erste Tag verlief problemlos. Sie stellten sich einander vor und die Lehrerin, Dr. Whealer, erzählte ihnen kurz, was sie in diesem Vorbereitungsjahr erwartete. Schon war der erste Schultag vollbracht und als Elizabeth das Schulgebäude verließ, wartete draußen bereits ihr Vater. Sie begrüßte ihn und stieg in den Wagen. Zu Hause angekommen, wollte ihr Vater sofort wissen, was es alles Neues in dieser Schule gab. Elizabeth erzählte ihm dasselbe, das ihnen auch die Lehrerin, Dr. Whealer, erzählt hatte. Mr. Baker schaute seine Tochter an und hatte das erste Mal Zweifel, dass sie das alles schaffen konnte. Sie war noch so jung und die anderen in ihrer Klasse schon einige Jahre älter. Aber er wusste auch, dass sie für ihr Alter reifer war. Außerdem, wenn sich seine Tochter etwas in den Kopf gesetzt hatte, dann zog sie das auch bis zum Ende durch. Und darauf war Mr. Baker sehr stolz, dass Elizabeth einen starken Charakter hatte. Sie gab nur sehr selten auf und stand mit ihren jungen Jahren schon fest im Leben. Manchmal, wenn Mr. Baker tief in Gedanken war, dachte er an seine Frau Sarah. Das Leben war unfair und er würde sich jetzt wünschen, dass sie sehen könnte, wie ihre Tochter sich entwickelte. Mit jedem Jahr, das Elizabeth älter wurde, erinnerte sie ihn mehr an seine Sarah. Überhaupt, wenn sie ihn anlächelte …

Das Vorbereitungsjahr war schneller vorüber, als Elizabeth dachte und schon stand sie vor einer ihren schwersten Prüfungen. Denn sie musste eine praktische und eine theoretische Prüfung in der Chirurgie, ihrem Lieblingsfach, absolvieren, um dieses belegen zu können. Auch in Latein hatte sie eine schriftliche Prüfung. Die Prüfungen waren im letzten Schulmonat und Elizabeth versuchte schon zwei Monate vorher intensiv dafür zu lernen. Sie hatten nur einen vagen Plan von den Prüfungen und den Fragen bekommen, sodass man nicht genau wusste, auf welches Thema man sich vorbereiten sollte. In dieser Zeit hatte Elizabeth auch wenig Zeit, mit ihrem Vater etwas zu unternehmen. Aber Mr. Baker war darüber nicht traurig, denn er wusste, wie sehr Elizabeth darum kämpfte, einen Studienplatz zu bekommen. Auch die Universität war noch nicht ausgesucht. Der Monat der Prüfungen rückte immer näher und Elizabeth war sehr nervös. Aber sie glaubte an sich und ihr Vorhaben. Das trieb Elizabeth voran. Jetzt dauerte es nur noch einen Monat und die Schüler erhielten auch schon die ersten Prüfungstage per Mail zugeschickt. Elizabeth sah in ihrer Mail, dass sie zuerst die schriftliche Prüfung in Latein, dann die theoretische Prüfung in Chirurgie und zuletzt die praktische Prüfung in Chirurgie hatte. Die letzten beiden Prüfungen hatte sie in einer Woche und die Lateinprüfung die Woche davor. Nun hieß es, sich erst einmal auf Latein zu konzentrieren. Elizabeth wusste nicht warum, aber diese Sprache fiel ihr sehr leicht. Sie hatte kaum Probleme bei der Übersetzung. Aber trotzdem wollte sie sich alles noch einmal genauer durchlesen. Sie schaute auf den Kalender und merkte, dass sie für die erste Prüfung noch drei Wochen Zeit hatte. Diese wollte sie aber nicht verschwenden und nahm ihre Lateinsachen und ging hinaus in den Garten. Dort schlug sie den Weg zum See ein und setzte sich unter den Baum. An diesem Platz hatte sie schon immer die Ruhe gefunden, die sie brauchte. Sie breitete die Bücher und Hefte auf ihren Beinen aus und begann mit dem Lernen. Kurze Zeit später merkte sie, dass sich ihr jemand näherte und sie hielt in ihren Bewegungen inne. Als sie spürte, dass die Person ganz in ihrer Nähe war, sprang sie auf und zeigte sich. Die andere Person erschrak derart, dass sie fast das Tablett fallen gelassen hätte. Elizabeth schaute in die Augen ihres Vaters. Sie fragte ihn, warum er sie so erschrecken musste. Er antwortete, dass er gesehen hatte, dass sie in den Garten ging, und dachte sich, dass er ihr etwas zu trinken bringen sollte. Elizabeth nahm ihrem Vater das Tablett aus der Hand und stellte es auf den Boden. Dann bedeutete sie ihrem Vater, sich zu ihr zu setzen. Als sie beide saßen, erklärte Mr. Baker seiner Tochter, dass er ihr nur gefolgt war, um mit ihr über die Fortschritte der Prüfungen zu reden. Elizabeth sagte ihm die Termine und dass sie beschlossen hatte, gleich heute mit Latein anzufangen. Er nickte zufrieden. Auf einmal schaute Elizabeth ihren Vater an und fragte ihn, wie es kam, dass sie diese Sprache so schnell gelernt hatte. Mr. Baker wusste im ersten Moment nicht, was er darauf antworten sollte. Dann kam ihm ein Gedanke und er sagte ihr, dass sie schon immer schnell gelernt hatte.

Die Wochen bis zur Lateinprüfung vergingen schnell und schon fand sie am nächsten Tag statt. Elizabeth machte sich keine Sorgen, da sie wusste, dass sie es schaffen würde. Sie stand um die gleiche Zeit wie jeden Schultag auf und machte sich zurecht. Dann ging sie frühstücken, nahm danach ihre Tasche und verließ das Haus. Beim Schulgebäude angekommen, ging sie in das Untergeschoss, um ihre Tasche im Spind zu verstauen. Dann begab Elizabeth sich wieder in das Erdgeschoss und ging einen langen Gang entlang, bis sie vor den Prüfungsräumen stand. Dort hatten sich schon andere Schüler eingefunden. Elizabeth bemerkte, dass einige von ihrer Klasse auch warteten, und stellte sich zu ihnen. Die Gruppe unterhielt sich eine Weile, als die Tür aufging und ein Professor herauskam und die Schüler bat einzutreten. Als alle ihre Plätze eingenommen hatten, verteilte der Prüfer die Kuverts. Er erklärte, dass sich in den Kuverts die Prüfungsfragen befinden und sie zwei Stunden Zeit hätten, diese zu beantworten. Elizabeth öffnete ihren Umschlag und entnahm zwei Blätter, die vorne und hinten beschrieben waren. Dann nahm sie einen Kugelschreiber und las sich die Fragen durch. Einige konnte sie sofort beantworten, bei anderen musste sie überlegen. Die zwei Stunden vergingen ziemlich schnell und Elizabeth schaffte es, in der vorgegebenen Zeit alles zu beantworten. Sie beschriftete beide Blätter mit ihrem Namen und steckte diese zurück in den Umschlag. Dann ging sie nach vorne und legte diesen auf das Lehrerpult. Danach holte sie ihre Tasche und verließ den Raum. Elizabeth beschloss, da sie keine weiteren Verpflichtungen für heute im Schulgebäude hatte, nach Hause zu fahren. Während sie hinunter ins Untergeschoss ging, rief sie den Chauffeur an, dass er sie abholen sollte. Unten angekommen, ging Elizabeth zu ihrem Spind und nahm die Tasche heraus. Plötzlich hörte sie ein eigenartiges Klopfen. Sie konnte sich nicht erklären, woher es kam. Eilig nahm sie ihre Tasche aus dem Spind und verließ das Untergeschoss. Da es heute ein wunderschöner und warmer Tag war, setzte sich Elizabeth auf eine der Bänke im angrenzenden Park, während sie auf den Wagen wartete. Sie schloss die Augen und dachte über die Prüfung nach. Eigenartigerweise hatte sie diesmal kein so gutes Gefühl, da einige Fragestellungen doch sehr schwierig waren. Aber in solchen Fällen konnte man es nur auf sich zukommen lassen. Elizabeth ließ sich gerade genüsslich die Sonne ins Gesicht scheinen, als sie den Motor eines Wagens hörte. Sie öffnete die Augen und sah, dass es ihr Chauffeur war, der sich mit dem Wagen gerade dem Schulgebäude näherte. Seufzend erhob sich Elizabeth und ging dem Wagen entgegen. Der Chauffeur hielt knapp vor ihr und stieg aus. Er begrüßte Elizabeth und öffnete ihr die Wagentür. Bevor er losfuhr, teilte er ihr mit, dass Mr. Baker in einem Café in der Einkaufsmeile auf sie warte. Elizabeth klatschte freudig in die Hände und der Chauffeur fuhr los. Bei der Einkaufsmeile angekommen, stieg Elizabeth sofort aus und ging auf das Café zu. Schon von Weitem sah sie ihren Vater im Gastgarten unter einem Schirm sitzen und sie eilte zu ihm. Elizabeth umarmte ihn zur Begrüßung und setzte sich ihm gegenüber. Sofort kam eine Kellnerin und fragte sie nach ihrem Wunsch. Elizabeth überlegte eine Weile und entschied sich dann für einen Eiskaffee. Die Kellnerin nickte und verschwand, um das Gewünschte zu bringen. Elizabeth fragte ihren Vater, wie es ihm ging und er antwortete, dass alles in Ordnung sei. Mr. Baker schaute seine Tochter an und fragte sie, wie es ihr bei der Prüfung ergangen war. Elizabeth erzählte ihm, dass sie einiges schnell und anderes erst nach reiflicher Überlegung beantworten konnte. Er nickte zufrieden und widmete sich wieder seinem Kaffee. Als auch Elizabeth ihr Getränk hatte, fragte sie ihren Vater, ob sie vielleicht etwas shoppen gehen könnten. Mr. Baker lachte kurz auf und war mit dem Vorschlag einverstanden. Es war ein herrlicher Tag und die Geschäfte gut besucht. Obwohl sie fast in jedes Geschäft gegangen waren, hatten sie nicht viel eingekauft. In manchen war ein Durchkommen nicht möglich und bei anderen gefiel Elizabeth doch nicht so die Kleidung, die sie im Schaufenster gesehen hatte. Für diesen Tag hatte sie nur drei Kleider und zwei Paar Schuhe gefunden. Bei den Handtaschen konnte sie sich nicht einig werden und beließ es dann dabei, sich keine zu kaufen. Der Tag war schneller vorüber, als man wollte. Sie waren mittags eine Kleinigkeit essen und nun war es auch schon wieder später Nachmittag und Mr. Baker erklärte seiner Tochter, dass sie zurückfahren müssten, da er noch Besuch erwarte. Elizabeth nickte und gemeinsam gingen sie zum Wagen zurück und der Chauffeur fuhr die beiden nach Hause. Dort angekommen, fragte Elizabeth ihren Vater, ob er heute beim Abendessen anwesend sein würde. Er schaute sie an und nickte. Elizabeth lächelte und ging hinauf in ihr Zimmer. So verging auch diese Woche schnell und am Ende der Woche erfuhr Elizabeth das Ergebnis ihrer Lateinprüfung, das sie per Mail bekommen hatte. In den Prüfungswochen hatten sie nebenbei keinen normalen Unterricht. Elizabeth war ganz gespannt und öffnete die Mail. Um ihr Ergebnis sehen zu können, musste sie einen vierstelligen Code eingeben. Elizabeth befolgte die Anweisungen und dann sah sie das Ergebnis. Sie sprang freudig vom Bürostuhl auf und klatschte in die Hände. Sie hatte die Note 1 – bekommen und war damit sehr zufrieden. Leider konnte sie die Auswertung der Prüfungsfragen nicht mehr einsehen. Denn Elizabeth hätte brennend interessiert, wo sie den Fehler gemacht hatte. Sie schaute noch einmal auf das Ergebnis und wollte es sofort ihrem Vater mitteilen. Elizabeth rannte förmlich die Treppe hinunter und rief dabei nach ihrem Vater. Dieser kam sofort aus dem Arbeitszimmer gerannt, da er glaubte, es wäre etwas passiert. Elizabeth rannte zu ihm, umarmte ihn fest und sagte ihm, dass sie mit der Note 1- die Lateinprüfung bestanden hatte. Mr. Baker umarmte seine Tochter und beglückwünschte sie. Er versprach ihr, dass sie das am Wochenende feiern würden. Elizabeth lächelte ihren Vater an. Mr. Baker ging wieder zurück in sein Arbeitszimmer und Elizabeth wieder nach oben. Dort angekommen schaltete sie den Laptop aus und legte sich aufs Bett. Sie dachte über ihr bisheriges Leben mit ihrem Vater nach. In letzter Zeit, überhaupt bei solchen Ereignissen, hätte sie sich so gewünscht, dass ihre Mutter hier wäre. Dann könnte sie auch mit ihr ihre Freude teilen. Aber wo war ihre Mutter? Wenn sie so nachdachte, konnte sie sich nicht so richtig an ihre Kindheit erinnern. Sie wusste nicht, wie sie aufgewachsen war, bei wem sie schreiben und lesen gelernt hatte und manch andere Dinge. Wenn sie ihren Vater danach fragte, so meinte er nur, dass man seine Kindheit schnell vergisst und die Dinge, die man zum Erwachsenwerden brauchte, eher behält. Es war Zeit für das Abendessen und Elizabeth zog sich um und ging hinunter ins Wohnzimmer. Nachdem Elizabeth und ihr Vater fertig waren, begaben sie sich zur Couch. Elizabeths Vater blieb wie immer nach dem Essen noch bei der Bar stehen und goss sich einen Drink ein. Dann kam er zu seiner Tochter. Elizabeth fragte ihren Vater sogleich, warum sie sich nicht an ihre Mutter erinnern konnte. Sie sagte ihm, dass er ihr zwar einmal gesagt hat, dass sie immer mehr von ihrer Kindheit vergessen wird, aber, dass sie sich nicht einmal an ihre Mutter erinnerte, wollte Elizabeth nicht akzeptieren. Mr. Baker schaute seine Tochter bei solchen Fragen immer wieder länger an, da er nie eine richtige Antwort darauf fand. Aber in Bezug auf ihre Mutter sagte er ihr, dass sie bei ihrer Geburt gestorben war. Sie war einfach zu schwach gewesen. Elizabeth schaute ihn traurig an und er nahm seine Tochter in den Arm. Dann löste er die Umarmung und fragte Elizabeth freudig, wohin sie denn gerne feiern gehen möchte. Elizabeth antwortete, dass sie noch auf die zwei anderen Prüfungen warten und dann alles gemeinsam feiern gehen wollte. Mr. Baker war damit einverstanden und sie unterhielten sich noch eine Weile darüber, ob Elizabeth schon über eine Universität nachgedacht hätte. Sie verneinte, da sie sich jetzt nur auf die Prüfungen konzentrieren wollte. Damit war ihr Vater auch einverstanden und nun wusste er, dass er in Sachen Erziehung alles richtig gemacht hatte. Als Elizabeth dann schon zu Bett gegangen war und er mit einem zweiten

Drink vor dem Kamin saß, dachte Mr. Baker über die Zukunft seiner Tochter nach. Er wusste, dass sie das Medizinstudium und die Ausbildung zu einer fabelhaften Chirurgin schaffen würde. Seine Tochter war sehr ehrgeizig und ließ sich selten von ihrem Weg abbringen. Das war auch gut so, denn auch wenn Elizabeth nichts mehr von ihrer Kindheit wusste, so würde sie das eines Tages einholen. Sie war nun mal seine Tochter und hatte eine Bestimmung zu erfüllen, auf die sie in ihrer Kindheit vorbereitet wurde. Bald würde der Zeitpunkt da sein und sie würde diesem *„Weg der Erinnerung"* folgen. Dann würde sie all das wieder einholen, was sie bis jetzt durch einen unvorhergesehenen Vorfall an Wissen verloren hatte.

Zehntes Kapitel

Die nächste Woche brach an und die letzten beiden Prüfungen mussten bestanden werden. Elizabeth war tief in Gedanken versunken, als der Chauffeur den Wagen zum Schulgebäude lenkte. Er musste sie zweimal ansprechen, bis Elizabeth merkte, dass sie angekommen waren. Sie dankte ihm und stieg aus. Sie hatte im Wagen an die letzten Worte ihres Vaters gedacht, als dieser ihr erzählt hatte, dass ihre Mutter bei ihrer Geburt gestorben war. Das hatte sie sehr traurig und nachdenklich gestimmt. Sie ging hinunter ins Untergeschoss und legte ihre Tasche in den Spind. Dann suchte sie wieder den Raum auf, in dem sie schon die Lateinprüfung gehabt hatte. Heute stand der theoretische Teil der Chirurgie-Prüfung an und sie wirkte diesmal wirklich nervös. Denn sie wollte unbedingt in diesem Fach studieren. Die Tür ging auf und alle Schüler für diese Prüfung traten ein und suchten sich einen Platz. Elizabeth hatte Glück und fand wieder einen Platz am Fenster. Die Fragebögen wurden ausgeteilt und man hatte wieder zwei Stunden Zeit. Elizabeth nahm die Frageblätter aus dem Kuvert und stellte fest, dass zwei davon beschriftet und eines leer war. Sie las sich erst einmal alles genau durch und stellte schnell fest, wozu das leere Blatt diente. Darauf musste sie den Oberkörper mit den Organen an der richtigen Stelle zeichnen. Elizabeth entschied sich, sofort mit der Zeichnung zu beginnen, da diese ihrer Meinung nach am aufwendigsten war. Sie nahm das leere Blatt und begann zu zeichnen. Als sie damit fertig war, beschriftete sie es und legte das Blatt beiseite. Dann widmete sie sich den Fragen. Sie beantwortete alles nach bestem Wissen und Gewissen und als sie damit fertig war, schaute sie auf die Uhr und sah, dass sie noch etwas Zeit hatte. So sah sie sich die Zeichnung noch einmal genauer an, bevor sie alles in den Umschlag zurücksteckte und nach vorne zum Lehrertisch ging. Dort legte sie das Kuvert ab und verließ den Raum. Sie rief den Chauffeur an und holte anschließend ihre Tasche aus dem Spind. Als sie diesen schloss, hörte sie wieder dieses Klopfen. Elizabeth schenkte dem keine weitere Beachtung und ging hinaus in den Park, um sich auf die Bank zu setzen. Heute war es bewölkt und auch ein bisschen windig. Aber das störte Elizabeth nicht im Geringsten, da sie sowieso ganz erhitzt von der Prüfung war. Die Abkühlung tat ihr gut und sie schloss die Augen. Sie merkte erst nach einer Weile, dass sich jemand neben sie gesetzt hatte. Als Elizabeth die Augen aufschlug, sah sie zu ihrer Freude, dass ihr Vater neben ihr Platz genommen hatte. Mr. Baker begrüßte seine Tochter und fragte sie, wie es ihr bei der Prüfung ergangen war. Elizabeth erwiderte, dass sie sehr nervös gewesen war und hoffte, alles richtig gemacht zu haben. Ihr Vater beruhigte sie und meinte, dass schon alles gut gehen würde. Damit standen die beiden auf und gingen zum Wagen. Auf dem Weg nach Hause fragte Mr. Baker seine Tochter, ob sie Lust hätte, mit ihm Mittagessen zu gehen. Elizabeth lächelte ihn an und bejahte. So gab Mr. Baker dem Fahrer die Anweisung, zu einem Restaurant zu fahren. Der Chauffeur lenkte den Wagen zum Shoppingcenter, da es gerade anfing zu regnen, und ließ die beiden vor dem Eingang aussteigen. Elizabeth und ihr Vater fuhren in den obersten Stock und suchten sich ein gemütliches Restaurant aus. Als sie es betraten, dirigierte sie der Kellner zu einer Nische und sie nahmen Platz. Nach dem Mittagessen, es war köstlich, bummelten die beiden von Geschäft zu Geschäft und schauten sich die Auslagen an. Es war schon später Nachmittag, als sie wieder zu Hause ankamen. Elizabeth wollte früh schlafen gehen, da sie morgen für die praktische Prüfung fit sein wollte. Sie verabschiedete sich von ihrem Vater und ging hinauf in ihr Zimmer. Dort zog sie sich um und nahm das Lehrmaterial und legte sich aufs Bett. Sie schaute sich die Zeichnungen und die lateinischen Erklärungen genauer an und ging sie in Gedanken noch mal durch. Elizabeth hoffte, dass morgen alles gut gehen und sie die Prüfung schaffen würde. Damit legte sie den Lernstoff beiseite, schlüpfte unter die Decke und schloss die Augen.

Ein neuer Tag, eine neue Chance, dachte sich Elizabeth, als sie aus dem Bett stieg. Sie duschte, zog sich an und ging hinunter in die Halle. Dort begab sie sich ins Wohnzimmer, um ausgiebig zu frühstücken. Als sie damit fertig war, verließ sie das Haus und der Chauffeur brachte sie zum Schulgebäude. Als sie dieses betrat und ihre Tasche im Spind verstaut hatte, zog sie den Arztkittel und die Plastikschuhe an und ging diesmal an der Tür, hinter der sie die theoretischen Prüfungen gehabt hatte, vorbei. Elizabeth musste noch ein Stück weiter gehen und dann befand sie sich in einer Art Vorraum, der dann zu dem Raum mit der praktischen Prüfung führte. Es waren schon einige andere Schüler da und Elizabeth stellte sich zu ihnen. Nach einer Weile schwang die Tür zum anderen Raum auf und ein Mann betrat den Vorraum. Er stellte sich als Dr. Mansworth vor und erklärte den Ablauf der Prüfung. Er sagte, dass derjenige, der aufgerufen wird, durch die Schwingtür in den anderen Raum eintreten soll. Damit verschwand er wieder durch die Tür und Elizabeth merkte, wie sie immer nervöser wurde. Sie stellte sich an die Wand und wartete. Einer nach dem anderen wurde aufgerufen und es dauerte schon einen langen Moment, bis auch Elizabeths Name fiel. Sie ging zur Schwingtür, stieß sie auf und trat in den Raum. Als Erstes desinfizierte sie ihre Hände und ging dann zu einem Metalltisch, auf dem eine Leiche lag. Der Prüfer schaute sie an und fragte sie nach ihrem Namen und ob sie bereit wäre. Elizabeth warf ihm einen Blick zu und nachdem sie ihm ihren Namen gesagt hatte, deutete sie ihm an, dass sie bereit war. Damit nannte der Prüfer das erste Organ beim lateinischen Namen und Elizabeth brauchte nicht lange und zeigte ihm die Stelle. Er war zufrieden und so ging die Prüfung so lange, bis Elizabeth ihm alle genannten Organe gezeigt hatte. Als sie fertig waren, sagte der Prüfer ihr, dass sie gehen könne und später Bescheid bekäme. Elizabeth nickte ihm zu und verließ den Prüfungsraum. Sie war erleichtert und ging sofort hinunter zum Spind, um sich umzuziehen und ihre Tasche zu holen. Sie setzte sich wie immer nach den Prüfungen auf die Parkbank und schloss die Augen. Elizabeth wusste nicht, ob sie es geschafft hatte oder nicht. Aber sie war erleichtert und müde zu gleich. Sie spürte, wie ihre Anspannung sich legte. Elizabeth genoss gerade die Stille, als ihr Handy klingelte. Sie sah auf das Display und hob sofort ab. Es war Lilly. Elizabeth hatte schon sehr lange nichts mehr von ihr gehört. Aber sie musste sich auch selber rügen, dass sie ihre Freundin kein einziges Mal angerufen hatte. Elizabeth meldete sich und Lilly sagte ihr, dass sie sich freue, dass sie Elizabeth erreicht hatte. Die beiden Freundinnen telefonierten eine Weile und dann fragte Lilly, ob Elizabeth Zeit hätte und sie sich mit ihr im Shoppingcenter treffen möchte. Elizabeth fand das eine fabelhafte Idee und sie wollten sich in zwei Stunden vor dem Eingang treffen. Elizabeth legte auf und rief sofort ihren Chauffeur an. Dieser kam nach einer geraumen Zeit und brachte sie nach Hause. Als Elizabeth aus dem Wagen stieg, sagte sie ihm, dass er warten sollte, da sie später zum Shoppingcenter gebracht werden wollte. Der Chauffeur nickte und blieb im Wagen sitzen. Elizabeth betrat das Haus und als sie gerade die Treppe hinaufgehen wollte, kam ihr Mr. Baker entgegen. Natürlich wollte er sofort wissen, wie die Prüfung gelaufen war. Elizabeth begrüßte ihren Vater, sagte ihm aber auch, dass sie es ihm gerne heute Abend erzählen wollte, da sie sich in einer Stunde mit Lilly traf. Mr. Baker schaute seine Tochter zwar enttäuscht an, nickte aber und antwortete, dass er sich schon auf ihren Bericht freue. Damit ging Elizabeth hinauf, zog sich um und saß nach zehn Minuten wieder im Wagen. Beim Shoppingcenter angekommen, konnte Elizabeth ihre Freundin schon am Eingang stehen sehen. Sie stieg schnell aus und rannte zu ihr. Beide umarmten sich stürmisch und redeten gleichzeitig aufeinander ein. Dann gingen sie durch die Drehtür ins Innere und fuhren in den letzten Stock. Die Restaurants öffneten gerade und so beschlossen die beiden, sich erst einmal in ein Café zu setzen. Dort bestellten sie ihre Getränke und begannen einander von ihrem Schuljahr zu berichten. Da sie sich seit dem Campus nicht mehr gesehen hatten, war genug Gesprächsstoff vorhanden. Die Gespräche gingen dann auch noch später beim Mittagessen weiter. Als Lilly und Elizabeth merkten, dass das Wichtigste erzählt war, schlenderten sie durch das Shoppingcenter. Obwohl Elizabeth erst gestern mit ihrem Vater das Gleiche getan hatte, war es mit der Freundin ein ganz anderes Erlebnis. Sie entdeckten Dinge in den Schaufenstern, die ihr gestern nicht so aufgefallen waren. Nach einer geraumen Zeit standen sie wieder unten vor dem Eingang und überlegten, was sie mit dem angebrochenen Nachmittag tun sollten. Da hatte Elizabeth eine Idee und fragte Lilly, ob sie nicht noch auf einen Sprung mit zu ihr kommen wollte. Lilly nickte freudig und Elizabeth rief den Chauffeur an. Dieser kam bald und brachte die beiden zu Elizabeth nach Hause. Dort angekommen, betraten die beiden Freundinnen das Haus und gingen ins Wohnzimmer. Elizabeth rief nach Jane und bat sie, zwei Wasserflaschen zu bringen. Jane nickte und verschwand. Kurze Zeit später kam sie mit dem Gewünschten zurück. Lilly und Elizabeth nahmen die Flaschen und verließen das Haus und Elizabeth führte Lilly hinunter zum See. Lilly machte große Augen, als sie sah, wie groß der See war, und sie zog sofort ihre Schuhe und Socken aus und steckte die Füße ins Wasser. Elizabeth tat es ihr gleich und so wateten die beiden ein Stück am Ufer entlang. Als sie wieder zurückgingen, zeigte Elizabeth ihrer Freundin den Baum, unter dem sie immer saß, wenn sie hier war. Lilly setzte sich darunter, dicht an den Stamm, und Elizabeth nahm neben ihr Platz. Sie öffneten ihre Wasserflaschen und tranken. Dann erzählte Elizabeth, wie gerne sie hier war. Sie liebte diese Stille und Ruhe und wenn man die Augen schloss und genau hinhörte, konnte man die verschiedensten Vögel zwitschern oder einen Frosch quaken hören. Hier konnte sie abschalten. Lilly schaute ihre Freundin an und schloss die Augen. Gemeinsam lauschten sie den Geräuschen um sie herum. Lilly fand, dass es sehr beruhigend war. So saßen die beiden, ohne sich einmal zu bewegen, unter dem Baum und genossen die Natur. Der Baum spendete auch genug Schatten. Nach einer Weile hörten sie Schritte und beide standen erschrocken auf. Mr. Baker näherte sich den beiden und begrüßte Lilly, indem er ihr die Hand gab. Er fragte die beiden, ob sie Lust hätten, heute zu grillen. Elizabeth und Lilly klatschten freudig in die Hände. Lilly meinte, dass sie ihre Eltern anrufen wird, damit sie wussten, wo sie war. Mr. Baker wiederum erwiderte, dass sie ihre Eltern fragen solle, ob sie nicht vorbeikommen wollten. Lilly schaute erstaunt und rief sofort an. Nach einem kurzen Telefonat teilte sie Mr. Baker mit, dass ihre Eltern die Einladung angenommen hatten. Es wurde alles für das Grillfest hergerichtet und das Wetter spielte auch mit. Lillys Eltern waren sehr nett und bedankten sich für die Einladung. Der Abend verging schnell und Lilly und ihre Eltern verabschiedeten sich. Als Elizabeth ihre Freundin umarmte, sagte sie ihr, dass sie sich in den Ferien vielleicht einmal treffen könnten. Lilly nickte und wollte unbedingt diesen Grillabend wiederholen. Elizabeth nickte ebenfalls und sagte, dass sie sich schon darauf freue. Damit stieg Lilly zu ihren Eltern in den Wagen und er setzte sich in Bewegung. Als sie nicht mehr in Sichtweite waren, umarmte Mr. Baker seine Tochter und sagte ihr, dass ihre Freundin und deren Eltern sehr nette und angenehme Menschen sind. Elizabeth schaute ihren Vater an und nickte zufrieden. Denn sie wusste, wie schwierig es war, ihren Vater zufriedenzustellen. Sie gingen gemeinsam ins Haus zurück und Elizabeth verabschiedete sich und ging in ihr Zimmer. Der Tag, obwohl er wunderschön ausklang, war doch anstrengend für sie gewesen. Das Einzige, was Elizabeth jetzt nur noch wollte, war, sich in ihr Bett zu kuscheln und zu schlafen.

Da die Prüfungen vorüber waren und sonst kein Unterricht mehr für diese Woche anstand, schlief Elizabeth am nächsten Tag aus. Sie blieb länger als sonst liegen und es war schon beinahe Mittag, als sie ihr Bett verließ. Elizabeth hatte gut geschlafen und fühlte sich ausgeruht. Sie ging ins Badezimmer und als sie herauskam, klopfte es an der Tür. Elizabeth öffnete und Jane stand mit einem Tablett, auf dem sich das Mittagessen befand, vor der Tür. Sie schob die Tür weiter auf und Jane trat ein. Das Dienstmädchen stellte das Tablett auf dem Schreibtisch ab, knickste und ging wieder. Elizabeth verstand nicht, warum ihr Jane das Essen aufs Zimmer gebracht hatte. Aber sie schaute sich die Speisen an, setzte sich hin und begann langsam zu essen. Eigentlich war sie noch satt von gestern, als sie den Grillabend hatten. Aber sie wollte nicht unhöflich sein und aß etwas. Alles schaffte sie nicht und als sie fertig war, stand sie auf und legte sich aufs Bett. Sie schaute aus dem Fenster und musste an ihre Prüfungen denken. Heute würde sie das Ergebnis per Mail bekommen und morgen, ob sie ein Diplom für die Universität erhielt. Wieder war da diese Nervosität, diese Ungewissheit, dieses Warten. Es konnte einen wahnsinnig machen. Warum konnten sie nicht gleich das Ergebnis verkünden? Elizabeth war froh, dass es schon Mittag war, und so musste sie nicht mehr so lange warten. Kurz vor dem Abendessen sah Elizabeth auf ihrem Laptop nach, ob die Mail mit dem Ergebnis schon geschickt wurde. Als sie den Posteingang öffnete, sah sie eine Mail von der Schule. Aufgeregt öffnete sie diese und las den Inhalt. Das Schema war das gleiche wie beim Ergebnis für die Lateinprüfung. Sie hatte einen Code bekommen, mit dem sie sich die Prüfungsergebnisse ansehen konnte. Elizabeth gab den Code ein und zwei Dateien wurden angezeigt. Die eine enthielt das Prüfungsergebnis von der Theorie und die andere von der Praxis. Elizabeth rieb sich die Hände und öffnete zuerst die Theorie und freute sich, dass sie diese mit der Note 2 abgeschlossen hatte. Jetzt war sie auf das Ergebnis von der Praxis gespannt und als sie die Datei öffnete, stand da eine 1. Elizabeth konnte es nicht fassen, so gut abgeschnitten zu haben. Sie sprang auf und freute sich sehr über diese Abschlussergebnisse. Sie wollte gerade, nachdem sie alle Dateien wieder geschlossen hatte, den Laptop runterfahren, als sie noch eine Mail von der Prüfungskommission sah. Rasch öffnete sie diese und sah einen Anhang darin. Als sie diesen öffnete, fand sie darin das Diplom für die Universität. Elizabeth druckte es aus und rannte damit hinunter in die Halle. Dort eilte sie ins Wohnzimmer und sah sich um. Sie war froh, dass ihr Vater schon da war und von der Couch aufstand und sie erstaunt ansah. Als Elizabeth zu ihm ging, hielt sie das Blatt Papier in die Höhe, und zwar so, dass er nur die Rückseite sehen konnte. Dann schaute sie ihn keck an und als sie knapp vor ihrem Vater stand, drehte sie das

Blatt um und wartete seine Reaktion ab. Mr. Baker nahm seiner Tochter das Blatt aus der Hand, um es genauer betrachten zu können. Als er alles darauf ohne eine besondere Miene gelesen hatte, schaute er seine Tochter an und lächelte ihr zu. Er sagte ihr, dass er sehr stolz auf sie war, und gratulierte ihr zu den bestandenen Prüfungen. Außerdem gab er ihr zu verstehen, dass sie ab morgen recherchieren sollte, auf welche Universität sie gehen möchte. Elizabeth nickte und versprach, sich darum zu kümmern. Mr. Baker war mehr als stolz auf seine Tochter. Denn sie hatte ihm bewiesen, dass sie sich, wenn sie etwas erreichen wollte, wirklich dahinterklemmte, um das Ziel nicht aus den Augen zu verlieren. Er umarmte seine Tochter und gab ihr einen Kuss auf die Wange. Elizabeth war überglücklich. Gemeinsam gingen sie zum Esstisch und aßen schweigend das Nachtmahl. Danach redeten Elizabeth und ihr Vater noch über einige andere Dinge. Es wurde spät in der Nacht, als Elizabeth auf ihr Zimmer ging.

Elftes Kapitel

Seitdem waren schon einige Wochen vergangen und Elizabeth hatte auch in der Zwischenzeit eine Universität gefunden. Harvard. Sie wollte unbedingt nach Harvard. Von ihren Recherchen im Internet war das die einzige Universität mit dem besten Durchschnitt. Sie freute sich schon sehr darauf. Sie hatte alle notwendigen Unterlagen in einem Kuvert zusammengefasst und auch ein Formular, unterschrieben von ihrem Vater, beigefügt. Elizabeth gab den Umschlag, als sie ihn noch einmal geprüft hatte, Jane, und sagte, dass er eingeschrieben aufgegeben werden musste. Das Dienstmädchen nickte und nahm das Kuvert an sich. Elizabeth erzählte ihrem Vater, für welche Universität sie sich entschieden hatte, und er nickte nachdenklich. Dann wollte er von seiner Tochter wissen, ob sie auch andere Universitäten in Betracht gezogen hatte, falls Harvard absagen sollte. Daran hatte Elizabeth nicht gedacht, denn sie konnte nicht glauben, dass man sie dort nicht annehmen würde. Ihr Vater erklärte ihr, dass es sehr wohl vorkommen kann, dass man an einer Institution angenommen wird und an einer anderen nicht. Elizabeth nickte zum Verständnis ihrem Vater zu, aber er merkte, dass sie nicht mit sich reden ließ und resignierte. Mr. Baker meinte nur *„Hoffen wir das Beste"* und verabschiedete sich von seiner Tochter, da er zu einem Termin fahren musste. Er versicherte ihr aber, dass er zum Abendessen wieder da wäre. Mr. Baker war gerade gegangen, als das Telefon von Elizabeth klingelte. Am anderen Ende war ihre Freundin Lilly. Elizabeth begrüßte sie herzlich und fragte sie nach dem Grund ihres Anrufes. Lilly wollte einfach nur wissen, ob sie und ihr Vater am Wochenende Zeit hätten. Ihre Eltern wollten sich für den Grillabend revanchieren. Elizabeth fragte ihre Freundin, wann am Wochenende, denn sie müsste erst mit ihrem Vater sprechen. Lilly meinte am Samstagabend. Elizabeth sagte ihr, dass sie erst morgen Bescheid geben könnte, da ihr Vater erst am Abend wieder da wäre. Ihre Freundin meinte, dass es in Ordnung ist und sie sich schon freue, wenn sie wieder von ihr hört. Dann hielten die Freundinnen noch etwas Small Talk bevor sie auflegten. Über die bestandene Prüfung und das Diplom hatte Elizabeth ihrer Freundin nichts erzählt. Das wollte sie dann beim Grillabend erwähnen. Der Tag verging ziemlich schnell und als es Zeit war für das Abendessen, kam ihr Vater pünktlich nach Hause. Sie setzten sich an den Tisch und begannen zu essen. Dann gingen sie zur Couch und Elizabeth erzählte ihrem Vater, dass Lilly sie angerufen hatte und ihre Eltern sie beide als Revanche am Wochenende zum Grillen einladen wollten. Und zwar am Samstagabend. Elizabeth sagte ihrem Vater, dass sie noch nicht zugesagt hatte, da sie nicht wusste, ob er Zeit hatte. Mr. Baker überlegte einen Moment und sagte seiner Tochter, dass sie ihre Freundin anrufen könne, denn sie würden diesen Grillabend nicht verpassen. Elizabeth freute sich über diese Nachricht und rief sofort Lilly an, um ihr dies mitzuteilen. Diese dankte ihr für die tolle Nachricht und wollte sie gleich ihren Eltern weitergeben. Die beiden Freundinnen verabschiedeten sich voneinander und Elizabeth wendete sich wieder ihrem Vater zu. Sie schaute ihn von der Seite an und merkte erst jetzt, wie nachdenklich und müde er wirkte. Noch nie hatte ihr Vater ihr gegenüber seine Gefühle offen gezeigt, aber in letzter Zeit war er sehr abweisend, so als ob ihn etwas quälte oder er nicht wusste, wie er eine gewisse Sache angehen sollte. Elizabeth traute sich nicht, ihren Vater danach zu fragen. Obwohl es sie sehr nachdenklich stimmte, fehlte ihr der Mut dazu. Mr. Baker bemerkte den Blick seiner Tochter und er wusste auch, welche Gedanken sie um ihn quälten. Aber er wollte sie nicht damit belasten und so gab er nur einen langen Seufzer von sich und lächelte seine Tochter von der Seite an. Er war auf die Beharrlichkeit seiner Tochter stolz, denn diese würde sie später brauchen, wenn die Erinnerung, die er ihr nehmen musste, wieder von ihr Besitz ergriff. Dann brauchte sie diese Eigenschaften, um gewisse Dinge aufrechtzuerhalten. Die beiden beschlossen, sich noch einen Film anzusehen und als dieser zu Ende war, gingen sie zu Bett. Elizabeth schlief in dieser Nacht nicht besonders gut. Denn sie dachte an die Worte ihres Vaters, der ihr nahegelegt hatte, auch andere Universitäten in Betracht zu ziehen. Aber sie wollte keine andere. Elizabeth versuchte immer wieder, diese Gedanken zu verdrängen, aber es wollte ihr nicht gelingen. Erst weit nach Mitternacht fiel sie in einen unruhigen Schlaf. Sie hatte noch nicht lange geschlafen, als sie auch schon von Jane geweckt wurde. Zuerst wollte sie gar nicht reagieren, aber als ihr das Dienstmädchen sagte, dass es schon neun Uhr war, stand Elizabeth schnell auf und eilte ins Badezimmer. Sie kam wieder heraus und verschwand im Schrankraum. Dort zog sie sich an und setzte sich an den Schreibtisch. Als Jane gegangen war, begann sie noch einmal, sich die anderen Universitäten auf dem Laptop anzusehen. Aber so intensiv sie auch andere Institutionen studierte, sie wollte unbedingt nach Harvard. Zu Mittag ließ Elizabeth sich eine Kleinigkeit zu essen auf ihr Zimmer bringen. Nachdem sie gegessen hatte, beschloss sie, die Recherchen abzubrechen und etwas spazieren zu gehen. Seit diesem Tag waren nun schon einige Wochen vergangen, ohne dass Elizabeth einen Brief von Harvard bekommen hatte. Doch eines Tages, sie hatte die Hoffnung schon fast aufgegeben, klopfte es an der Tür. Elizabeth öffnete und ihr Vater stand davor und versteckte etwas hinter seinem Rücken. Elizabeth wollte sofort wissen, was es war und versuchte die Hand, die hinter seinem Rücken war, hervorzuziehen. Es gelang ihr nicht und ihr Vater begann zu lachen. Dann meinte er, dass ihn seine Tochter eintreten lassen solle. Elizabeth trat zur Seite und Mr. Baker betrat den Raum. Er drehte sich zu seiner Tochter um und hielt dabei ein großes Kuvert in den Händen. Jetzt war Elizabeth nicht mehr zu halten und sie versuchte ihrem Vater das Kuvert aus der Hand zu reißen. Dieser sah sich geschlagen und gab es ihr freiwillig. Elizabeth suchte nach dem Poststempel und freute sich riesig. Der Brief kam von Harvard. Sie setzte sich an den Schreibtisch und öffnete den Umschlag vorsichtig. Dann las sie laut vor:

„Sehr geehrte Miss Baker,

anbei möchten wir uns bei Ihnen für die Bewerbung an unserer Universität bedanken.
Nach reiflicher Überlegung und Einsicht in Ihre Unterlagen sind wir zu dem Schluss gekommen, dass wir Sie in Harvard aufnehmen möchten.
Ich möchte Sie bitten, sämtliche Formulare, die dem Brief beiliegen, am ersten Studientag ausgefüllt und unterschrieben im Sekretariat abzugeben. Ferner werden Ihnen in den nächsten Tagen die Uniform und die Bücher zugeschickt.
Sollten Sie noch Fragen bezüglich der Formulare oder anderen Belangen haben, so können Sie dies jederzeit unter der unten angegebenen Telefonnummer tun.

Wir wünschen Ihnen schon jetzt viel Spaß bei Ihrem Studienfach in Harvard."

Elizabeth las den Brief noch einmal und gab ihm ihren Vater. Sie sprang auf und umarmte ihren Vater stürmisch. Elizabeth konnte es noch gar nicht fassen, dass sie aufgenommen war. Ihr Wunsch war in Erfüllung gegangen und sie durfte in Harvard studieren. Sie war überglücklich. Mr. Baker freute sich ebenfalls für seine Tochter und lud sie für den Abend zum Essen ein. Elizabeth lächelte ihn an und nahm ihr Handy, um Lilly anzurufen. Sie bedeutete ihrem Vater, dass sie telefonieren wollte und dieser verließ ihr Zimmer. Nach ein paar Freizeichen meldete sich Lilly und Elizabeth erzählte ihr sofort die Neuigkeit. Die Freundin gratulierte ihr und erklärte ihr zugleich, dass sie momentan leider nicht viel Zeit hätte, sich aber später bei ihr melden würde. Elizabeth sagte ihr, das sei ok und legte auf. Elizabeth dachte an die Einladung von Lillys Eltern zum Grillabend zurück. Es war ein lauer Sommerabend gewesen und das Essen köstlich. Sie hatten sich alle gut unterhalten und die beiden Männer verstanden sich auf Anhieb. Als Elizabeth Lilly dann von ihren bestandenen Prüfungen und dem Diplom erzählt hatte, gratulierte ihr die Freundin. Daraufhin wurde mit Sekt angestoßen. Es war schon fast Mitternacht, als sie sich mit ihrem Vater von Lilly und ihren Eltern verabschiedete. Als sie dann zu Hause angekommen waren, sagte ihr Vater zu ihr, dass ihm dieser Abend sehr gefallen habe. Außerdem fand er ihre Freundin Lilly sehr sympathisch.

Elizabeth löste sich von den Gedanken und sah sich die Formulare an. Es waren drei Formulare und eine Checkliste. Dann gab es noch ein Blatt, auf dem stand, dass man eine kurze Selbstbeschreibung abgeben sollte. Elizabeth entschied, morgen damit anzufangen. Heute wollte sie nur noch einmal genießen, dass sie bald eine Harvard-Studentin war. So vergingen die Wochen und das Paket mit den Utensilien, das im Brief angekündigt war, wurde auch schon bald geliefert. Die Formulare waren ausgefüllt und unterschrieben und auch die Selbstbeschreibung hatte Elizabeth fertig. Nun suchte sie noch Lehrmaterial vom Vorbereitungsjahr zusammen. Sie wollte es unbedingt mitnehmen, da sie hoffte, dass es ihr vielleicht im ersten Semester helfen könnte. Elizabeth wusste zu diesem Zeitpunkt noch nicht, dass sich die Universität vom Lehrhergang sehr von den Schulen unterschied. Der erste Tag in Harvard rückte immer näher. Es war schon ein eigenartiges Gefühl. Elizabeth fühlte sich mit ihren nun schon 18 Jahren sehr erwachsen. Sie hatte sich verändert, aber vieles an ihrer körperlichen Veränderung hatte sie nicht mir ihrem Vater besprechen können. Sie hatte, wenn sie so zurückdachte, niemanden gehabt, der sie aufgeklärt hätte. Aber auch das hatte sie allein gemeistert. Das Eigenartige war, dass sie sich wirklich nicht an ihre Kindheit erinnern konnte. Als sie damals ihren Vater danach gefragt hatte, hatte dieser nur gemeint, dass mit den Jahren immer mehr von der Kindheit verblasst. Irgendwann könnte man sich dann gar nicht mehr daran erinnern. Elizabeth hatte ihm damals geglaubt und nicht weiter darüber nachgedacht. Aber war es wirklich so? Sie konnte sich nicht einmal mehr an ihre Mutter erinnern. Es gab auch keine Bilder von ihr im Haus. Manchmal, wenn sie träumte, dann war es, als gehöre sie nicht in diese Welt.

Der erste Tag als Studentin war da. Elizabeth zog sich an, packte alles zusammen und ging hinunter in die Halle. Dort wartete schon ihr Vater. Mr. Baker hatte sich vorgenommen, mit seiner Tochter gemeinsam zur Universität zu fahren. Er fragte Elizabeth, ob sie alle Dokumente und Papiere eingesteckt hatte. Sie nickte und ging ins Wohnzimmer, um zu frühstücken. Ihr Vater folgte ihr und als sie fertig waren, stiegen sie beide ins Auto und der Wagen fuhr los. Elizabeth war sehr aufgeregt. Sie schaute während der Fahrt aus dem Fenster. Nach einer Weile sah sie schon das große Gebäude der Harvard Universität. Sie schaute zu ihrem Vater und deutete mit dem Finger auf das Gebäude. Mr. Baker betrachtete es und warf dann seiner Tochter einen Blick zu. Jedes Mal, wenn er ihr ins Gesicht sah, musste er an seine verstorbene Frau Sarah denken. Mit jedem Jahr, das Elizabeth älter geworden war, waren die Gesichtszüge und auch das Verhalten ihrer Mutter immer deutlicher zum Vorschein gekommen. Sarah wäre stolz auf ihre Tochter gewesen. Das wusste er ganz genau. Seine Frau hatte auch dieses offene Wesen, diese Herzlichkeit gehabt. Und wenn Elizabeth lachte, dann war es genau das gleiche Lachen, das ihre Mutter gehabt hatte. Mr. Baker hoffte, dass er eines Tages Elizabeth ihre Erinnerung zurückgeben konnte. Denn sie hatte durch das Auslöschen ihrer Kindheit irgendwann viele Fragen. Sie fuhren auf den Parkplatz und Mr. Baker stieg mit seiner Tochter aus. Gemeinsam gingen sie durch einen großen Torbogen in das Innere des Komplexes. Als sie dann im Innenhof standen, breitete sich vor ihnen eine Parkanlage aus. Zwischen den Grünflächen führten einige Wege zu verschiedenen Gebäuden und in der Mitte gab es einen Wegweiser. Elizabeth ging mit ihrem Vater zu dem Wegweiser und sie suchten den Pfeil, auf dem Verwaltung stand. Elizabeth fand ihn und die beiden setzten ihren Weg links fort. Nach einer Weile kamen sie zu einem Gebäude, an dem mit großen Buchstaben „VERWALTUNGSGEBÄUDE" stand. Elizabeth öffnete eine weiße Tür und ging hinein. Ihr Vater blieb draußen und setzte sich auf eine der Bänke, die vor dem Gebäude standen. Elizabeth sah, dass die Schalter im

Inneren des Gebäudes chronologisch nach dem Alphabet arbeiteten. Sie stellte sich am richtigen Schalter an und wartete. Man musste schon viel Geduld aufbringen, denn es dauerte fast eine Stunde, bis Elizabeth endlich an der Reihe war. Die Dame hinter dem Schalter war schon etwas älter und hatte graue Haare. Durch die Brille schaute sie Elizabeth an und sagte ihr, welche Dokumente und Formulare sie brauchte. Elizabeth nahm ihre Mappe heraus und gab ihr das Gewünschte. Als die ältere Dame alles abgehakt hatte, gab sie Elizabeth einen Zettel zum Unterschreiben. Auf diesem stand, dass sie einen Ausweis für die gesamte Universität bekommt. Diesen Ausweis könnte man auch für die Bibliothek verwenden, erklärte ihr die Frau. Außerdem bekam sie noch einen Spind-Schlüssel und einen Menüplan für das Mittagessen. Die ältere Dame sagte ihr, wenn sie unterschrieben habe, solle sie für ein Ausweisfoto in das benachbarte Gebäude gehen. Elizabeth nickte und unterschrieb den Zettel. Sie gab ihn der Frau und nahm ihre Sachen. Dann verabschiedete sie sich und verließ das Gebäude. Mr. Baker winkte seiner Tochter und sie ging zu ihm. Elizabeth erklärte ihrem Vater, dass sie noch in das Nebengebäude gehen musste wegen des Ausweisfotos. Ihr Vater nickte ihr zu und machte es sich auf der Bank wieder bequem. Elizabeth betrat das Nebengebäude und wieder musste sie eine Weile warten, bis sie an der Reihe war. Hier ging es aber schneller und so hatte sie schon bald ihr Foto auf dem Ausweis. Damit ging sie zu ihrem Vater und setzte sich neben ihn. Mr. Baker fragte seine Tochter, ob sie alles erledigt habe und sie bejahte. Da Elizabeth nur untertags in der Universität war, hatte sie diesen Spind-Schlüssel bekommen. Jetzt galt es nur noch, den Spind zu finden. Elizabeth fragte einen Schüler, der bei ihnen vorbeikam. Der junge Mann erklärte ihr, dass sich die Unterrichtsgebäude auf der anderen Seite befanden und sie dort auch ihren Spind finden würde. Elizabeth und ihr Vater erhoben sich von der Sitzbank und gingen in die besagte Richtung. Auf dem Weg dorthin kamen ihnen schon mehrere Studenten entgegen und an manchen Stellen wurde es sehr eng. Nach etwa zwanzig Minuten hatten sie die Gebäude erreicht und gingen gemeinsam hinein. Drinnen angekommen, staunte Elizabeth, wie geräumig und hoch dieses Gebäude wirkte. Es gab einige Etagen und zu jeder führte eine Treppe. Aufzüge suchte man in diesem Gebäude vergebens. Es war im viktorianischen Stil gehalten. An manchen Stellen konnte man Skulpturen oder Statuen von berühmten Personen sehen. Die Treppe bestand aus Holzstufen und das Geländer aus Messing. In der Mitte der riesigen Halle gab es einen Informationsschalter. Elizabeth ging dorthin und fragte nach dem Spind. Ein Herr im mittleren Alter holte einen Plan hervor und breitete ihn vor Elizabeth aus. Dann fuhr er mit seinem Zeigefinger über diesen und blieb an einer gewissen Stelle stehen. Elizabeth schaute auf die Stelle, an dem sich sein Finger befand und nickte. Sie bedankte sich und fragte, ob sie den Plan mitnehmen dürfe. Der Mann bejahte. Mit dem Plan in der Hand ging Elizabeth zu ihrem Vater, der etwas abseits gewartet hatte. Sie erklärte ihm den Weg und gemeinsam begaben sie sich dorthin. Sie mussten einige Treppen hinuntergehen und standen dann vor einer Tür. Es war der Raum mit den Spinden. Elizabeth sah auf den Schlüssel und las die Nummer. Dann schaute sie sich das System der Nummerierung an und sagte ihrem Vater, dass er an der Tür warten solle. Er nickte und Elizabeth verschwand in einem der Gänge. Nach einer geraumen Zeit kam sie wieder zurück und erklärte ihrem Vater, dass der Spind sehr geräumig war und man viele seiner Unterrichtssachen darin verstauen konnte. Nun war es an der Zeit, den Raum der Infoveranstaltung aufzusuchen. Sie gingen beide die Treppen wieder hinauf und Elizabeth schaute auf dem Plan nach. Sie fand den Raum und bedeutete ihrem Vater, mit ihr zu kommen. Mr. Baker folgte seiner Tochter und als sie vor dem Raum standen, kam ihnen schon ein Stimmengewirr entgegen. Elizabeth sah, als sie auf ihre Uhr blickte, dass es noch dreißig Minuten bis zum Beginn waren. Sie sagte es ihrem Vater und dieser meinte, dass sie sich besser schon einen Sitzplatz suchen sollten. Danach könnten sie dann etwas trinken gehen. Elizabeth war damit einverstanden und gemeinsam betraten sie den Raum. Es war überwältigend. Man hatte das Gefühl, in ein Theater hineinzugehen. Da gab es so viele Sitzgelegenheiten und jede Sitzreihe war höher als die vorige. Die Sessel waren mit rotem Samt überzogen und sahen bequem aus. Die Bühne konnte von überall gut eingesehen werden. Mr. Baker und seine Tochter suchten sich einen Platz am Rande einer Reihe.

Zwölftes Kapitel

Jetzt war Elizabeth schon seit zwei Jahren in Harvard und sie hatte sich gut eingelebt. Sie hatte auch hier einige Freunde kennengelernt. Mit ihrer Freundin Lilly war sie weiterhin in Kontakt. Diese hatte ihr geschrieben, dass sie sich am Wochenende mit ihr treffen wollte. Sie hätte ihr etwas Wichtiges zu erzählen. Elizabeth konnte es nicht erwarten und als dann das Wochenende da war, rief sie sofort Lilly an und fragte sie, wo sie sich treffen wollten. Lilly fragte sie, da es ein wunderschöner Tag war, ob sie nicht zur Einkaufsmeile kommen wollte. Elizabeth bejahte und sie vereinbarten, sich dort in einer halben Stunde zu treffen. Elizabeth legte auf und rief den Chauffeur. Sie teilte ihm mit, dass sie in zehn Minuten zur Einkaufsmeile gebracht werden wollte. Elizabeth war froh, dass ihr Vater für sie einen eigenen Chauffeur bereitgestellt hatte. Denn es war schon einige Male vorgekommen, dass sie und ihr Vater einen Termin hatten und zugleich das Haus verließen. Mit einem einzigen Chauffeur wäre das nicht machbar, denn Elizabeth wollte nicht immer, dass ihr Vater wusste, wo sie sich mit ihren Freunden traf oder wo sie ihre Termine hinführten. So wie heute. Sie stieg gerade in den Wagen, als ihr Vater aus dem Haus trat. Sie winkte ihm zu und der Wagen fuhr los. Obwohl seine Tochter schon erwachsen war, gab es Mr. Baker doch manches Mal einen Stich, wenn seine Tochter so schnell verschwand. Aber er musste sie auch ihre eigenen Wege gehen lassen.

Elizabeth stieg an der Einkaufsmeile in der Nähe des Parks aus. Sie schaute sich kurz um und entdeckte Lilly in dem kleinen Café davor. Sie ging zu ihrer Freundin und setzte sich. Als Elizabeth ihre Bestellung aufgegeben hatte, fragte sie Lilly, was passiert sei. Lilly schaute ihre Freundin eine Weile an, bevor sie zu sprechen begann:

„Elizabeth, ich weiß nicht, wie ich es dir erklären soll, aber du bist und wirst immer eine gute Freundin für mich bleiben. Meine Eltern haben

beschlossen umzuziehen, da mein Vater einen neuen Job in der Firma angenommen hat. Ich werde also das alles hier verlassen. Natürlich können wir uns schreiben oder wir telefonieren miteinander. In zwei Monaten wird es so weit sein und ich möchte dich und noch andere Freunde zu einer Abschlussparty einladen. Diese wird heute in drei Wochen stattfinden. Ich würde mich freuen, wenn du kommst."

Elizabeth schaute Lilly nachdenklich an. Jetzt verlor sie sogar ihre beste Freundin. Aber sie war ja nicht aus der Welt und wenn Elizabeth Lust hatte, konnte sie Lilly anrufen. Vielleicht hatte sie auch Zeit, ihre Freundin in Washington, dort zog Lilly mit ihren Eltern hin, zu besuchen. Die Freundinnen beschlossen, ein bisschen in der Einkaufsmeile bummeln zu gehen. Sie blieben bei einigen Geschäften stehen und schauten sich die Schaufenster an. Elizabeth fand das eine oder andere Kleid und Lilly kaufte sich ein paar Schuhe. Zusammen gingen sie dann in den Park und setzten sich in der Nähe vom Rosenbeet auf eine Bank. Es roch herrlich. Elizabeth schloss die Augen und ließ die Sonne auf ihr Gesicht scheinen. Plötzlich verdeckte ein großer Schatten ihr Gesicht und Elizabeth öffnete die Augen. Sie schaute in ein ihr bekanntes Gesicht und lächelte. Es war Matthew. Aber sie fragte sich, was er hier machte? Als sie aufsprang und ihn umarmte, erwiderte Matthew die Umarmung. Dann fragte Elizabeth erstaunt, was er hier tat. Matthew erzählte ihr, dass seine Eltern hier auf einem Kongress waren. Daher hatte er beschlossen, mit ihnen zu reisen. Aber Elizabeth wollte außerdem wissen, woher er wusste, wo sie und Lilly zu finden waren. Er schaute Elizabeth verlegen an und gestand, dass er mit Lilly schon vor zwei Tagen gesprochen hatte. Elizabeth schaute ungläubig von Lilly zu Matthew und wieder zurück. Beide hatten die Köpfe gesenkt und traten verlegen von einem Bein auf das andere. Dann lachte Elizabeth laut auf und gab ihnen zu verstehen, dass es ok für sie war. Die beiden Freunde atmeten erleichtert auf und fielen sich alle drei um den Hals. Sie unterhielten sich noch eine Weile und beschlossen dann, bei Elizabeth einen schönen Abend zu verbringen. Elizabeth rief vorher ihren Vater an, um sein Einverständnis einzuholen, und dieser bejahte sofort. Mr. Baker fragte seine Tochter sogleich, ob sie nicht einen kleinen Grillabend am See machen wollten. Elizabeth war begeistert von diesem Vorschlag und gab ihr Einverständnis. Ihr Vater teilte ihr mit, dass in einer Stunde alles hergerichtet sei. Elizabeth bedankte sich und legte auf. Sofort teilte sie ihren Freunden die tolle Nachricht mit und sie beeilten sich, zu Elizabeth nach Hause zu kommen. Als der Wagen vorfuhr, war es schon etwas dunkel geworden. Die drei Freunde betraten das Haus und sofort kam ihnen James, der Butler, entgegen und teilte ihnen mit, dass am See schon alles arrangiert war. Nur das Essen würde noch eine Weile brauchen. Elizabeth dankte ihm und bat Lilly und Matthew, ihr zu folgen. Sie verließen wieder das Haus und begaben sich auf dem steinernen Weg in Richtung See. Dort staunten sie nicht schlecht. Der See war rundherum von Fackeln beleuchtet und unter dem Baum, an dem Elizabeth immer Schutz vor dem Regen gesucht hatte, stand ein Tisch mit drei Stühlen. Darauf befanden sich Gedecke für drei Personen. Die Freunde nahmen dort Platz und schon bald wurden ihnen die Speisen serviert. Das Essen war vorzüglich und als sie fertig waren, standen sie auf und gingen zum Ufer. Sie beschlossen, da der See ausreichend erhellt war, einen Spaziergang am Ufer entlang zu unternehmen. Schweigend gingen sie eine Weile. Jeder hing seinen Gedanken nach. Nachdem die drei ein gutes Stück gegangen waren und bei den Delfinen ankamen, schauten sie zu, wie die Wasserfontänen aus den Mäulern der Delfine in den See mündeten. Auf einmal ließ Matthew seine Hand durch die Fontänen gleiten und Lilly und Elizabeth wurden dadurch nass gespritzt. Diese ließen sich das nicht gefallen und taten es Matthew gleich. Alle drei lachten, während sie sich gegenseitig nass spritzten. Als sie alle nass genug waren, gingen sie wieder zurück. Der Tisch unter dem Baum war verschwunden und die drei Freunde setzten sich darunter. Dann erzählten sie sich Geschichten aus der Zeit, als sie in der Eliteschule waren. Manchmal mussten sie über gewisse Erinnerungen lachen und andere brachten sie wieder zum Nachdenken. Es wurde spät. Lilly und Matthew verabschiedeten sich von Elizabeth. Elizabeth begleitete ihre Freunde zum Wagen und winkte ihnen nach, bis sie außer Sichtweite waren.

Als Elizabeth später im Bett lag, dachte sie über den schönen Abend nach und war dankbar, so nette Freunde zu haben. Sie schlief zufrieden ein. Traumlos erwachte sie am nächsten Morgen und machte sich für den Studientag zurecht. Sie verließ das Haus und der Chauffeur fuhr sie zur Universität. Elizabeth schaute aus dem Fenster. Dabei kam ihr der Gedanke, dass sie ihren Vater doch fragen könnte, ob sie nicht den Führerschein machen dürfte, um allein zur Universität fahren zu können. Dann wäre sie unabhängiger und müsste nicht immer zu gewissen Zeiten zu Hause sein. Am Nachmittag, als Elizabeth nach Hause kam, fragte sie den Butler, ob ihr Vater im Haus sei. Der Butler bejahte und sie ging in Richtung Arbeitszimmer. Auf dem Weg dorthin fiel ihr ein, dass ihr Vater es nicht duldete, wenn sie sein Arbeitszimmer betrat. So rief sie ihn an und fragte ihn, ob er Zeit hätte, ins Wohnzimmer zu kommen. Mr. Baker sagte seiner Tochter, dass sie dort warten solle und er bald bei ihr sei. Elizabeth ging ins Wohnzimmer und setzte sich auf die Couch. Kaum hatte sie Platz genommen, als auch schon ihr Vater den Raum betrat. Nachdem er sich an der Bar einen Drink eingeschenkt hatte, setzte er sich zu seiner Tochter und schaute sie erwartungsvoll an. Elizabeth räusperte sich und begann ihm ihren Gedanken, den Führerschein machen zu wollen, vorzutragen. Ihr Vater schaute sie an und nickte. Er fand es eine gute Idee und fragte Elizabeth, wann sie damit anfangen wollte. Elizabeth sagte ihm, dass sie gerne in den Ferien den Führerschein machen würde. Denn da wäre genügend Zeit. Ihr Vater nickte und sagte ihr, dass er sie in den nächsten Ferien in einer renommierten Fahrschule anmelden werde. Elizabeth dankte ihm freudestrahlend. Bis zu den Ferien musste sie noch mit dem Chauffeur vorliebnehmen, aber dann, wenn sie alles bestand, war sie unabhängiger. Endlich waren die Ferien da und Elizabeth hatte ihre erste Fahrstunde. Es machte ihr Riesenspaß und in einem Monat hatte sie auch schon die Führerscheinprüfung bestanden. Sie holte eine Woche später ihren Führerschein bei der Behörde ab und fuhr nach Hause. Zu Hause angekommen, wartete ihr Vater schon vor dem Haus auf sie. Elizabeth stieg aus und ging erstaunt auf ihren Vater zu. Sie fragte ihn, ob etwas passiert wäre, aber Mr. Baker verneinte und nahm den Arm seiner Tochter. Gemeinsam gingen sie in die Garage und Elizabeth blieb stehen und musste sich erst einmal sammeln. In der Garage stand ein neuer Kleinwagen, geschmückt mit einer großen Schleife. Sie schaute ihren Vater an und er lächelte ihr zu und gratulierte ihr zur bestandenen Fahrprüfung. Dieser Wagen, erklärte Mr. Baker seiner Tochter, sei sein Geschenk an sie. Elizabeth fiel voller Freude ihrem Vater um den Hals und ging dann auf den Wagen zu. Sie löste vorsichtig die Schleife, die sich auf dem Dach befand. Als sie die Schleife öffnete, fiel ihr der Wagenschlüssel in die Hände. Elizabeth fing ihn geschickt auf und öffnete die Fahrertür. Dann setzte sie sich in den Wagen und inspizierte alles ganz genau. Das Innendesign war in Grau gehalten und es fehlte an nichts. Die Wagenfarbe selbst war schwarz mit silbernen Streifen an der Seite. Mr. Baker kam zur Fahrertür und sagte, dass ihr der Chauffeur alles erklären und mit ihr ein paar Fahrstunden bis zum neuen Semesterbeginn nehmen wird. Elizabeth schaute ihren Vater an und nickte. Sie war froh, dass ihr jemand die ganzen Hebel und Tasten erklären konnte. Nach ein paar Fahrstunden mit dem Chauffeur hatte Elizabeth den Wagen im Griff und freute sich schon auf die erste Fahrt allein zur Universität. Natürlich war sie mit dem Chauffeur ein paarmal die Route zur Universität gefahren.

Endlich war der erste Tag des neuen Semesters da und Elizabeth stand früher auf als sonst. Sie wollte auf jeden Fall ordentlich frühstücken. Dann war es so weit. Elizabeth fuhr das erste Mal mit ihrem eigenen Wagen zur Universität. Nervös war sie schon, aber auch optimistisch genug. Sie verabschiedete sich von ihrem Vater, der ihr noch sagte, dass sie sich melden solle, wenn sie auf dem Parkplatz der Universität eingeparkt hatte. Elizabeth versprach ihm, dies zu tun. Wenige Minuten später saß sie in ihrem Wagen und fuhr gemütlich zur Harvard Universität. Der Verkehr war zwar noch etwas ungewohnt, aber wenn sie jeden Tag die Strecke fuhr, war das sicher bald kein Problem mehr. Nachdem sie eingeparkt hatte, rief sie sofort ihren Vater an. Sie sagte ihm, dass sie gut angekommen war, und er dankte ihr für den Anruf. Seit diesem Tag fuhr Elizabeth jeden Tag zur Universität und wieder nach Hause. Am Wochenende rief sie ihre Freundin Lilly an und erzählte ihr von der bestandenen Fahrprüfung und von dem Geschenk ihres Vaters. Lilly gratulierte ihr. Elizabeth legte auf und musste an die Abschiedsparty ihrer Freundin denken. Sie lag zwar schon einige Wochen zurück, aber Elizabeth hatte noch immer gute Erinnerungen daran. Als sie bei der Party angekommen war, waren schon einige Personen vor Ort. Sie konnte auch einige ihrer früheren Freunde vom Campus erkennen und sie umarmten sich alle herzlich. Der Partyabend war toll und das Essen wahnsinnig lecker. Elizabeth hielt eine kurze Rede für ihre Freundin und auch andere sagten einige Worte. Die Zeit verging wie immer bei solchen Veranstaltungen viel zu schnell und als sich Elizabeth von Lilly verabschiedete, fielen sich die beiden unter Tränen in die Arme. Elizabeth wünschte Lilly alles Gute und versprach ihr, sich immer mal zu melden. Elizabeth löste sich von ihren Gedanken und ging hinunter ins Wohnzimmer, um sich ein Buch zum Lesen zu holen. Als sie das Wohnzimmer betrat, saß ihr Vater auf der Couch und schaute sich einen Film an. Elizabeth blieb hinter ihm stehen und schaute eine Weile mit, aber sie merkte schnell, dass dieser Film nicht ihren Geschmack traf. Sie ging daher zum Bücherregal und stöberte darin. Mr. Baker schaute seiner Tochter dabei aus den Augenwinkeln zu und merkte bald, dass Elizabeth sich nicht entscheiden konnte. Elizabeth musste den Blick ihres Vaters bemerkt haben, denn sie drehte sich zu ihm um. Sie schaute ihn kurz an und nahm dann ein Buch aus dem Regal. Mit dem Buch unter dem Arm verabschiedete sie sich von ihrem Vater und ging in ihr Zimmer. Dort legte sich Elizabeth auf ihr Bett und begann mit dem Buch.

Dreizehntes Kapitel

Elizabeth hatte nun, da sie schon im letzten Semester des Medizinstudiums war, einen Praktikumsplatz in einer Klinik gefunden und freute sich schon darauf. Nach diesem einen Jahr hatte Elizabeth dann das Staatsexamen zu bestehen. Wenn sie dann das zweite Staatsexamen abgeschlossen hatte, bekam sie die Approbation und war Assistenzärztin. Elizabeth hoffte, wenn es ihr in der Klinik gefiel, dass sie dort nach ihrer Ausbildung arbeiten könnte. Aber bis dahin hatte sie noch einige Hürden und Prüfungen zu bestehen. Es war ein langes Studium, aber es machte Elizabeth Spaß. Sie wusste, dass ihr Vater sie unterstützte. Aber Mr. Baker hatte seiner Tochter immer beigebracht, dass sie, wenn sie sich für etwas entschieden hatte, das auch bis zu Ende bringen sollte. Elizabeth war sehr ehrgeizig und merkte immer mehr, dass sie die richtige Entscheidung getroffen hatte. Sie konnte einerseits Menschen helfen und andererseits sie wieder gesund machen. Zwei Dinge, die ihr immer schon am Herzen gelegen hatten. Außerdem war sie sehr kontaktfreudig und konnte auch unter den Kollegen gut punkten.

Nun begann sie ihr Praktikum in der Klinik, und der erste Tag war sehr spannend für Elizabeth. Sie fing in der Unfallchirurgie an und wusste zwar, dass sie das Praktikum hier beenden würde, aber auf Dauer wollte sie auf keinen Fall hier arbeiten. Es erfüllte sie nicht, nur kleine chirurgische Eingriffe zu tätigen. Elizabeth wollte richtige Operationen durchführen. So bat sie eines Tages, als sie Dienst hatte, den Chefarzt um ein Gespräch. Elizabeth teilte ihm ihre Bitte mit, einmal bei einer richtigen Operation zusehen zu dürfen. Der Chefarzt, er war ein Mann im mittleren Alter, schlank und schon etwas ergraut an den Schläfen, sah seine Praktikantin durch die rahmenlose Brille an und meinte dann:

„Miss Baker, es freut mich immer, wenn Praktikanten zu mir kommen und ihre Wünsche vorbringen. Ich habe mir Ihre letzten Arbeiten angesehen und bin damit zufrieden. Da Sie mir gegenüber

den Wunsch geäußert haben, einmal bei einer richtigen Operation
in einem großen Operationssaal zusehen zu dürfen, werde ich gerne
versuchen, Ihnen diesen Wunsch zu erfüllen. Ich werde Ihnen in den
nächsten Tagen Bescheid geben, wann es so weit ist."

Elizabeth freute sich sehr, dass der Chefarzt ihrem Wunsch entgegenkam, und dankte ihm freudestrahlend. Damit verließ sie
sein Büro und kehrte mit gut gelaunt zu ihrer Arbeit zurück. Es
dauerte nicht lange und schon ein paar Tage später, Elizabeth
war gerade zu ihrer Schicht erschienen, wurde sie zum Chefarzt
gerufen. Sie klopfte an seine Tür und betrat dann sein Büro.
Der Chefarzt bedeutete ihr, sich zu setzen, und teilte ihr dann
mit, dass sie heute Nachmittag auf der Allgemeinen Chirurgie
eingeteilt ist. Elizabeth dankte dem Chefarzt noch einmal für
seinen Einsatz und begann, nachdem sie das Büro wieder verlassen hatte, mit ihrer Schicht. Der Vormittag verging viel zu
langsam für Elizabeth und ihre Gedanken schweiften manches
Mal ab. Sie dachte daran, wie das wohl wäre, in so einem großen Operationssaal zu stehen. Sie hatte zwar während des Stu-
diums einige Bilder von Operationssälen gesehen, aber heute
würde sie das erste Mal selbst in einem stehen. Endlich war es
dann so weit und nach der Mittagspause begab sich Elizabeth
in den dritten Stock zur Allgemeinen Chirurgie. Dort meldete
sie sich bei Dr. Walsh, den ihr der Chefarzt aufgeschrieben hatte. Dr. Walsh, der ebenfalls Chefarzt auf der Allgemeinen Chirurgie war, war ein älterer Herr mit grauem Haar und einem
ebensolchen grauen Oberlippenbart. Er hatte ein freundliches
Wesen und begrüßte Elizabeth mit einem Lächeln. Gemeinsam
mit Dr. Walsh ging Elizabeth zu den Operationssälen und der
Chirurg erklärte ihr auf dem Weg dorthin, dass sie nun einen
Blinddarm entfernen würden. Er fragte sogleich Elizabeth, ob
sie ihm zeigen könne, wo sich dieser befand. Elizabeth musste nicht lange darüber nachdenken und zeigte ihm die Stelle.
Er nickte anerkennend und als sie in den Vorraum des Opera-
tionssaales traten, erklärte Dr. Walsh als Erstes, dass es immer
wichtig sei, sich richtig und ausgiebig die Hände und die Unter-

arme zu waschen und danach zu desinfizieren. Wenn dies erledigt war, sollte man auf keinen Fall mehr irgendwelche Gegenstände anfassen, bevor man nicht die Handschuhe übergezogen hatte. Tat man dies trotzdem, so musste man die ganze Prozedur von vorne beginnen. Elizabeth hörte dem Chirurgen aufmerksam zu und als sie den Operationssaal betraten, schaute sich Elizabeth fasziniert um. Da waren so viele Geräte und Schläuche. Eine OP-Schwester kam auf sie zu und stülpte ihr die Handschuhe über. Dann zog sie ihr einen OP-Kittel an und verschnürte ihn auf ihrem Rücken. Auch eine OP-Maske, die über Mund und Nase gezogen wurde, bekam sie. Jetzt war sie fertig für die OP und konnte sich weiter umschauen. Auf dem OP-Tisch lag schon der Patient und schlief tief und fest. Dr. Walsh winkte Elizabeth auf seine Seite und sagte zu ihr, dass sie ihm die Stelle zeigen solle, wo er den Schnitt vollführen sollte. Elizabeth schaute auf das Stück Haut, das für die OP freigelassen wurde, und deutete eine Art Strich an. Der Chirurg fragte sie, ob sie sich sicher sei und Elizabeth schaute ihn an und bejahte. Er nickte zufrieden und fing mit der OP an. Alles verlief reibungslos und nach etwa einer halben Stunde war der Patient wieder zugenäht. Als Elizabeth und Dr. Walsh den Operationssaal verließen, wuschen sie wieder ihre Hände und Unterarme und desinfizierten diese auch sogleich. Danach gingen sie in das Büro des Chirurgen und Elizabeth setzte sich ihm gegenüber. Dr. Walsh teilte ihr mit, dass er mehr als zufrieden mit ihr war. Wenn sie das gerne wiederholen wollte, so würde er sie wieder zu einer Operation einladen. Natürlich nur in Abstimmung mit dem Chefarzt der Unfallchirurgie. Elizabeth erwiderte, dass sie das gerne wieder machen würde und gab das Einverständnis, dass Dr. Walsh mit ihrem Chefarzt darüber sprach. So vergingen die Monate und fast jeden Tag holte Dr. Walsh Elizabeth zu einer OP hinauf. Elizabeth hatte richtig Spaß daran und merkte auch, dass man hier viel mehr lernte als auf der Unfallchirurgie. Als dann der letzte Monat ihres Praktikums da war, besuchte Elizabeth eines Nachmittags Dr. Walsh, da sie ein abschließendes Gespräch mit ihm führen wollte. Als sie in seinem Büro saß, fragte sie ihn sogleich, wie sehr er mit ihren Fortschritten zufrieden war. Dr. Walsh sagte, dass alles in Ordnung wäre und wenn sie die Approbation schaffe, dass er sie gerne als Assistenzärztin in sein Team aufnehmen würde. Er teilte ihr außerdem mit, dass er schon alles geregelt habe. Elizabeth freute sich darüber, denn nun hatte sie einen weiteren Ansporn für die vor ihr liegenden Aufgaben.

Das Praktikum war zu Ende und Elizabeth machte das zweite Staatsexamen. Nach zwei Wochen bekam sie Antwort, dass sie das Examen bestanden hatte, und bekam auch gleich die Approbation überreicht. Damit rief sie in der Klinik an und verlangte Dr. Walsh. Dieser meldete sich und Elizabeth erzählte ihm, dass sie die Approbation in der Tasche habe, und fragte auch gleich, ob er sie nach ihrem letzten Gespräch noch immer als Assistenzärztin aufnehmen wollte. Dr. Walsh freute sich für Elizabeth und erklärte, dass sein Angebot noch immer stehe und sie doch, wenn sie Zeit hat, einfach vorbeikommen solle. Elizabeth dankte ihm und legte auf. Mit dieser Neuigkeit ging sie ins Wohnzimmer und fand dort ihren Vater vor. Elizabeth ging zu ihm und legte ihm die Mappe mit der Approbation auf den Tisch. Mr. Baker schaute seine Tochter an, öffnete dann die Mappe und las deren Inhalt. Seine Mundwinkel verzogen sich immer mehr zu einem Lächeln und dann legte er das Blatt zurück in die Mappe und stand auf. Er kam auf Elizabeth zu und schaute ihr in die Augen. Dann umarmte er sie und sagte ihr, wie stolz und glücklich er war, sie als Tochter zu haben. Elizabeth dankte ihm und sagte ihm auch gleich, dass sie auch schon eine fixe Stelle in der Klinik bekommen hatte. Ihr Vater lächelte und nickte anerkennend. Was konnte Mr. Baker mehr verlangen. Es tat ihm aber noch immer weh, dass er seiner Tochter durch ein Ungeschick, ja das war es für ihn, die Erinnerung an ihre frühe Kindheit nehmen musste. Aber was seine Tochter noch nicht wusste, war der Umstand, dass sie sehr bald jemanden kennenlernen würde, der ihr dabei helfen würde, ihre wahre Bestimmung und ihre Erinnerung wiederzuerlangen.

Das alles hatte aber noch ein wenig Zeit und bis dahin sollte sie nun ihrer Berufung als Ärztin nachgehen und vielleicht lernte sie ja jemanden kennen und lieben. Mr. Baker wusste allerdings, dass Elizabeth jemandem versprochen war. Er wollte seine Tochter dieses Leben auf Erden genießen lassen, denn die Zeit, die sie bis jetzt hier hatten, war für seine Verhältnisse viel zu schnell vergangen. In ein paar Jahren oder vielleicht schon früher würde er Elizabeth dann in die Hände eines Mannes geben, den sie schon ein paar Mal getroffen hatte, aber die Erinnerung an ihn aus Vorsicht immer wieder gelöscht wurde. Mr. Baker riss sich aus seinen Gedanken und schaute seine Tochter noch einmal an. Er gratulierte ihr zur Approbation und wünschte ihr viel Glück als Chirurgin. Dann verabschiedete er sich von Elizabeth, da er noch einen Termin wahrnehmen musste. Er versprach ihr aber, dass sie das am Abend in einem Restaurant ihrer Wahl feiern würden. Elizabeth nickte ihrem Vater zu, nahm die Mappe und verließ ebenfalls das Wohnzimmer, um sich in ihrem Zimmer noch etwas auszuruhen. Bevor sie sich an der Treppe endgültig von ihrem Vater verabschiedete, sagte dieser, dass sie sich um 18 Uhr in der Halle wieder treffen wollten. Elizabeth warf ihrem Vater einen Handkuss zu und ging die Treppe hinauf in ihr Zimmer. Dort legte sie die Mappe auf den Schreibtisch. Dann zog sie sich bis auf die Unterwäsche aus und zog einen Jogger an und legte sich aufs Bett. Kaum lag sie, fielen ihr auch schon die Augen zu und sie schlief ein. Elizabeth wurde vom Klopfen an der Tür geweckt. Sie schaute auf ihre Uhr und stellte fest, dass sie fast zwei Stunden geschlafen hatte. Sie stand auf und ging zur Tür. Sie öffnete diese und Jane stand mit einem Tablett vor der Tür. Elizabeth öffnete die Tür komplett und Jane trat ein und stellte das Tablett auf den Schreibtisch. Auf dem Tablett befanden sich ein Sandwich und eine Flasche Wasser mit einem Glas. Elizabeth bedankte sich bei dem Dienstmädchen und diese verließ wieder das Zimmer. Jetzt, wo Elizabeth das Sandwich sah, begann ihr Magen laut zu knurren und sie setzte sich sogleich an den Schreibtisch und begann zu essen. Als sie fertig war und auch das Wasser ausgetrunken hatte, legte sie sich wieder auf das Bett. Ein Blick auf die Uhr zeigte ihr, dass sie noch vier Stunden Zeit hatte, bis sie sich mit ihrem Vater in der Halle treffen würde. Sie nahm das Buch, das sie aus dem Wohnzimmer mitgenommen hatte, und begann weiter darin zu lesen. So vergingen auch diese Stunden und als es Zeit war sich umzuziehen, stand Elizabeth auf und ging in den Schrankraum. Sie fand dort ein schwarzes Kleid und eine kurze Jacke. Auch schwarze Schuhe zog sie an. Sie ging noch ins Badezimmer, um sich etwas frisch zu machen. Dann nahm sie ihre Handtasche und verließ das Zimmer. Sie ging die Treppe hinunter und sah ihren Vater, der schon vor der Haustür auf sie wartete. Elizabeth ging zu ihm und gemeinsam verließen sie das Haus. Elizabeth nannte dem Fahrer das Restaurant und dieser fuhr los. Nach zwanzig Minuten hatte er das besagte Restaurant, es war ein Steakhouse, erreicht und Elizabeth stieg mit ihrem Vater aus dem Wagen. Mr. Baker erklärte dem Chauffeur, dass er sich bei ihm melden würde, wenn sie wieder abgeholt werden wollten. Dann ging er zu seiner Tochter, die schon ein Stück vorausgegangen war. Elizabeth sah, dass das Restaurant sehr gut besucht war. Sie hoffte, da sie nicht reserviert hatte, dass es trotzdem einen Platz für sie gab. Sie teilte die Sorge ihrem Vater mit und dieser ging voraus und sprach mit dem Platzanweiser. Der Platzanweiser, ein junger Mann mit blonden Haaren, schaute meinen Vater nach deren Erklärung kurz an und dann auf seine Reservierungen. Mr. Baker winkte einstweilen seine Tochter zu sich und als der junge Mann erwähnte, dass er einen Tisch für eine Stunde hätte, war Elizabeth erleichtert. Ihr Vater bedankte sich bei dem jungen Mann und ein Kellner führte die beiden zu ihrem Tisch. Sie setzten sich und der Kellner gab ihnen die Speisekarten. Beide bestellten sogleich ihre Getränke und als diese kamen, hatten sie auch schon die Speisen ausgesucht. Als sie darauf warteten, hatte Elizabeth das Gefühl, dass ihr Vater ihr irgendetwas sagen wollte. Aber sie wusste nicht was. Auch kam es ihr so vor, als quälte ihren Vater irgendetwas? Sie tat doch alles, dass es ihm gut ging. Sie hatte nun ihr zweites Staatsexamen bestanden und daher die Approbation erhalten, und einen Job hatte sie auch schon. Mr. Baker hatte zwei Gläser Champagner bestellt, da er mit seiner Tochter auf ihr bestandenes Examen anstoßen wollte. Das taten sie auch und lächelten sich dabei gegenseitig an. Als das Essen kam, aßen sie wie immer schweigend. Elizabeth schaute immer wieder auf die Uhr, da sie den Tisch nur für eine Stunde hatten. Ihr Vater beobachtete sie dabei und musste schmunzeln. Er war schon stolz auf seine Tochter und ihre Genauigkeit. Was Elizabeth natürlich nicht wusste, war, dass ihr Vater das mit dem Tisch anders geregelt hatte. Sie konnten sitzen bleiben, so lange sie wollten. Mr. Baker aß gemütlich fertig und als er mit dem Essen geendet hatte, bestellte er sich noch einen Kaffee. Elizabeth legte, nachdem der Teller geleert war, das Besteck und die Serviette darauf. Sofort kam der Kellner und servierte ihre Teller ab. Das Essen war köstlich gewesen und als Mr. Baker seinen Kaffee ausgetrunken hatte, bezahlte er und sie verließen gemeinsam das Restaurant. Erst jetzt fiel Elizabeth bei einem Blick auf die Uhr auf, dass sie fast zwei Stunden an dem Tisch gesessen hatten. Doch es war nach einer Stunde niemand gekommen, der nach der Reservierung gefragt hatte. Aber sie machte sich keine weiteren Gedanken darüber, denn der Abend mit ihrem Vater war wunderschön. Als die beiden wieder zu Hause ankamen, fragte Elizabeth ihren Vater, ob er mit ihr noch einen kleinen Spaziergang im Garten unternehme wolle. Mr. Baker bejahte und so gingen sie den Weg zum See hinunter. Dort angekommen, begannen sie damit, am Ufer entlang den Weg zu umrunden. Als sie bei den Delfinen waren, blieben sie kurz stehen und lauschten dem Plätschern des Wassers. Dann wollte Elizabeth mit ihrem Vater weitergehen, doch dieser hielt sie zurück und bedeutete ihr, dass sie wieder zurückgehen sollten. Elizabeth schaute ihn stirnrunzelnd an und wollte wissen, warum sie hier nicht weitergehen sollten. Auch der Gärtner hatte sie damals aufgehalten, als sie hier weitergehen wollte. Elizabeth erklärte ihrem Vater, dass sie sich gerne die Holzhütte ansehen würde, die man von hier sehen konnte. Ihr Vater meinte, dass das keine gute Idee wäre. Außerdem wäre es schon sehr spät und sie sollten wieder zum Haus zurückgehen.

Elizabeth willigte nur ungern ein und ging mit ihrem Vater gemeinsam zurück zum Haus. Dort angekommen wünschte Elizabeth ihrem Vater eine „Gute Nacht" und begab sich auf geradem Weg in ihr Zimmer. Sie machte sich für die Nacht zurecht und schlief sofort ein.

Am nächsten Morgen erwachte sie ausgeruht und stand sofort auf. Die Sonne schien schon in ihr Zimmer und sie zog sich an. Sie wollte gerade ihr Zimmer verlassen, als ihr Handy klingelte. Es war Lilly. Elizabeth freute sich, ihre Stimme zu hören, und fragte sie nach dem Grund ihres Anrufs. Lilly fragte Elizabeth, ob sie am Wochenende Zeit hätte, da sie sich gerne mit ihr treffen würde. Ihre Eltern waren auf einem Kongress in der Stadt und sie hatte gehört, dass es eine Veranstaltung geben sollte. Elizabeth erwiderte, dass sie sich gerne mit ihr treffen würde, aber von der Veranstaltung habe sie nichts gehört. Elizabeth versprach aber Lilly, dass sie sich umhören würde, ob jemand davon wüsste. Lilly dankte ihr und die beiden Freundinnen legten auf. Dann setzte sich Elizabeth an ihren Laptop, um herauszufinden, von welcher Veranstaltung Lilly gesprochen hatte. Nach einiger Zeit wurde sie fündig und wusste, wo und wann diese Veranstaltung war. Es handelte sich um eine Künstlerveranstaltung, wo man sich Bilder und andere Kunstwerke ansehen konnte, und am Abend gab es ein Konzert. Elizabeth druckte sich den Veranstaltungskalender aus und fuhr den Laptop wieder herunter. Sie steckte die ausgedruckte Seite in ihre Handtasche und ging hinunter, um im Wohnzimmer zu frühstücken. Sie frühstückte wie die meiste Zeit allein. Als sie damit fertig war, stand sie auf, holte ihre Handtasche aus ihrem Zimmer und verließ das Haus. Sie fuhr in Richtung Shoppingcenter, um sich für das Wochenende etwas zum Anziehen zu besorgen. Sie wäre gerne mit ihrer Freundin Lilly einkaufen gegangen, aber diese kam erst am Freitagabend und da wurde dann die Zeit zu knapp. Elizabeth parkte den Wagen und betrat das Shoppingcenter. Sie fuhr mit der Rolltreppe in den dritten Stock und ging von Schaufenster zu Schaufenster. Aber sie fand nicht das richtige Outfit und so fuhr sie einen Stock weiter hinunter. Dort wurde sie in einem

Geschäft fündig. Sie kaufte sich ein Kostüm in einer roten Farbe und im nächsten Geschäft dazu passende Schuhe. Mit diesem Outfit verließ sie das Shoppingcenter wieder und fuhr nach Hause. Das Wochenende war da und Elizabeth traf sich mit Lilly in der Stadt. Die Veranstaltung fand im Kunsthaus statt. Es war freier Eintritt und so musste man sich nicht wundern, dass einigermaßen viele Leute sich diese Veranstaltung ansahen. Es waren alle Altersgruppen vertreten und man konnte am Ende der Ausstellung sogar eine Bewertung abgeben. Elizabeth und Lilly taten dies aber nicht und beschlossen, nachdem sie alles gesehen hatten, etwas trinken zu gehen. Das Kunsthaus besaß im Erdgeschoss ein kleines Café mit einem Garten. Die beiden Freundinnen begaben sich dorthin und fanden einen ruhigen Platz auf der Terrasse. Sie bestellten ihre Getränke. Nachdem sie eine Weile schweigend getrunken hatten, fragten sie sich gegenseitig, was es Neues gab. Elizabeth erzählte Lilly sofort von ihrer bestandenen Prüfung und dass sie auch schon eine Anstellung hatte. Lilly war begeistert und erzählte ihrerseits, dass sie zurzeit noch bei ihren Eltern in der Kanzlei arbeite, aber dann bald eine eigene Anwaltskanzlei eröffnen wolle. Elizabeth nickte und wünschte ihr dazu viel Erfolg. Die beiden Freundinnen leerten ihre Gläser und zahlten. Dann standen sie auf und gingen in der Stadt eine Runde spazieren, da das Konzert erst am Abend stattfand. Sie schauten sich einige Geschäfte an und nach einiger Zeit gingen sie wieder zurück zum Kunsthaus. Inzwischen wurde es schon dunkel und als sie das Kunsthaus betraten, sahen sie, dass sich schon einige Leute in Richtung des Konzertsaals bewegten. Elizabeth und Lilly folgten den anderen und betraten den Konzertsaal. Sie suchten sich einen Platz in der Nähe des Ganges, aber in einer Reihe ziemlich in der Mitte. Als sie fündig wurden, setzten sie sich und schon eine halbe Stunde darauf begann das Konzert. Die beiden genossen es und am Ende fanden sie, dass es wunderschön gewesen war. Elizabeth fragte Lilly, ob sie morgen mit ihren Eltern zum Mittagessen kommen wolle, bevor sie wieder nach Hause fuhren. Lilly antwortete, dass das eine tolle Idee wäre, sie aber erst ihre Eltern fragen müsste, ob sie mitkommen wollten. Da kam Lilly der Gedanke, dass Elizabeth ihre Eltern doch gleich selbst fragen könnte, da diese sie abholten. Die beiden Freundinnen verließen den Konzertsaal und das Kunsthaus und sahen sich nach dem Wagen von Lillys Eltern um. Nach einer kurzen Suche fanden sie diesen. Lillys Vater hatte um die Ecke geparkt. Die beiden gingen zum Wagen und Lillys Vater stieg aus. Er kam den beiden Frauen entgegen und begrüßte sie. Elizabeth begrüßte ihn ebenfalls und fragte ihn sogleich wegen morgen Mittag. Lillys Vater fand das eine gute Idee und sagte Elizabeth, dass sie morgen Mittag gerne kämen. Sie einigten sich auf 13 Uhr und Elizabeth verabschiedete sich von beiden. Zu Hause angekommen erzählte Elizabeth ihrem Vater, den sie im Wohnzimmer antraf, von morgen. Mr. Baker nickte und sagte, dass er sich schon auf morgen freue.

Vierzehntes Kapitel

Der nächste Morgen war angebrochen und Elizabeth freute sich schon auf das Mittagessen mit ihrer Freundin und deren Eltern. Als sie aus dem Fenster sah, hingen dicke Regenwolken am Himmel. Es sah aus, als könnte es jederzeit einen Wolkenbruch geben. Heute würde es die Sonne wahrscheinlich nicht schaffen, aus den Wolken hervorzubrechen. Elizabeth beschloss, heute bei der Tischdekoration mitzuhelfen. Als sie hinunter in die Halle ging, rief sie nach Jane. Das Dienstmädchen erschien und Elizabeth teilte ihr mit, dass sie heute das Tischdecken übernehmen würde. Jane nickte und sagte ihr, dass sie ihr alles Notwendige bereitlegen würde. Elizabeth dankte ihr und setzte ihren Weg ins Wohnzimmer fort. Dort setzte sie sich an den Tisch und begann mit dem Frühstück. Schon während sie aß, schaute sie sich den Tisch genauer an. Sie hatte schon einige Ideen, wie sie den Tisch decken und dekorieren könnte. Aber als Erstes musste sie einmal wissen, was es heute Mittag gab. Sie rief wieder nach Jane und fragte sie, ob sie wisse, was es heute Mittag geben würde. Jane nickte und erzählte ihr, dass die Köchin heute einen Lammbraten mit Bratkartoffeln und Gemüse kochen würde. Elizabeth dankte ihr und hatte auch schon eine Vorstellung, wie sie den Tisch dekorieren würde. Um 13 Uhr kamen die Gäste, also beschloss Elizabeth, um 12 Uhr mit den Vorbereitungen zu beginnen. In der Zwischenzeit wollte sie noch einige Dinge erledigen und sich dann voll auf den Esstisch konzentrieren. Nach einer halben Stunde schaute sie sich die Dekoration an und war zufrieden. Elizabeth hatte für den Mittagstisch weiße Teller mit Goldrand gewählt. Die Dekoration war in den Farben Braun und Rot gehalten. Auch die Servietten enthielten diese Farben und waren zu einem Fächer gefaltet. In der Mitte des Tisches befanden sich drei kleine Blumengestecke und zwei Kerzenständer. In den Kerzenständern steckten rote und braune Kerzen. Die Tischdecke war weiß mit roten und braunen Blättern. Elizabeth war mit ihrer Arbeit zufrieden und als sie das Wohnzimmer wieder verlassen wollte, kam ihr Vater in den Raum. Er sah auf den Tisch und nickte anerkennend. Seine Tochter hatte wirklich gute Arbeit geleistet. Elizabeth dankte ihrem Vater und ging in ihr Zimmer, um sich umzuziehen. Als sie die Treppe wieder herunterkam, klingelte es schon an der Eingangstür. Der Butler öffnete und die Gäste traten ein. Lilly und Elizabeth umarmten sich sogleich. Danach begrüßte Elizabeth deren Eltern. Mr. Baker kam aus seinem Arbeitszimmer und begrüßte ebenfalls die Gäste. Danach führte Mr. Baker die Gäste ins Wohnzimmer. Dort nahmen alle am Esstisch Platz. Nachdem sie alle saßen, wurden die Speisen aufgetragen. Es schmeckte allen köstlich. Elizabeth merkte, dass ihr Vater, wenn Gäste zum Essen waren, mit den Tischregeln nicht so streng war. Es wurde viel gesprochen und gelacht. Nach dem Dessert erhoben sich alle von ihren Sitzen und gingen hinüber zur Couch. Auf dem Weg dorthin blieb Mr. Baker beim Getränkewagen stehen und schenkte sich einen Whisky ein. Er fragte Lillys Vater, ob er auch etwas wolle. Dieser bejahte und es wurde ein zweites Glas eingeschenkt. Die Frauen hatten schon auf der Couch in der Mitte Platz genommen und so blieben den beiden Herren nur die Sessel. Angeregt wurden einige Punkte bezüglich der Zukunft der Töchter diskutiert. Am späteren Nachmittag wurde dann noch Kaffee und Kuchen serviert. Elizabeth und Lilly beschlossen aber, lieber an die frische Luft zu gehen. Bis jetzt hatte das Wetter gut gehalten, aber als sie nach draußen gingen, fing es an zu regnen. Die beiden beeilten sich, zum See zu kommen, und setzten sich dort unter das Blätterdach des Baumes. Elizabeth erzählte Lilly, dass es im Sommer ein großes Festival in der Stadt gab. Lilly hörte interessiert zu. Sie überlegte eine Weile und versprach Elizabeth, mit ihr an diesem Festival teilzunehmen. Elizabeth freute sich riesig. Sie saßen noch etwa eine Stunde unter dem Baum. Der Regen ließ allmählich nach und die Freundinnen gingen wieder zurück zum Haus. Als sie es betraten, kamen Lillys Eltern und Mr. Baker gerade aus dem Wohnzimmer. Nach einem kurzen Plausch verabschiedeten sich Lilly und ihre Eltern von den Gastgebern. Als sie gegangen waren, gab Mr. Baker seiner Tochter einen Kuss auf die Stirn und sagte ihr, dass er noch zu arbeiten hätte. Elizabeth schaute ihren Vater enttäuscht an, da sie noch gerne mit ihm geredet hätte. Aber als sie auf die Uhr sah, stellte sie fest, dass es schon spät geworden war, und so nickte sie ihrem Vater zu und ging die Treppe hinauf in ihr Zimmer.

Endlich war es so weit und das Festival in der Stadt würde am Wochenende stattfinden. Elizabeth hatte mit Lilly vereinbart, dass sie ihre Freundin vom Flughafen abholen würde. Diese würde schon morgen ankommen. Elizabeth sagte Jane, dass sie das Gästezimmer vorbereiten sollte. Elizabeth wollte auf jeden Fall, dass Lilly bei ihr im Haus wohnte. Sie hatte ihren Vater um Erlaubnis gefragt und dieser hatte sofort eingewilligt. Mr. Baker hatte seiner Tochter auch erzählt, dass er an diesem Wochenende eine Geschäftsreise machen musste und sie und ihre Freundin das Haus für sich allein hätten. Elizabeth strahlte und machte schon Pläne, wie sie das Wochenende gestalten würde. Am nächsten Tag holte Elizabeth wie besprochen ihre Freundin vom Flughafen ab. Als sie zu Hause ankamen, zeigte Elizabeth Lilly ihr Zimmer. Da es ein wunderschöner Tag war, beschlossen sie, es sich am See gemütlich zu machen. Der Nachmittag brach an und gemeinsam stylten sich die beiden Freundinnen für das Festival. Am frühen Abend stiegen sie ins Auto und fuhren in die Stadt. Als sie in die Nähe der Festivitäten kamen, waren schon viele Leute eingetroffen. Elizabeth und Lilly kamen nur langsam voran und beschlossen nach einer Weile, sich an den Rand zu stellen. Kaum hatten sie einen Platz gefunden, als ein junger Mann auf sie zukam und ihnen ein Prospekt gab. Elizabeth nahm es entgegen und schaute darauf. Es war eine Übersichtskarte des Festivals. Beide dankten dem jungen Mann und falteten die Karte auseinander. Dann schauten sie gemeinsam, welche Veranstaltungen sie besuchen wollten. Sie hatten einige gefunden und legten sofort los. In zwei Stunden hatten sie alles gesehen. Als sie die Karte erneut studierten, fiel ihnen auf, dass es auch ein Konzert gab. Auf der Karte fanden sie die Bühne und stellten fest, dass diese nicht weit von ihrem Standort entfernt war. Elizabeth und Lilly machten sich sofort auf den Weg. Schon konnten sie die Musik von Weitem hören. Sie bahnten sich einen Weg durch die Massen, um näher an der Bühne zu sein. Die Freundinnen genossen die Atmosphäre und blieben bis zum Schluss. Endlich zu Hause angekommen, war es schon sehr spät geworden. Elizabeth und Lilly wünschten sich gegenseitig eine Gute Nacht und gingen auf ihre Zimmer. Elizabeth hatte der Abend sehr gut gefallen. Sie war todmüde und legte sich sofort ins Bett.

Als Elizabeth am nächsten Morgen erwachte, es war schon später Vormittag, klopfte es an ihre Tür. Sie stand auf und öffnete sie. Draußen stand ihre Freundin Lilly und strahlte sie an. Elizabeth bedeutete ihr, einzutreten. Lilly setzte sich auf einen Stuhl und wartete, bis ihre Freundin angezogen war. Als Elizabeth mit allem fertig war, sah sie Lilly an und fragte sie, was sie heute unternehmen wollte. Lilly meinte, dass sie ins Shoppingcenter fahren und shoppen gehen wollte. Elizabeth lächelte und sagte sofort zu. Aber sie wollte heute nicht selber fahren und sagte daher dem Chauffeur, dass sie in einer Stunde zum Shoppingcenter gefahren werden wollen. Dieser nickte und ging wieder. Die Freundinnen gingen ins Wohnzimmer und frühstückten ausgiebig. Dabei unterhielten sie sich über den gestrigen Tag. Sie waren sich beide einig, dass es ein tolles Festival war. Als sie mit dem Frühstück fertig waren, holten beide ihre Handtaschen und verließen das Haus. Der Chauffeur wartete schon und sie stiegen ein. Beim Shoppingcenter angekommen, sagte Elizabeth dem Chauffeur, dass er um 17 Uhr wieder dort sein sollte. Der Chauffeur nickte und die Freundinnen stiegen aus. Sie betraten das Gebäude und Elizabeth sagte Lilly, dass sie noch auf die Bank gehen müsse. Lilly nickte und setzte sich einstweilen auf eine der Bänke, die in der Mitte standen. Elizabeth betrat die Bank und ging zum Schalter. Dort war ein junger, gut aussehender Mann. Er hatte braune, kurze Haare und trug einen schwarzen Anzug. Der Mann schaute sie an und fragte sie nach ihren Wünschen. Elizabeth schaute auf das Namensschild, das auf dem Tresen stand. Sein Name war George Harrison. Sie nannte ihm sein Anliegen und als er es erfüllt hatte, schaute ihm Elizabeth noch einmal in die Augen. Die Farbe seiner Augen war grau und sie konnte einfach nicht wegsehen. Hoffentlich wurde es nicht peinlich, aber Elizabeth musste es einfach fragen. Sie fragte ihn nach einer Visitenkarte. Er lächelte und gab ihr das Gewünschte. Elizabeth bedankte sich und ging. Als sie die Bank verlassen hatte, schaute sie noch einmal zurück und erstarrte. Denn dieser Mann schaute sie direkt an. Elizabeth lächelte innerlich und wollte diesen Mann unbedingt näher kennenlernen. Als sie bei Lilly ankam, fragte diese sofort, was geschehen war. Denn der Freundin war nicht entgangen, dass sich das Verhalten von Elizabeth verändert hatte. Elizabeth tat so, als ob nichts gewesen wäre. Aber Lilly ließ nicht locker und Elizabeth gab endlich nach und erzählte ihr, dass sie gerade den attraktivsten Mann, den sie je gesehen hatte, kennengelernt hatte. „Er arbeitet in der Bank und sieht einfach umwerfend aus. Ich glaube, ich habe mich verliebt", gestand Elizabeth ihrer Freundin. Diese war neugierig, wie er aussah und so gingen sie zur Bank und Elizabeth zeigte ihr durch die Scheibe den Mann. Plötzlich schaute er in ihre Richtung und die beiden Freundinnen liefen schnell davon. Sie fuhren mit der Rolltreppe in den dritten Stock und fingen dort mit ihrer Shoppingtour an. Dazwischen fuhren sie in den vierten Stock und setzten sich auf ein Getränk an die Bar. Als sie ausgetrunken hatten, wollten sie gerade die Bar verlassen, als Elizabeth sah, dass der junge Mann aus der Bank gerade die Rolltreppe hinauffuhr. Der Mann schaute sich um und lächelte. Er kam auf sie und Lilly zu und stellte sich ihnen als George Harrison vor. Die Freundinnen schüttelten ihm die Hand. Dann fragte er Elizabeth, ob er sie heute Abend zum Essen einladen dürfte. Elizabeth schaute Lilly an. Diese verstand ihren Blick und versicherte ihr, dass sie sich um sie keine Sorgen machen sollte. Innerlich freute sich Lilly über das Glück von Elizabeth. Aber Elizabeth wusste nicht so recht. Schließlich war ihre Freundin zu Besuch und jetzt sollte sie Lilly allein lassen? Andererseits aber wollte sie auf jeden Fall mit diesem Mann, der sich als George Harrison vorgestellt hatte, ausgehen. Elizabeth schaute ihre Freundin noch einmal an und diese nickte ihr erneut aufmunternd zu. Als sie wieder zu George sah, sagte sie ihm, dass sie sich schon darauf freue. Er fragte sie nach der Adresse und sagte ihr, dass er sie um 19 Uhr abholen würde. Elizabeth nickte und gab ihm zum Abschied noch einmal die Hand. Sie hoffte, dass das kein Fehler war. Auch hatte sie nicht an ihren Vater gedacht, aber der war ohnehin auf Geschäftsreise und sie musste ihm nicht alles sagen. Sie dankte Lilly für ihr Verständnis und die beiden setzten ihren Weg zum Shoppen fort. Der Nachmittag verging ziemlich schnell und als die beiden Freundinnen wieder zu Hause angekommen waren, gingen sie in Elizabeths Zimmer und probierten die neuen Sachen gleich aus. Elizabeth hatte sich ein kurzes, schwarzes Kleid gekauft, das ärmellos war. Sie zog es an und es passte perfekt. Sie beschloss, es heute Abend beim Essen mit George zu tragen. Elizabeth schaute auf die Uhr und es war noch eine halbe Stunde, bis George sie abholen würde. Sie rief nach Jane und als diese erschien, teilte sie ihr mit, dass sie ihrer Freundin etwas zu essen zubereiten solle. Elizabeth schaute Lilly an und fragte sie, worauf sie Appetit hätte. Lilly antwortete ihr, dass sie gerne eine Pizza essen würde. Jane nickte und sagte, dass sie ihr diese auf ihr Zimmer bringen wird. Lilly war damit einverstanden und das Dienstmädchen ging. Nun war es Zeit, sich fertig zu machen, und Elizabeth ging ins Badezimmer. Kaum hatte sie dieses wieder verlassen, als es auch schon an der Tür klingelte. Elizabeth wurde nervös und fragte Lilly, ob sie so ausgehen könne. Lilly trat zu ihr und sagte, dass sie wunderschön aussah und sie ihr einen schönen Abend wünsche. Die beiden verließen daraufhin Elizabeths Zimmer und verabschiedeten sich an der Treppe. Dann ging Elizabeth die Treppe hinunter und als sie in der Halle stand, sah sie George an der Tür stehen. Der Butler kam zu ihr und teilte ihr mit, dass Mr. Harrison auf sie wartete. Elizabeth dankte ihm und durchquerte die Halle, um den jungen Mann zu begrüßen. Dieser gab ihr die Hand und nachdem Elizabeth ihre Tasche geholt hatte, verließen sie gemeinsam das Haus. George sagte ihr, dass er einen Tisch bei einem Italiener bestellt hatte. Elizabeth lächelte und sie stiegen in den Wagen. Mr. Harrison fuhr zu dem Restaurant und parkte auf dem Parkplatz daneben den Wagen. Als sie ausgestiegen waren, gingen sie zum Restaurant und George öffnete galant die Tür. Elizabeth trat ein und war entzückt von diesem kleinen Restaurant. Es roch nach italienischen Speisen und die Einrichtung war wunderschön. Sie bekamen einen Tisch in einer Nische und setzten sich. Nachdem sie bestellt hatten, sah Mr. Harrison Elizabeth lange an. Dann begannen sie eine kurze Konversation über Beruf, Partnerschaft und Träume. Elizabeth wusste nicht recht, was sie ihrem Gegenüber erzählen konnte und was nicht. Daher beschloss sie, nur das Notwendigste von sich preiszugeben. Sie sagte ihm, dass sie Chirurgin in einem Hospital ist und mit ihrem Vater allein lebe. Als das Getränk, sie hatten eine Flasche Rotwein bestellt, serviert war, prosteten sie sich zu. George fragte dabei, ob es ihr etwas ausmachen würde, wenn sie sich duzten. Elizabeth dachte eine Weile nach, da ihr alles ein wenig zu schnell ging. Aber sie waren fast im gleichen Alter und so stimmte sie zu. Nachdem beide einen Schluck getrunken hatten, rutschte George, sie saßen beide auf einer Bank, näher an Elizabeth heran und gab ihr einen Kuss. Nachdem er sich wieder von ihr gelöst hatte, sah er in ihre Augen. Sie musste ziemlich verwirrt ausgesehen haben, denn George entschuldigte sich sofort für sein Verhalten. Nein, sie wollte nicht, dass er sich dafür entschuldigte. Außerdem fand sie, dass der Kuss viel zu kurz war. Elizabeth beugte sich zum ihm und gab ihm ihrerseits einen Kuss. Nun war es doppelt besiegelt und sie lächelten sich an. Kurz darauf kamen die Speisen. Als George gezahlt hatte, verließen sie das Restaurant und beschlossen, noch ein wenig im angrenzenden Park spazieren zu gehen. Es war eine laue Nacht und der Himmel war wolkenlos. Wenn man nach oben sah, funkelten die Sterne. Romantischer konnte es nicht sein. Sie fanden eine Parkbank und setzten sich darauf. Für eine Weile sprach keiner der beiden ein Wort. Keiner wollte diese Stille zerstören. Dann aber wurde sie doch unterbrochen. Eine Eule in einem Baum begann zu schreien und flog dann in die Dunkelheit davon. George nahm Elizabeths Hand und sie drehte sich zu ihm. Er sagte ihr, dass er sie wiedersehen wollte. Elizabeth wollte das auch und so willigte sie ein. George näherte sich langsam ihrem Gesicht und schaute ihr in die Augen. Dann gab er ihr einen zärtlichen Kuss auf die Lippen. Elizabeth erwiderte diesen Kuss. Danach legte sie ihren Kopf an seine Schulter und genoss seinen Duft. Sie verharrten beide eine Weile in dieser Stellung. Dann seufzte Elizabeth und meinte, sie müsse jetzt wieder nach Hause. Ihre Freundin würde sich sicher schon Sorgen machen. George nickte. Sie standen auf und gingen zum Auto zurück. Er brachte Elizabeth nach Hause. Bevor sie ausstieg, gab sie ihm noch einen Kuss und sagte ihm, dass er sie morgen anrufen solle. George sagte, dass er das auf jeden Fall tun würde. Elizabeth stieg aus dem Wagen und ging zur Eingangstür. Sie drehte sich noch einmal um und winkte George. Dann verschwand sie im Haus. George startete den Wagen und fuhr nach Hause.

Fünfzehntes Kapitel

Seit jenem Abend waren nun schon wieder zwei Monate vergangen. Elizabeth hatte sich schnell in George verliebt. Sie wusste, dass er auch so empfand, er hatte ihr das sogar schon einmal auf einem Spaziergang gestanden. Was Elizabeth aber noch immer Sorge bereitete, war die Frage, wie sie es ihrem Vater beibringen sollte. Sie wollte ihm auf jeden Fall George vorstellen, aber sie wusste nicht wie. Mr. Baker war in letzter Zeit viel unterwegs und wenn er einmal zu Hause war, kamen viele Kunden vorbei. Heute beim Abendessen wollte sie ihrem Vater von George erzählen. Sie war schon neugierig auf seine Reaktion. George hatte ihr einmal gesagt, dass er jederzeit vorbeikommen könnte, da sein Vater der Direktor der Bank war. Und das wollte Elizabeth jetzt nutzen, indem sie George anrief und ihn fragte, ob er heute Abend mit ihr und ihrem Vater essen wollte. George zögerte, aber nach einer kurzen Pause war er damit einverstanden und Elizabeth sagte ihm, dass er um 18 Uhr bei ihr zu Hause sein sollte. Sie verabschiedeten sich und Elizabeth legte auf. Hoffentlich hatte sie nicht zu unüberlegt gehandelt. Sie rief ihren Vater an und als er abhob, fragte sie ihn, ob sie kurz persönlich mit ihm sprechen könnte. Mr. Baker war überrascht, dass seine Tochter ihm ihr Anliegen nicht am Telefon mitteilte. Er kam aus seinem Büro und Elizabeth eilte ihm entgegen. Mr. Baker schaute seine Tochter an und sie fragte ihn, ob er heute Abend beim Essen anwesend war. Er bejahte und wusste, dass sie ihm noch etwas mitteilen wollte. Wie immer in solchen Situationen schaute er seiner Tochter intensiver in die Augen. Und da war es, was sie vor ihm verheimlichte. Er hakte aber nicht nach und wollte, dass ihm Elizabeth das von sich aus erzählte. Aber sie tat es nicht, denn sie sagte ihm, dass sie eine Überraschung für ihn hätte und sie sich schon auf das gemeinsame Abendessen freue. Mr. Baker kannte seine Tochter gut genug und war gespannt, was da auf ihn zukäme. Er fragte Elizabeth, ob das alles war, und sie nickte ihrem Vater zu. Dieser verabschiedete sich von ihr und ging wieder in sein Arbeitszimmer. Als er die Tür öffnete, konnte Elizabeth einen kurzen Blick hineinwerfen. Es war zu dunkel darin, um etwas zu sehen. Plötzlich huschte etwas durch den Raum. War das ein Mensch gewesen? Sie konnte es nicht sagen, da die Tür viel zu schnell wieder geschlossen wurde. Elizabeth zuckte mit den Schultern und ging auf ihr Zimmer. Dort angekommen schaltete sie ihren Laptop ein, um die E-Mails durchzusehen. Da fiel ihr auf, dass ihr Lilly geschrieben hatte. Elizabeth öffnete die Mail und las:

Hi Elizabeth,

Ich hoffe, es geht dir gut und du bist noch immer mit George zusammen. Er ist wirklich eine gute Wahl für dich. Wie hat dein Vater reagiert? Hast du ihm George schon vorgestellt? Warum ich dir eigentlich schreibe ist, dass wir uns nicht mehr sehen werden, da ich eine Stelle in Großbritannien angenommen habe. Ich konnte sie nicht abschlagen, da es, wie du weißt, schon immer mein Traum war, in diesem Land zu arbeiten. Ich werde dir auf jeden Fall meine neue E-Mail-Adresse schicken, so können wir unseren Schriftverkehr weiterführen. So, nun weißt du die Neuigkeit und lass von dir hören, wie sich die Dinge bei dir weiterentwickeln.

LG
Lilly

Elizabeth las noch einmal die Mail und wurde traurig, dass es schon so weit war und ihre beste Freundin bald nicht mehr in der Nähe war. Was Elizabeth zu diesem Zeitpunkt noch nicht wusste, war, dass auch sie schon bald einen neuen Lebensabschnitt mit einer Reise erleben würde.

Elizabeth schaltete den Laptop wieder aus und rief nach Jane. Das Dienstmädchen erschien und Elizabeth teilte ihr mit, dass sie heute beim Abendessen einen Gast hatten. Außerdem sagte sie ihr, dass sie wieder die Tischdekoration übernehmen würde. Jane nickte und antwortete, dass sie der Küche Bescheid sagen wird. Elizabeth entließ sie und machte sich im Badezimmer etwas frisch. Dann ging sie hinunter in die Halle und traf den Butler beim Abstauben an. Sie erzählte ihm ebenfalls von dem Gast und bat ihn, einen Platz in der Garage für den Wagen des Gastes zu arrangieren. Dieser nickte und begann sofort damit, die Order auszuführen. Elizabeth ging ins Wohnzimmer und sah, dass Jane ihr schon einige Dinge für die Dekoration des Tisches vorbereitet hatte. Sie schaute sich die Materialien an. Da waren verschiedene Blumengestecke, das Silberbesteck, die weißen Porzellanteller mit Goldrand und das Tischtuch und die Servietten. Jane hatte außerdem schon dafür gesorgt, dass der Tisch abgedeckt wurde. Elizabeth lächelte, denn sie hatte sich immer schon auf das Dienstmädchen verlassen können. Sie machte sich sogleich an das Tischdecken und nach einer Stunde betrachtete sie wohlwollend ihr Werk. Ja, sie war zufrieden. Das Einzige, das noch fehlte, waren die Gläser. Dazu öffnete Elizabeth einen Schrank und entnahm einige Gläser in verschiedenen Größen und platzierte sie neben den Gedecken. Dann schloss sie den Schrank wieder und prüfte noch einmal, ob alles an seinem rechten Platz war. Elizabeth huschte ein Lächeln über die Lippen und sie war schon gespannt, wie der heutige Abend verlaufen würde.

Endlich war es so weit und pünktlich um 18 Uhr klingelte es an der Tür. Elizabeth wurde jetzt sehr nervös. Ihr Vater kam aus dem Arbeitszimmer und gemeinsam gingen sie zur Eingangstür. Der Butler öffnete und George trat ein. Elizabeth hätte gerne das Gesicht ihres Vaters gesehen, aber sie eilte schon zu George und umarmte ihn glücklich. Sie sagte ihm, dass sie sich freue, dass er gekommen war. Mr. Baker trat neben seine Tochter und fragte sie, ob sie ihm den jungen Mann nicht vorstellen wollte. Elizabeth ließ die Arme sinken und trat ein paar Schritte zurück. Dann schaute sie ihren Vater an und stellte ihm ihren Freund vor. Sie sagte, dass das George Harrison und seit zwei Monaten ihr Freund war. Mr. Baker schüttelte dem jungen Mann die Hand. Zusammen gingen sie ins Wohnzimmer und setzten sich an den Tisch. Die Speisen wurden serviert. Elizabeth schaute immer wieder verstohlen zu George und ihrem Vater. Aber keiner der beiden erwiderte ihren Blick oder verzog auch nur eine Miene. Sie aßen schweigend zu Ende. Danach erhob sich mein Vater und bat George, mit ihm zu kommen. Sie gingen in den hinteren Bereich zu der Couch und setzten sich. Der Butler hatte diesmal bei dem Getränkewagen Stellung bezogen und fragte die beiden Herren, ob sie etwas trinken wollten. Mr. Baker schaute George an und beide entschieden sich für einen Whiskey. Als den beiden das Getränk gereicht worden war, entließ Mr. Baker den Butler. Elizabeth wollte sich auch zu ihnen setzen, aber ihr Vater meinte, dass er gerne ein paar Worte mir Mr. Harrison allein sprechen würde. Er merkte, dass seine Tochter nervös wurde, und beruhigte sie, indem er ihr versicherte, dass er ihm nicht den Kopf abreißen würde. Elizabeth gab George einen flüchtigen Kuss und verabschiedete sich von den Männern. Sie ging in ihr Zimmer und hoffte, dass das Gespräch positiv verlief. Nach einer Stunde klopfte es an der Tür. Elizabeth öffnete und Jane, die davorstand, sagte ihr, dass sie ins Wohnzimmer kommen solle. Elizabeth ging sofort hinunter und öffnete vorsichtig die Wohnzimmertür. Sie fand die beiden Männer angeregt in ein Gespräch verwickelt vor. Als die beiden bemerkten, dass Elizabeth sich ihnen näherte, verstummten sie. Elizabeth setzte sich zu ihnen und schaute ihren Vater gespannt an. Dieser begann zu sprechen:

„Elizabeth, du hast einen wunderbaren und gebildeten Freund. Ich verstehe nicht, warum du mir nicht schon früher von ihm erzählt hast. Ich wünsche euch auf jeden Fall viel Glück für eure Beziehung."

Elizabeth schaute ihren Vater erleichtert an. Denn sie hatte wirklich Angst gehabt vor dieser ersten Begegnung. Sie umarmte ihren Vater und dankte ihm. Mr. Baker erhob sich und meinte, dass er noch zu arbeiten hätte. Zu George sagte er, dass er jederzeit willkommen sei. Damit verabschiedete er sich und verließ das Wohnzimmer. Elizabeth setzte sich neben George und dieser legte den Arm um sie. Dann küsste er sie zärtlich. Sie wollte unbedingt seine Meinung über ihren Vater wissen. George schaute sie eine Weile an und meinte dann, dass Mr. Baker ein sehr angenehmer und netter Mann sei und man mit ihm gute Gespräche führen könne. Das freute Elizabeth. Die beiden beschlossen, etwas im Garten spazieren zu gehen, bevor George wieder nach Hause fuhr. Gesagt, getan gingen sie zum See. Es war schon dunkel und der Weg dorthin wurde von Laternen beleuchtet. Als sie am See ankamen, gingen sie nach links und ein Stück das Ufer entlang. Man hörte in der Ferne ein paar Grillen zirpen, aber ansonsten war es still. George blieb auf einmal stehen und schaute Elizabeth an. Dann sagte er, dass ihm ihr Vater auch noch gesagt hatte, dass er seine Tochter immer mit Respekt behandeln sollte. George fragte Elizabeth, was er damit meinte. Elizabeth wusste nicht so recht, wie sie das ihrem Freund erklären sollte, daher antwortete sie:

„Was mein Vater damit meinte, ist jenes, dass mein Vater und ich uns immer mit Respekt behandelt haben. Mein Vater hat mir nie Schaden zugefügt und ich habe versucht, ihm immer eine gute Tochter zu sein. Er meint es nicht streng, sondern er möchte nur das Beste für seine Tochter. Das musst du verstehen."

George nickte und verstand. Er hatte auch nie vorgehabt, Elizabeth Schaden zuzufügen. Denn er hatte irgendwie gespürt, als er sich mit ihrem Vater unterhalten hatte, dass da eine gewisse fremde Macht im Raum stand. Vielleicht hatte er sich das auch nur eingebildet. George küsste Elizabeth zärtlich und dann gingen sie zurück zum Haus. Der Chauffeur hatte den Wagen von George schon in die Einfahrt gestellt und so begaben sich die beiden dorthin. Sie beschlossen, in ein paar Tagen miteinander zu telefonieren. Sie gaben sich noch einen flüchtigen Kuss und dann stieg George in den Wagen und fuhr davon. Elizabeth drehte sich um und ging ins Haus. Sie hatte nicht die Gestalt gesehen, die von einem der oberen Fenster hinuntersah. Im Haus angekommen, ging Elizabeth sofort in ihr Zimmer. Am nächsten Morgen erwachte sie und stand sofort auf. Elizabeth duschte und zog sich an. Als sie die Halle betrat, kam ihr Vater gerade aus dem Arbeitszimmer und sie wünschte ihm einen schönen „Guten Morgen". Er wünschte ihr dasselbe und setzte seinen Weg zur Eingangstür fort. Elizabeth schaute ihm hinterher und wunderte sich über das Verhalten ihres Vaters. Er schien ihr sehr abwesend zu sein, so als würden ihn eigenartige Gedanken quälen. Sie dachte nicht weiter darüber nach und betrat das Wohnzimmer, um zu frühstücken. Danach fuhr sie zur Arbeit. Als sie nach einem anstrengenden Tag das Krankenhaus verließ, rief sie George an. Dieser hob aber nicht ab und sie fuhr nach Hause. Dort angekommen, betrat sie das Haus und ging ins Wohnzimmer. Dort fand sie ihren Vater, der auf der Couch saß und sich einen Drink genehmigte. Sie setzte sich zu ihm und fragte ihn, was heute Morgen mit ihm los war. Mr. Baker schaute seine Tochter an und sagte ihr, dass in absehbare Zeit große Veränderungen bevorstünden. Elizabeth schaute ihn fragend an und wollte mehr wissen. Ihr Vater blockte aber ab und sagte nur, dass sie es schon früh genug erfahren würde. Damit stand er auf und ließ seine verdutzte Tochter zurück. Elizabeth wollte ihrem Vater hinterher, da sie immer für klare Verhältnisse war. Aber als sie das Wohnzimmer verließ und in die Halle trat, war er schon verschwunden.

Nun waren wieder zwei Monate vergangen und die Liebe zu George wuchs immer mehr. Am liebsten hätte Elizabeth ihn gerne jeden Tag gesehen. Auch spürte sie, dass George mehr wollte als nur Küsse. Aber sie war noch nicht dazu bereit und sagte ihm dies auch. Er war damit einverstanden und ließ ihr die Zeit, die sie brauchte. Ihren Vater sah Elizabeth so gut wie gar nicht mehr. Man konnte auch eine eigenartige Atmosphäre im Haus spüren, die ihr eine Gänsehaut verschaffte. Sie konnte nicht sagen, ob das schon die Veränderung war. Wenn sie den Butler oder Jane fragte, so schüttelten diese nur stumm den Kopf und sagten kein Wort der Erklärung. Die Tage vergingen und Elizabeth hatte immer mehr das Gefühl, dass sie diesen Ort bald verlassen musste.

War es nur eine Vorahnung oder würde sich ihr Gefühl bestätigen? Elizabeth hoffte, dass es etwas Gutes war.

HERZ FOR AUTOREN A HEART FOR AUTHORS À L'ÉCOUTE DES AUTEURS MIA KAPΔIA ΓΙΑ ΣΥΓΓΡΑ
FÖR FÖRFATTARE UN CORAZÓN POR LOS AUTORES YAZARLARIMIZA GÖNÜL VERELIM SZÍVÜ
RE PER AUTORI ET HJERTE FOR FORFATTERE EEN HART VOOR SCHRIJVERS TEMOS OS AUTOR
ZÖINKÉRT SERCE DLA AUTORÓW EIN HERZ FÜR AUTOREN A HEART FOR AUTHORS À L'ÉCOUTE
ÇÃO ВСЕЙ ДУШОЙ К АВТОРАМ ETT HJÄRTA FÖR FÖRFATTARE À LA ESCUCHA DE LOS AUTORE
MIA KAPΔIA ΓΙΑ ΣΥΓΓΡΑΦΕΙΣ UN CUORE PER AUTORI ET HJERTE FOR FORFATTERE EEN HA
ARIMI ZÖINKÉRT SERCE DLA AUTORÓW EIN HERZ FÜR A
SCHRE ÇÃO ВСЕЙ ДУШОЙ К АВТОРАМ ETT HJÄRTA FÖR

Die Autorin

Die heute in Tirol lebende Sylvia
Schwetz wurde 1969 in Wien geboren. Nach ihrer Ausbildung zur Einzel-
handelskauffrau arbeitet sie zurzeit
als Büroangestellte. Sie ist verheiratet
und hat einen Sohn. In ihrer Freizeit
hört sie Musik, schaut Filme und liest.
Ihr schriftstellerischer Werdegang
ist gerade noch am Anfang und im
Aufbau. Im Alter von 52 Jahren begann sie, ihr
erstes Buch mit dem Titel „Elizabeth und Vlad" zu
schreiben – eine Geschichte, die seit ihrer Kindheit
in ihrem Kopf herumspukte.
Nach der Veröffentlichung dieses Erstlingswerks ist
dies bereits die zweite Zusammenarbeit der Auto-
rin mit dem novum Verlag.

Der Verlag

*Wer aufhört
besser zu werden,
hat aufgehört
gut zu sein!*

Basierend auf diesem Motto ist es dem novum Verlag
ein Anliegen, neue Manuskripte aufzuspüren, zu ver-
öffentlichen und deren Autoren langfristig zu fördern.
Mittlerweile gilt der 1997 gegründete und mehrfach
prämierte Verlag als Spezialist für Neuautoren in
Deutschland, Österreich und der Schweiz.

**Für jedes neue Manuskript wird innerhalb we-
niger Wochen eine kostenfreie, unverbindliche
Lektorats-Prüfung erstellt.**

Weitere Informationen zum Verlag und
seinen Büchern finden Sie im Internet unter:

w w w . n o v u m v e r l a g . c o m

Sylvia Schwetz

Elizabeth und Vlad

ISBN 978-3-99131-603-9
184 Seiten

Wahre Bestimmung? Elizabeth steht vor einer gewaltigen Herausforderung. Und dann lernt sie auch noch Vlad kennen. Das Problem dabei? Er ist ein Vampir, verheiratet und erwartet von Elizabeth Dinge, mit denen sie mal so gar nicht einverstanden ist …